血橙

BLOOD ORANGE

Harriet Tyce

海莉葉・泰絲 著

謝佩妏 譯

各界好評

• 新一本《列車上的女孩》。

——《柯夢波丹》

• 我發狂般翻頁，亟欲知道後續。痛快，強迫症般的閱讀體驗。

——泰絲・格里森（懸疑驚悚小說天后）

• 曲折離奇，扣人心弦。

——克萊爾・麥金托（《紐約時報》暢銷小說《我讓你走》作者）

• 震撼人心、讓人上癮的黑色家庭小說。作者把家庭驚悚整個翻新了……看得既怕又無法移開眼睛，我根本停不下來。超棒！

——莎拉・平柏羅（星期日泰晤士報暢銷榜首，《說了謊以後》作者）

• 《血橙》是年度最受矚目的處女作，完美結合心理懸疑、家庭驚悚與法庭推理。這本小說精采地講述一個女人如何在失控的生活中，同時奮力為被控殺夫的凶手爭取正義。這位作者已經名列我的必看作家清單。

——傑夫・阿伯特（《紐約時報》暢銷小說作者）

- 《血橙》肯定要成為年度話題之作，黑暗扭曲、創意十足、真實有魄力、讓人難以抗拒，結局太出人意外了！

——麗薩．朱薇兒（英國暢銷作家）

- 我一口氣讀完這本讓人心跳加速、義憤填膺的小說。

——艾瑪．弗林（《紐約時報》暢銷小說作者）

- 角色生動、線索細膩、接連不斷的衝突，宛如以巧妙配製的劑量共冶激情、嫉妒、背叛、控制、恨與愛於一爐……這個黑暗曲折的故事，會讓人從天光讀至夜深，等待那最驚人的逆轉真相撞擊而來。

——《紐約書評》

- 前律師轉職作家端出的處女作，技藝竟如此老練成熟，懸疑在高點炸開。讀者要盯緊這位作者了。

——《書單》

- 作者技巧性展現女主角薛西弗斯式的掙扎，同時也逐步揭露她生活中的謎團，讀者一步步受牽引看清這一切並非不幸與麻煩糾纏……作者在故事結尾安排巨大反轉，讓整個故事遠遠超乎法庭肥皂劇，成為精采可敬的驚悚創作。

——《華盛頓獨立書評》

- 懸疑刺激讓人瘋狂追讀。

——《週日鏡報》

- 最後面男女主角對峙有如瘋狂飛車，劇情張力、情緒噴發的高潮迭起會讓人懷疑這書眞的要寫完了嗎？

——《圖書報告》

- 驚人的寫作技藝導致讀者無可救藥的沉溺，《血橙》不但是今年最棒的處女作，這位作者也不容錯過。

——《眞書探》

- 這本心理驚悚小說引人入勝不說，還讓讀者直衝震撼結尾，爽！大家要緊盯作者的下一本。

——《出版人週刊》

- 精采到火花四射。

——英國《Heat》雜誌

- 激情四射、黑暗又狂野……是家庭驚悚類的一場炫目焰火大會。

——《愛爾蘭時報》

獻給我的家人

楔子

首先，你點了根菸，煙霧裊裊飄向天花板。你抽一口菸，喉嚨深處一熱，煙滲入胸腔，伴隨著刺麻感徐徐送進血管。你把香菸放在菸灰缸上，轉頭去布置場景，爬上沙發椅背，把繩子綁在書架上。煙爬上你的臉，刺痛你的眼睛。

接下來，你在繩子外面包上絲巾，降低摩擦力，然後拉一次、兩次，確認綁得夠緊。這些你以前都做過，經過多次的練習和測試，調整到完美的刻度。到這裡就足夠，不能更進一步，不能掉下去。只要逼近死亡即可。

螢幕設置好了，你選的片子隨時可以播放。

畫龍點睛的最後一筆，是你放在盤子上的血橙。你拿起一把鋒利的刀子，木頭手把，嵌鋼刀片。你把刀刺進果皮，一半，再四分之一，再八分之一。外皮鮮橘，內裡純白，切痕邊緣滲出紅色果肉。夕陽的光譜。

這些都是你需要的質地。空中刺鼻的煙味；眼前螢幕上搖晃的人影；粗繩外面的柔軟絲綢；愈來愈逼近時血液在耳朵裡的鼓動聲；在舌頭上炸開的血橙甜味，把你從那裡拉回這裡，以免超過臨界點。
每次都成功。四下無人，你知道你很安全。
在鎖上的門後，只有你，還有你即將抵達的輝煌頂點。
只差幾秒就能觸及。

頭上是十月的灰濛濛天空，我手上拖著沉重的拉桿包，但等公車時還是覺得慶幸。審判結束了，中途因爲證據不足而被駁回。碰到這種狀況總是大快人心，我的委託人也欣喜若狂。最棒的是，今天是禮拜五，週末開始了！家庭時間。我都想好了，今天晚上我要改變策略，只喝一杯，最多兩杯，然後就走人。公車來了，我踏上歸途，回泰晤士河的另一邊。

一進事務所，我直接走去助理辦公室，在叮鈴鈴的電話聲和轟隆隆的影印聲中等他們注意到我。最後馬克終於抬起頭。

「晚安。律師剛打電話回來，大家都很高興妳的搶劫案撤銷了。」

「謝謝你，馬克，」我說。「因爲身分證據太薄弱。不過很慶幸一切結束了。」

「好結果。星期一沒事，但那是給妳的。」他指指桌上薄薄一疊用粉紅色帶子綁起來的文件。看上去很不起眼。

「太好了。謝謝。裡頭是什麼？」

「謀殺案，由妳負責。」他眨眨眼，把文件拿給我。「幹得好，律師。」

我還來不及答腔，馬克就走了出去。我抱著文件站在原地，平常星期五來來去去的職員和實習生從我身旁經過。謀殺案。第一件由我負責的謀殺案。我在這一行打拚這麼久就是爲了這個。

「艾莉森，艾莉森！」

我好不容易把注意力轉向說話的人。

「一起去喝一杯嗎？我們要走了。」說話的是聖克和羅伯，兩人都是三十幾歲的辯護律師*，後頭跟著一群實習律師。「我們要到『碼頭』跟派屈克會合。」

他們的話終於滲入我的腦海。「派屈克？哪個派屈克？布萊爾斯？」

「不，是桑德斯。艾迪剛跟他結束一個案子，他們要去慶祝。就那件詐欺案啊，終於打完了。」

「好。我先把這個放好，待會見。」我抱著文件走出去，把頭壓低。我的脖子在發燙，不想被人看到我滿臉通紅。

安全進了辦公室之後，我關上門，照鏡子補擦口紅，撲粉蓋去紅潮。雖然手抖到無法畫眼線，但我梳了頭髮並重噴香水，沒必要帶著牢房的臭味到處跑。

我把文件推到辦公桌後面，把被我弄歪的相框擺正。週末夜小酌，但我只喝一杯就走。

今晚要照計畫來。

我們一群人就占去酒吧地下室的一半。這間又髒又暗的酒吧是刑事律師和他們的助理常來的地方。我走下樓就看到羅伯對我揮著酒杯，我走去坐在他旁邊。

「葡萄酒嗎？」

「那還用說。不過一杯就好，今天晚上我想早點回家。」

沒人接話。派屈克沒過來打招呼，他坐在桌子的另一頭，跟一名實習律師聊得正起勁。對方名叫艾蕾希亞，手裡抓著一杯紅酒。他是如此風流俊俏，氣質出眾。我強迫自己別開視線。

「好看耶，艾莉森，新髮型嗎？」聽得出來聖克心情很好。「你們不覺得她很正嗎，羅伯、派屈克？派屈克？」他加重語氣。派屈克沒抬頭。原本正在跟某個低階助理說話的羅伯轉過來點點頭，舉起啤酒敬我。

「恭喜拿到謀殺案，而且還是負責人！妳很快就要變成大律師了。去年妳在上訴法院

譯註——

* 英國律師分為solicitor和barrister，這裡的「辯護律師」指barrister，負責接受solicitor的委託出庭辯護。Solicitor譯為「事務律師」或「委任律師」，雖然也出庭辯護，但僅限於初級法院，通常負責文書工作、蒐集並研究資料、提供諮詢，以及代表當事人委任訴訟律師。

表現得那麼好，我不就說了嗎？」

「還是別得意忘形，」我說。「但謝謝你。你好像心情不錯？」我語氣雀躍，才不在乎派屈克有沒有發現我來了。

「今天是禮拜五，我要去薩福克郡一個禮拜。有時妳該試試休個假。」

我微笑點頭。當然應該。或許到海邊度一個禮拜的假。有一瞬間，我想像自己踩著浪花，就像在某些度假小屋會看到的俏皮畫像，然後躺在沙灘上吃炸魚薯條，把自己包得緊緊的，抵擋從北海吹來的十月冷風，再躲進設備完善的小屋，把燒柴火爐的火點燃。但下一秒我想起辦公桌上的文件。現在還不行。

羅伯替我倒了更多紅酒。更多酒精入喉。對話在我四周流動，羅伯對聖克又對派屈克大喊，然後轉向我；冷笑話和哈哈笑聲高起又落下。更多葡萄酒下肚。再一杯酒。更多律師加入，揮著手上的菸分給桌上的人。我們到外面抽菸，再來一根，不不不，讓我去買，我一直偷你的菸抽，我翻找零錢，跌跌撞撞上樓到酒吧後面買菸，還說不要萬寶路淡菸，只要駱駝牌，但現在誰在乎呢，對對對，再來一杯，於是一杯接著一杯，還有不知什麼又黏又黑的飲料，房間、對話、笑話在我周圍愈轉愈快。

「我以爲妳說要早點走。」眼神對焦。派屈克一眨眼出現在我面前。他某些角度很像銀光閃耀的男明星克萊夫．歐文。我歪頭晃腦，尋找著那個角度。

「老天，妳醉了。」

我伸手去抓他，但他猛然移走，四下張望。我往後一靠，撥開臉上的頭髮。其他人都走了。我怎麼沒發現？

「大家都到哪裡去了？」

「夜總會，叫Swish那間。想去嗎？」

「我以爲你在跟艾蕾希亞聊天。」

「所以妳進來有看到我，我還想說……」

「把我當空氣的是你，你甚至沒抬頭打招呼。」我難掩惱怒。

「嘿，沒必要緊張，我只是在給艾蕾希亞一些職涯建議。」

「給你的大頭建議。」太遲了，妒火一湧而出。他爲什麼每次都這樣對我？

我們一起走去夜總會。我兩次想挽他的手都被他甩開，還沒走到門口他就把我推到兩棟辦公大樓中間的陰暗角落，抓住我的下巴，加重語氣說：「進去之後就把手從我身上拿開。」

「我從沒把手放在你身上。」

「聽妳在放屁。上次在這裡妳還想摸我。妳太明顯了。我這是在保護妳。」

「是保護你自己吧。你不想別人看到我們在一起。我太老……」我的聲音漸小。

「妳要這樣講話就乾脆回家。我是不想破壞妳的名聲，妳的同事都在這裡。」

「你是爲了勾搭艾蕾希亞，才想把我支開。」我的淚水漫出眼眶，早就把尊嚴給拋開。

「別丟人現眼了。」他的嘴巴貼著我的耳朵細語。「如果妳把事情鬧大，我再也不會跟妳說話。馬上把手放開。」

他把我推開就繞過轉角。我踩著高跟鞋踉踉蹌蹌，手扶住牆撐起身體，手掌摸到的不是水泥磚牆的粗糙質地，而是黏黏的東西。站穩之後我聞聞手掌，突然一陣反胃。大便。不知道是誰惡作劇，在小巷牆壁上塗滿大便。比起派屈克剛剛說的狠話，那股臭味更讓我清醒。

我該把它當作該走了的暗示嗎？休想。我絕不會讓派屈克在夜總會裡爲所欲爲，尤其那些飢渴的年輕美眉都想讓事務所最權威的事務律師留下好印象。在一面乾淨的牆壁上把手上的大半糞便刮下來後，我毫不猶豫走向Swish，對看門人微笑示意。只要沖水沖久一點就能把臭味洗掉，沒人會知道。

龍舌蘭嗎？對，龍舌蘭。再一杯。對，第三杯。音樂咚茲咚茲。我一下跟羅伯和聖克跳舞，一下跟助理跳舞，還跟實習律師示範怎麼跳，笑咪咪，手牽手，轉圈圈，最後剩我自己一個人跳，手高舉過頭揮舞，又變回二十歲，沒在怕的。再一杯琴湯尼，頭往後旋轉，掉進節拍裡，髮絲落在臉上。

派屈克在這裡的某個地方，但我不在乎，沒尋找他的身影，完全不知道他跟艾蕾希亞貼得很近在跳舞，臉上還掛著應該只屬於我一個人的迷人笑容。別以為我不會玩那種遊戲。我走向吧台，步伐搖曳生姿，性感撩人，故意把深色頭髮往後一撥，以年近四十的女人來說我算是保養得宜，不輸這裡任何一個二十幾歲的美眉，甚至不輸艾蕾希亞。尤其是她。派屈克遲早會看清，他會後悔的，後悔自己錯失了跟這個美女大搞一場的機會……

一首新歌響起，節奏更強。兩個男的從我旁邊推擠而過，跳進舞池。我腳下一晃，因為重心不穩而摔倒，手機也從口袋飛出去重摔在地上，還連帶撞到一個女人，她手中的紅酒灑出去，潑在她的黃色洋裝和我的鞋子上。那女人嫌惡地看了我一眼就轉過頭。我的膝蓋浸在地上的一灘酒裡。我打起精神從地上爬起來。

「起來。」

我抬起頭又低下頭。「別管我。」

「妳這樣我怎麼可能不管妳。快起來。」

派屈克。我好想哭。「不准你再笑我。」

「我沒有笑妳。我只是要妳站起來離開這裡，今天晚上也玩夠了。」

「你為什麼想幫我？」

「總得有人做這個事。你們事務所其他人找到一張桌子，正在猛灌香檳，不會發現我們走了。」

「你要跟我一起走？」

「如果妳配合的話。」他伸手把我拉起來。「妳先出去，我隨後就到。」

「我的手機……」我四下搜尋地板。

「手機怎樣？」

「掉了。」我在舞池邊的一張桌子底下找到它。螢幕裂掉，還沾上啤酒黏答答。我用裙子把它擦乾，拖著腳走出夜總會。

走回事務所的路上，派屈克沒碰我。我們沒說話也沒討論。我打開門，第三次才按對防盜密碼。他跟著我走進我的辦公室，還沒開始親我就扯開我的衣服，把我的臉壓在辦公桌上。我站起來看著他。

「我們不應該這樣。」

「妳每次都這麼說。」

「我是說眞的。」

「妳每次也都這麼說。」他笑出聲，把我拉過去吻我。我把頭轉開，他舉起手把我的頭轉回去。我的嘴碰到他的嘴，剛開始很僵硬，但他的氣息和味道將我融化。

更強硬、更快速。他從後面進入我的時候，我的頭撞到桌上的檔案。他暫停片刻，挪了挪位置。

「我沒說⋯⋯」我開口，但他笑了，噓一聲要我閉嘴。他一手抓住我的頭髮，另一手把我推回桌上。我的聲音化爲嗚咽聲、喘息聲，頭一再撞上桌子，最後檔案掉下去，連帶把相框往下掃，玻璃摔在地上四分五裂。太過頭了，但我阻止不了他也不要他停下，但我想阻止，繼續繼續，不要，不要停不要停，停下來好痛，不要停，直到發出一聲呻吟，結束了。他站起來擦一擦，直起身體。

「我們不能再這樣下去，派屈克。」我從桌上下來，拉起內褲和褲襪，俐落地把裙子拉下膝蓋。他重新穿好褲子，紮好襯衫。我奮力把襯衫扣回去。

「你扯掉了一顆鈕釦。」我說，手在發抖。

「我相信妳可以把它縫回去。」

「現在沒辦法啊。」

「沒人會發現的。辦公室一個人都沒有，大家都睡了。現在都快凌晨三點了。」

我搜尋著地板，找到了那顆鈕釦，然後踩進鞋子，整個人跌進辦公桌。房間在轉，我的腦袋又模糊一片。

「我說眞的，不能再這樣下去。」我忍住不哭。

「我說過了，妳每次都這麼說。」他穿上外套，眼睛沒看我。

「到此爲止。這已經超出我的極限。」這次我眞的哭了。

他走過來，雙手捧著我的臉。

「艾莉森，妳醉了也累了。妳知道妳不想結束，我也不想。」

「這次我是認眞的。」我推開他，想表現出意志堅決的模樣。

「再說吧。」他靠上前親了我的額頭。「我要走了。下禮拜再聯絡。」

我還沒機會反駁，派屈克就走了。我癱在角落的扶手椅裡。要是我沒醉成這樣就好了。我用外套袖子擦掉臉上的鼻涕和淚水，不知不覺頭就歪靠肩膀，睡得不省人事。

2

「媽咪，媽咪，媽咪！」

我閉著眼睛，暖呼呼躺在床上。瑪蒂達跑來跟我說嗨眞貼心。

「媽咪！妳睡在椅子上。爲什麼妳睡在椅子上啊？」

椅子。不是床，是椅子。

「張開眼睛，媽咪。我跟爸比來找妳了。」

也不是夢。我張開眼睛又閉上。「好亮，太亮了，拜託把燈關上。」

「沒開燈啊，媽咪笨笨。天亮了。」

我張開眼睛。這裡是事務所，我工作的地方，堆滿了訴狀、判例，還有昨晚留下的殘局。我女兒不該跑來這裡站在我面前，一隻手還放在我的膝蓋上。她應該在家，躺在被窩裡或坐在餐桌上吃早餐，但她卻在這裡。我伸手握住她的手，奮力讓腦袋清醒過來。

我在扶手椅上縮成一團，一伸展開才發現左腳麻了。我動動腿，血液流回四肢時，臉不由抽搐。但這都不是最痛苦的部分。昨晚的事倏地閃過我腦海。我看到高過瑪蒂達的書桌，當她靠過來抱我時，派屈克壓在我身上的畫面從我眼前掠過。我抱住她，吸進她頭髮的香味，心跳稍微平靜下來。沒什麼好擔心的。我只是喝多了在事務所裡睡著了而已。就是這樣。而且我跟派屈克也結束了，不會有事的。或許。

最後我終於有力氣注視卡爾。他靠在門邊，臉上寫滿了失望，鼻子到嘴邊的紋路鮮明無比。他一如往常穿著牛仔褲和帽T，但頭上的灰髮和嚴厲的表情看起來像是比我老上好幾十歲。

我清清喉嚨，覺得口乾舌燥，搜索著能讓這一切煙消雲散的話語。

「我從夜總會回來拿新案子，後來想說休息一下，結果就……」

卡爾的臉上沒有笑容。「我想也是。」

「對不起。我真的打算早點回家。」

「得了，我知道妳是什麼樣子。但我真的期望這次妳會成熟一點，像個大人。」

「對不起，我不是故意……」

「我猜妳應該在這裡，所以就想說來接妳回家。」

瑪蒂達開始在房間裡逛來逛去，趁我不注意爬到桌子底下。突然間她發出一聲慘叫，從桌底下爬出來撲向我。

「媽咪妳看，媽咪我的手手，好痛好痛……」啜泣聲模糊了話語。卡爾衝過來抓住她的手，拿出面紙擦拭。他拿起面紙讓我看。上面有血。

「地上爲什麼有碎玻璃？」他雖然在安撫瑪蒂達，聲音卻繃得很緊。

我慢慢爬起來，鑽到桌下把昨晚打落的相框撿起來。相片中的瑪蒂達在鋸齒狀裂開的玻璃後面對著我笑。

「我的照片在地上。爲什麼會在地上？」她哭得更大聲。

「一定是我不小心打翻了。對不起，小寶貝。」

「妳不應該這麼粗心大意。」卡爾生氣了。

「我不知道你們要來。」

他搖搖頭。「我本來就可以帶瑪蒂達來妳的辦公室。」他頓了頓。「這不是重點。重點是，不應該要帶瑪蒂達來辦公室才能找到妳。昨晚妳就應該在家裡，像一個正常的母親那樣。」

我無話可說。我把玻璃碎片收拾乾淨，包進舊報紙再丟進垃圾桶。瑪蒂達的照片完好無傷，我把它從破損的相框裡拿出來擱在電腦的一角，再把襯衫塞進裙子。卡爾滿臉怒火，眉頭糾結，後來怒火漸漸轉爲深深的哀傷。我喉嚨一緊，內疚和悔恨刺痛我的心，強烈到麻痺了宿醉的不適。

「我很抱歉。我不是故意的。」

他沉默許久，臉上疲態畢露。

「你看起來很累。對不起，卡爾。」我說。

「我是很累，等妳回家等到半夜。我應該學聰明點，別自找麻煩。」

「你應該打給我的。」

「我打了，妳沒接。」

被他一酸，我從袋子裡拿出手機。十二通未接來電、十五則簡訊。我一次全部刪掉。太多了，太遲了。「抱歉。不會再有下次了。」

他深吸一口氣。「別在小蒂面前吵架。妳在這裡，我們在一起。」他走向我，一隻手放我的肩膀上。我握住他的手片刻，直到他把手握緊，搖了搖我的肩膀。「該回家了。」

這時他瞥見了我的手機。他撿起手機查看螢幕上的裂痕。「艾莉森，妳真是。手機幾個月前才送修的。」他嘆了口氣。「我大概又得幫妳拿去修了。」

我沒接話，乖乖跟著他走出大樓。

汽車和公車在空蕩蕩的街道上奔馳，我們很快就到了拱門區。我把頭靠在車窗上，望著昨晚留下的殘骸。滿地的漢堡包裝紙和酒瓶，這裡一台那裡一台小垃圾車沿街清掃，刷子不停轉動，抹除星期五晚上留下的痕跡。

格雷律師學院路。鑄鐵欄杆遮去視線，看不見裡頭的寬闊草皮。羅斯伯里大道、沙德勒之井——很久以前讀過的書躍上腦海。《井中無響板》《井中的維諾妮卡》。還有呢？有了。《井中的化裝舞會》。劇情我滾瓜爛熟。面具、分身。我握緊拳頭，關節發白。我忍住不去想派屈克昨晚後來去了哪裡。我說到此爲止，他相信嗎？他後來是回家，還是繼續狂歡，找人取代我？卡爾把手從方向盤伸過來抓住我的手。

「妳看起來很緊繃。快到家了。」

「我只是覺得很抱歉，而且很累。我們都是，我知道。」

我轉過頭，跟他拉開距離，想把罪惡感推遠點，眼睛一直盯著窗外。車子經過安吉爾區。我看見街上的美食餐廳，前面的光鮮漂亮，最後位在海布里彎道的威瑟斯本酒吧卻一片黯淡。霍洛威路上吊掛的花籃稀稀落落，咖哩屋上面是學生酒吧，一排奇怪的乳膠衣專賣店販售著派屈克很可能會喜歡的品味。

「官司順利嗎？」車子開上回家的山坡路時，卡爾打破沉默。我吃了一驚，他的語氣比剛剛和善。也許他氣消了。

「官司？」

「妳這禮拜在忙的那件搶劫案啊。」

「中間就被駁回了……」我的腦袋又重又亂，嘴巴發出的聲音感覺好遠，彷彿從幾米深的水中傳來。

「所以妳下禮拜有空？妳能陪陪小蒂就太好了。」

不再壓抑了，突然間冒出水面，噗噗噴水，奮力呼吸。他還沒氣消。

「你想說什麼嗎？」

「最近妳很忙。」

「你知道這對我、對我們有多重要。拜託別找我麻煩。」

「我沒有要找妳麻煩，艾莉森。我只是說這樣很好而已。」

車流在霍洛威路的頂端和出拱門前的轉彎慢下來。到家了。心繫之處。我摸摸口袋確定手機還在，但忍住不去看派屈克有沒有傳來簡訊。我下車轉向瑪蒂達，臉上掛著堅定的笑容。她牽起我的手跟我一起走進家門。

我沖了澡，洗去派屈克在我身上留下的所有痕跡，盡量不去想我的頭貼著桌子、他壓在我身上不斷挺進我柔軟體內的畫面。我吃了卡爾放在廚房台上已經變硬的培根三明治，專心聽瑪蒂達在院子裡踢落葉、在草地上來回奔跑、一下消失一下出現的嬉戲聲。她像個鐘擺，在眼前的現實和另一個還沒留言給我的現實之間擺盪，儘管我堅定地告訴自己別再看了。我打開那份謀殺案又合上。躲進工作的誘惑幾乎難以抵抗。只要退到筆錄和訴狀後面，就不用面對現實生活，面對我闖的禍、我讓丈夫和女兒失望的事實。但我知道現在工作只會雪上加霜。晚點再說吧。

午餐小聚，卡爾掌廚。其實就是爲他大學認識至今的朋友煮一桌好菜。爐子上燉著羔羊腿，迷迭香飄散在空中。廚房刷得乾淨溜溜，宛如一幅畫框等待著精美圖畫。卡爾已經鋪好桌子，摺得硬挺的餐巾跟刀叉擺在小盤子上。角落黑板上的一週活動被擦掉，游泳課、購物、卡爾的男性聚會等等都不見了，換上簡單的一句：我愛週末！是瑪蒂達小心翼翼寫上去的，旁邊還畫了兩個手牽手的火柴人，一高一矮。

廚房平台一塵不染，櫥櫃門全都關上，我眼前是一大片白色平面。我想重新整理卡爾插在花瓶裡的白百合，但黃色花粉卻團團灑在桌上。我趕緊用袖子擦掉，落荒而逃。

我走進院子跟瑪蒂達作伴，欣賞蓋住黑醋栗叢的蜘蛛網，還有冬青樹上一團想必是鳥窩的樹枝。媽咪，妳看到了嗎？說不定有隻知更鳥住在裡頭？有可能。

「我們得幫牠弄點吃的，媽咪，這樣牠才能餵鳥寶寶。」

「好啊，小寶貝，我們去買些花生。」

「花生不行，學校有教。小鳥喜歡上面黏了東西的脂肪球。」

「聽起來很噁心。什麼樣的東西？」

「不知道，種子或小蟲吧？」

「我們去問爸比，寶貝，說不定他知道。不然我們也可以查查看。」

卡爾把我們叫進去。客人來了。他正要把羔羊腿從烤箱拿出來。我發出讚嘆，走去冰箱準備飲料，兩人自然而然重拾大衛和露意莎來家裡時我們各自扮演的角色。還沒生小孩之前，我們就有週末邀他們來吃午餐的習慣。四個人坐在桌前喝著一瓶又一瓶酒，吃卡爾準備的料理，伴著逐漸轉暗的天色。我拿了杯果汁給他們的女兒芙蘿拉，然後轉開葡萄酒。

「大衛要開車，不過我可以來一點。」露意莎伸手接過我倒的酒。

「艾莉森，妳要喝酒？」卡爾用鋁箔紙蓋住羊腿，再倒些洋芋片在碗裡。

「對。有何不可？今天是禮拜六。」

「我只是想，經過昨天晚上……」他用不著把話說完。

「昨天晚上怎樣？」

「妳或許喝夠了？總之，只是一個想法罷了，別在意。」

「不會。」我不小心倒太多，白蘇維濃從杯緣溢出來。露意莎把頭歪向一邊，一臉好奇。

「昨晚發生了什麼事？」

我看著她的小臉，但願那種尖酸刻薄語氣是我想像出來的。「沒什麼。禮拜五，妳知道……」

「媽咪太累，所以就在事務所的椅子上睡著了！我們今天早上還得去載她回家。爸比說我們要好好照顧她。」瑪蒂達高聲說。我用雙手遮住臉，揉揉眼睛。

「媽咪在事務所睡著了？她一定累壞了。妳跟芙蘿拉要不要拿些洋芋片去吃？我知道她餓了。」露意莎把一碗洋芋片塞給瑪蒂達，推著兩個女孩走向門邊。

對，累壞了，如此而已。累到極點。

「所以他們終於讓妳處理謀殺案了？太好了。妳一定給了那個助理什麼甜頭才如願以償。」大衛露出奸笑。

「都是她努力工作得來的，大衛。我相信她當之無愧。」露意莎瞪他一眼，對我舉起酒杯。

「是什麼案子？血腥命案是吧？快說些驚悚的細節給我們聽。」

「大衛，別在小孩面前……」露意莎說。

「老實說，我還沒有機會細看，打算明天再來好好研究。」我也對露意莎舉杯，然後一飲而盡。

「我以爲明天我們能出門，」卡爾垮著臉說。「小蒂，我不是說要一起出去玩嗎？」

「對啊，我想去那間有迷宮的城堡。你答應說我們要一起去的，爸比。」瑪蒂達噘起下唇，眼看全家出遊就要泡湯。

「我希望你先跟我確認時間……」我把話給吞回去。反正，玩回家等她上床之後，我隨時要工作都行。一定會很好玩。她在迷宮裡跑來跑去，我跟在後面左轉右轉左轉，直到搞不清楚東西南北，只好大聲求救，從頭到尾笑聲不斷。「寶貝，我們當然會去城堡。」

愈常扮演幸福家庭，成眞的機率就愈高。

聊著大衛的工作、露的工作。然後是卡爾治療的患者——沒說眞名，只模糊提起他剛爲性成癮男性成立的每週聚會的一些細節。大衛和露意莎邊聽邊緊張地笑。我沒認眞聽，工作時接觸的性侵案件就夠多了，現在實在提不起勁去聽。謀殺案的話題就此打住。我抓著酒杯喝了一杯又一杯，希望蓋去耳朵裡響個不停的焦慮聲音，那聲音喃喃唸著命案的事，還有準備過程得花多少時間。

「要不要來唱卡拉OK？」我提議。

「先來點起司吧，我買了波特酒。」卡爾，面面俱到的男主人，持家的能力我永遠難以企及。

「布里起司嗎？」我切下一塊給他。

「艾莉森，妳看看妳，切到尖角了。」卡爾說。

我看看起司再看看刀子上插的那一塊，喉嚨一緊，趕緊把起司放回原位，重新拼好。

我聽到卡爾嘆了口氣，但累到沒力氣管了。

「說眞的，有人想唱卡拉OK嗎？」唱歌能讓我心情變好。我要來首愛黛兒。

「我們很快就得走了。現在唱卡拉OK不會有點早嗎？」大衛問。

「拜託，你們這些乖乖牌。算了，不唱我自己唱。」

「別生氣。都快七點了，我們已經來很久了。」露意莎說。

快七點了？這麼晚了。時間又悄悄溜走。我已經忘了下午聊的大半話題。我把椅子往後一推，把杯中物一飲而盡。酒灌進嘴裡時，兩條紅鬚從我的嘴角滑下我的白色上衣。我把杯子往桌上用力一放，然後大步走向門。

「好吧，我要去唱卡拉ＯＫ了。你們要無聊請便，今天可是該死的週末哩。」

我今天狀況很好。凱特．布希的那首〈咆哮山莊〉（Wuthering Heights）每個高音我都飆得上去，兩個小孩看得目瞪口呆。希斯克里夫要是聽到肯定會讓我進門。我跟著愛黛兒〈墜入深淵〉（Rolling in the Deep），跟王子和他的小紅跑車致意，最後以一曲〈那盞永不熄滅的燈〉（There is a Light That Never Goes Out）登上音樂顛峰。有人說過我唱這首歌有股妖氣，每次唱我都會博得滿堂彩。唱什麼經典老歌〈My Way〉，這才是我的壓軸，甚至能唱得比原唱還強。可能。我把最後一個音拖到不能再長，然後往後倒在沙發上，筋疲力盡。沒聽到掌聲我幾乎有點驚訝，我腦中明明清楚聽到卡爾、大衛和露意莎熱烈讚嘆著我的歌聲。

「……你怎麼受得了。」是露意莎的聲音，歌曲結束突然靜下來時話語聲顯得特別清楚，接著有人噓了一聲。他們是在說我嗎？我沒那麼糟吧……我靠著米黃色皮沙發，閉上眼睛。門甩上，我跳起來，但馬上又倒回坐墊，眼睛緊緊閉上。

晚一點的時候，我突然驚醒。屋裡靜悄悄。我走去廚房，開始把桌上的髒杯盤收進流理台。卡爾這次拿出了高級酒杯，沉甸甸的杯子看似堅固，其實互碰就會缺一角。我把一堆放進水槽，再回去收下一堆。

下午聚會結束的方式讓我想不通。我以爲大家都想一起同樂。我腦海一角隱隱有股恐懼，怕自己搞砸了，酒精讓我腦袋昏沉，判斷力變差。以前不是這樣的。抓著杯子經過廚房門時，我瞥見掛在走廊上的聖殿教堂海報。那是我剛找到工作時卡爾送我的禮物，他的貼心讓我很感動。我應該更體貼他才對。自從被裁員之後，他的自信心大受打擊，即使後來的諮商訓練很順利，而他兼任心理治療師的工作也有了起步。他從沒打算要當家庭主夫。

「不要這樣拿，以前我就說過了。」卡爾說。我嚇了一跳，杯子撞在一起叮叮咚咚響，差點掉下去。

「我只是想幫忙。」

「不用了。妳坐著就好。妳如果打破東西我會受不了。」

沒必要跟他吵。我透過瀏海打量他，只見他兩鬢的血管在跳，臉色發紅，整個人突然顯得年輕，站在我面前瞬間變成一個大男孩，頭髮又黑又軟，瞇著眼睛笑。那畫面跟著髮線一起後退，我又重回現實，對著一個四十幾歲、頭髮稀疏灰白、一臉不高興不耐煩的男人。但剛剛的回憶已經足以讓男孩和男人的身影彼此重疊，喚起我心中的些微愛意。

「我去唸書給瑪蒂達聽。」

「我不希望妳害她難過。」
「我沒有要讓她難過，我只是要唸故事給她聽。」我努力不讓聲音露出哀傷。剛剛的愛意淡去。
「她知道妳醉了。她不喜歡妳這樣。」
「我沒那麼醉。我沒事。」
「沒事？讓我的朋友難堪，害他們不得不提早離開？還有今天早上我竟然得去事務所把妳從地上挖起來，這叫沒事？」
「我是睡在椅子上。況且時間也沒那麼早。」
「妳知道我的意思。」
我知道，但無法認同。「你這樣說不公平。他們不是因爲我才走，我還邀他們一起唱卡拉ＯＫ。」
「天啊，艾莉森……我簡直不知道要從何說起。」
「不公平。」
「別對我大小聲。妳這種態度，我不想跟妳說話。」
「我知道你很氣我，我很抱歉。但以前我們都玩得很開心的，我不知道大家都變得那麼無趣。總之，我去唸故事給小蒂聽。」卡爾還來不及回嘴，我就走出廚房。
瑪蒂達坐在床上看克麗絲・賓*系列。六歲大了，她卻始終是我的小寶貝。她抱著我喃喃地說：「晚安安，媽咪，我愛妳。」

「我也愛妳。」我幫她蓋上印花羽絨被，正要關燈時，卡爾走進來。一瞬間我們倆並肩站在一起，看著我們一同生下的小孩。我轉向他伸出手，他頓了頓，幾乎要接住又縮回去，手伸到一半卻緊緊握住拳頭。

「我幫妳泡了杯茶，放在客廳。」

「謝謝。」我還沒說完他就走了，但這至少是個開始，一個小小的善意。也許他正一點一點往我的方向前進，雖然我知道自己不配。不到二十四小時之前我答應自己只喝一杯就回家。突然間我覺得心灰意冷，連只喝一杯我都做不到，說要回家陪家人卻又爽約。我發了很久的呆，愧疚感撕扯我的五臟六腑，我趕緊把自己拉回來。喝完茶我就去睡了，身心俱疲。這禮拜好漫長。卡爾洗碗的叮咚聲和潑水聲安撫著我，陪伴我墜入夢鄉。至少我有主動幫忙。

譯註——

* Clarice Bean，英國童書作家蘿倫・柴爾德（Lauren Child, 1965-）的系列作品，代表作為查理和蘿拉系列。

我還沒起床，他們就出發去城堡了，卡爾留的紙條是這麼說的：叫不醒妳。我們得走了，反正妳也得工作。碗我都洗好了。底下沒有親親抱抱的符號，只有怒火。我也一樣。昨天我答應了要跟他們一起去，他們應該等我的。發現他們已經出門，我打手機給他，但是關機了。我躺在床上聽他的語音信箱。無法接聽電話。無法接聽電話。是不想吧。

最後手機終於接通。「你爲什麼不叫醒我？」

「我叫過了。妳動了一下就叫我滾開。我想還是讓妳繼續睡好了。」

我完全不記得。「我睡到十一點，很不像我。」

「妳從前一天晚上就累癱了。」

「我希望你多叫我幾次，或是等我一下。」

「我試過了，艾莉森，但妳完全都沒反應。我們九點就出發了，再晚一點去就沒意義了。」

「好吧，我很抱歉，我不是故意的。可以讓我跟瑪蒂達說話嗎？」

「她正在玩，我不想打斷她，害她難過。她很傷心妳沒一起來，現在好些了。就這樣吧。」

「我不懂。我從來沒睡這麼晚過。我不是故意的。拜託你至少告訴她我很抱歉。」

「只能這樣了，」他說。停頓，然後他硬是轉了話題，我想辯駁都難。「妳開始工作了嗎？」

「正要開始。我想燉鍋肉當晚餐。」

「那妳忙，不吵妳了。」我還沒說再見，他就掛斷了。我的手指停在通話鍵上，最後卻還是回到首頁。算了。等一起吃晚餐的時候再說吧。我會讓小蒂知道我很抱歉，我一點都不想錯過這次出遊。我把腦袋搖醒，下床穿上睡衣，下樓去工作。

喝了兩杯咖啡之後，我打開文件，右邊眼球後面卻陣陣作痛，腦袋模模糊糊。原告：英國女王。被告：麥德琳．史密斯。中央刑事法院。轉自坎伯威爾綠地的地方法院，即最接近犯罪現場的法院，那裡是南倫敦的一個高級住宅區。

我的手機響起。我嚇了一跳，希望是卡爾打來跟我講和。

對案子有什麼想法了嗎？

是派屈克。我先是一陣欣喜，接著是憤怒。他好大的膽子，竟敢週末傳訊息給我，況且我跟他已經結束了。過了一會兒我才會過意。

什麼案子？我回他。

麥德琳・史密斯。妳的第一件謀殺案，不是嗎？

我不記得跟他提過這件事。漸漸把事情兜起來之後，我轉頭去看文件。後面寫著我第一件謀殺案的委任律師：桑德斯事務所。一瞬間我懷疑這個案子讓我付出多少代價、越線多遠、多少次、多麼激烈、多麼快速。但我知道不是我想的那樣。派屈克不會跟工作上床，是跟我。

手機又響了。

嗯沒錯，不客氣喔。他眞的很欠揍。

禮拜五那天我跟你就結束了。我覺得自己又變回十五歲。

我知道我知道，但這是工作。下週開會。委託人想盡快見到妳。我會約好時間。

對話結束。沒提感情，沒提禮拜五，沒什麼好擔心的。如果他跟別人上床，他早就說了，雖然那不歸我管。我又看一次我傳的簡訊：禮拜五那天我跟你就結束了。我把它刪掉，順便刪掉整串對話。爲了我的婚姻著想，或許我應該拒絕跟派屈克共事。但這是我努力了那麼久才達成的目標。我把他趕出腦海，打開文件開始讀。這是我的工作，如此而已。

過了一會兒，我把文件放到一邊，開始煮晚餐。我慢慢切著洋蔥。最後一線日光映照在刀片上，我把刀子往外伸，轉過來轉過去，光影在牆壁和天花板上飛舞。這把菜刀是我們的結婚禮物，是我學生時代的朋友姍德拉送的。收到之後我馬上給她一個銅板。「我不想切斷愛，我們認識太久了。」我說。她笑著把銅板收進口袋。

麥德琳．史密斯不只把愛切斷，還又砍又劈又刺，總共在她丈夫身上留下十五處刀傷，死者倒臥在克拉普漢家中的臥房裡。多處傷口都有致命的危險，但病理學家根據訴狀判斷，很可能致命傷是幾乎切斷頸靜脈的那一刀。死者躺臥的白色床單上血跡鮮明，刑警在現場拍攝的照片看得一清二楚。

我選了另一顆洋蔥切絲。

卡爾和瑪蒂達回到家時，燉肉也剛好燉得恰到好處。瑪蒂達看了一眼，說她餓了，但她不想吃肉。

「妳昨天才吃羊肉。」我說。

「今天我跟爸比聊天，我問他雞是怎麼被殺死的，我不喜歡他說的事。」

「妳喜歡的蔬菜不多。」我說。

「我知道，可是我不想要動物死翹翹。」

我看著卡爾向他求助，但他聳聳肩。

「好吧，小寶貝，我幫妳煎個歐姆蛋，但或許妳應該再想一想，」我說，她點點頭。我攪拌著燉肉，把湯匙遞給卡爾。「想來一點嗎？」

他接過湯匙，看一看又聞一聞，然後噘起嘴巴，把湯匙還給我。「還好。我不太餓。」

「我希望你說……該不會連你也要吃素吧？」我避免露出不悅的語氣。

「不是，」他說，「只是聞起來有點……」

「有點怎樣？」我壓抑著怒火。

「有點……別在意。重點是妳努力了。既然小蒂要吃素，我應該支持她的所有決定。會很好玩的，對吧？我們會找到很多妳喜歡的新食物。」卡爾對瑪蒂達微笑。他走向爐子，攪拌一下燉肉。「值得嚐一嚐，艾莉森。但或許還是由我來負責料理好嗎？我知道瑪蒂達最愛吃什麼。我來幫她煎歐姆蛋。」

我沒回答，從他旁邊走過去拿起燉鍋，移出爐火，輕輕把蓋子側放，等燉肉冷卻之後就能凍起來。我可以拿它當午餐，把剩下的吃光。想到就膩，這股肉味會跟著我好幾個禮拜。我細心切成一條條的紅蘿蔔從濃稠肉汁裡探出頭。看起來好噁。我覺得反胃。我親手做的料理甚至沒燒焦就被打了回票。

瑪蒂達走過來，我彎身抱住她。

「我很抱歉今天沒跟你們一起去，小寶貝。」我小聲地說，只說給她一個人聽，同時摸著她的臉，然後給她一個擁抱。她也緊緊抱住我。我把手伸長，抓著她的肩膀，跟她眼神相對。「我答應妳，很快就會帶妳去玩。就妳跟我，妳想去哪都可以。我保證。OK？」

她點點頭。

「我保證。」說完我又把她拉過來抱住。她放鬆地躺在我懷中，頭靠著我的肩膀。我心中的結鬆開。

卡爾看著我替瑪蒂達洗澡。我幫她梳頭並吹乾，唸故事給她聽，唱歌哄她入睡。幫她關上房門之後，卡爾對我說：「對小孩說到做到很重要。」

「我會說到做到。」

「最好是。」

「沒必要威脅我，卡爾。我盡力了。你就不能多支持我嗎？」

「別強迫我，艾莉森。妳沒有立場怪我。」

怒火在我心中燃起又熄滅。「我知道，對不起，對不起……」

他伸出手，用一根手指頭摸我的臉頰。我抓住他的手親了一下，另一隻手抓住他的後頭，把他的臉拉近。我們正要接吻，他就逃了開。

「抱歉，我沒辦法。」他走進客廳關上門。我等了一會兒看他會不會改變心意，之後就走回書房關上門。我試著工作，用筆錄和法規麻痺遭拒的痛苦，燉肉的濃烈味道在空中飄散不去。

稍晚，當我把冷卻的肉汁舀進小塑膠盒時，卡爾走進廚房並關上門。

「我想了一整天該不該拿給妳看。」他說。

「給我看什麼？」他的口氣讓我的手不由發抖，肉汁從盒子旁邊灑出去。

「我需要妳明白那有時候是什麼感覺，我們的關係又爲什麼這麼緊張。」

「你要我明白什麼？」我把大湯匙放回燉鍋，把塑膠盒蓋緊。

卡爾忙著弄手機，沒回答。我把塑膠盒放進冷凍庫，一個個整齊排好，把一包包半熟的冷凍青豆推到一邊。敲著冷凍庫旁邊的冰塊時，我聽到〈墜入深淵〉開頭的旋律，不由微笑，腦袋也想跟著一起唱，才正要開口就聽到自己唱歌的聲音——如果那也叫唱歌的話。我大力關上冷凍庫的門，轉向卡爾。他默默把手機拿給我，眉宇之間似乎帶著同情。

昨天晚上我大展歌喉，無懼旁人眼光縱情歡唱。才不管沒人想加入，天知道他們錯過了什麼！我就是超級巨星，乘著音樂遠離那天下午的小小不愉快。今天，我終於看到他們眼中的我：一個喝得爛醉的女人，胸罩露出來掉到洋裝外面，臉上的妝花掉，半張臉慘不忍睹。我驚恐地看著這女人，她的聲音將我撕裂，我唱得精準到位的音符，她差之千里，拍子也亂七八糟，舞跳得更差。最糟的是當她拉著小孩跟她一起跳舞時，他們臉上的表情……不，那還不是最糟的。最糟的是那些壓低的話語聲，甚至還有笑聲。大衛、露意莎——天啊，卡爾也在笑嗎？

「你爲什麼不阻止我？」

「我試過了，但妳不聽。」

「所以你就拍下我出糗的影片？」

「我沒有惡意，只是想要讓妳知道，跟妳住在一起有時候是什麼感覺。不是隨時，但當妳這樣的時候，眞的很難熬。」

我又看了看手機。螢幕上的女人——螢幕上的我——顯然準備徹夜狂歡。那女人搖搖晃晃走向沙發，一屁股坐下來，開始唱王子的歌。之後是壓軸，我很有把握自己超級拿手的史密斯樂團的歌。那畫面實在不太好看。我雙手發冷，抓著手機一直抖，臉在發燙，羞恥感盤繞在胸口。我閉上眼睛，卻仍聽得到昨晚我自以爲完美清晰、此刻聽來卻既尖銳又模糊的歌聲。我奮力穩住手按下暫停，正要去按刪除，卡爾就把手機搶走。

「我只是想開心一下罷了。」我說。

「如果讓其他人不舒服，要怎麼開心？」卡爾低著頭說。

「我不知道有人不舒服。」

「這就是問題所在，艾莉森。妳從來就不知道。」

他走出廚房，我繼續把燉肉舀進盒子。完成之後，我把流理台擦乾淨並啓動洗碗機。

我關上燈，在黑暗中站了很久，聽家電轟轟運轉聲，希望能撫平心情，把自己的歌聲蓋過。我還聽得到那聲音，就像玻璃一樣粉碎的聲音。

早上卡爾幫瑪蒂達做早餐，準備送她去上學。既然不用開庭，我本來想送她去，但看卡爾動作那麼俐落，我實在不想破壞他的節奏，於是就去廚房拿咖啡喝。

「我可以幫妳把手機拿去送修。治療中心附近有一家手機店。」他說。

我故作冷靜，在腦中計算可能的風險。我一向很小心。小心到極點。簡訊、信件都讀完就刪。只要我及時提醒派屈克就沒事。我聳聳肩。「如果你不嫌麻煩的話。其實也還能用。」

「先把螢幕修好，免得裂得更大。妳總不想還得重買一支吧。」

我知道他說得對，但他那種小題大作的語氣我聽了就有氣。我忍住怒火，畢竟他是在幫我忙。

「記得備份，以防萬一。」他坐下來等我用無線網路備份。我弄好之後把手機擦一擦才給他。

「謝謝，你眞好。」他從我手中接過手機就走了。瑪蒂達抱了我一下就跟著他跑走。

卡爾一出門，我馬上打電話到派屈克的辦公室找他，免得他打我手機。他的合夥人克蘿伊・莎米接起電話幫我轉接。我才準備開口，派屈克就說：「我約好了明天見面。」

「起訴書我看完了。檢察官還沒提出更多證據？」我的聲音冷淡。我一向可以跟派屈克談公事。

「沒。但她需要見你，慢慢建立對這個團隊的信任。」

「好。」

「我認爲妳是最佳人選，」他接著說。「妳能讓陪審團從她的觀點來看這件事，進而跟妳產生共鳴。從法律層面來說很複雜，但這方面妳很擅長。」派屈克語氣權威。他是在就事論事，不是在讚美我，但我心裡還是一陣竊喜。「好，明天下午兩點，」他說。「我跟妳約兩點半在馬里波恩站外面會合。麥德琳現在跟姊姊住在畢肯斯菲爾。」

「我希望禮拜五見面的時候，你能先告訴我你是這案子的委任律師。」

「我以爲妳會很驚喜。總之，我得走了。」他說。

「等等，派屈克。我只是要跟你說，今天別打手機或留言給我。手機不在我身上。」

「我們已經通過話了，我幹麼還要聯絡妳？」他說完就掛斷。這話很傷人，但我不想再回撥。我把這件事拋開，開始工作。

星期一就這樣過去，殘餘的宿醉和心中的恐懼也隨之而逝。我的右眼後面還是痛痛的，隱約提醒著我給自己、給卡爾和小蒂帶來的痛苦。到此爲止，我希望這四個字不像聽起來那麼空洞。我讀了資料，畫了重點也做了筆記。卡爾帶小蒂回家時，我還穿著睡衣埋頭在看資料。一天結束之前，他把煥然一新的手機還給我。

星期二早上，我整裝出發，身旁跟著蹦蹦跳跳的瑪蒂達。陪她走進學校時，一群體態輕盈、穿著健身房裝束的媽媽跟我形成對立的小圈圈。我搖搖頭，不想疑神疑鬼。我對其中一個媽媽微笑，對其他人揮揮手，跟兩個經過的爸爸打招呼。媽媽們回我一笑之後又繼續交頭接耳。對，就是她，終於出現了。很神奇是吧，她終於肯努力了。每天都是她那個可憐的丈夫在接送。我再次搖搖頭。她們談的不是這個。怎麼可能是？瑪蒂達拉著我的手，我們下樓走進她的教室。

「拜拜，寶貝，要開心喔。」我靠上去抱她。

「妳會來接我嗎？」

「今天是爸比。媽咪要開會。」

「好。拜。」

她把外套掛好就走向一群朋友。我站在那裡注視她片刻。小朋友看到她笑咪咪，主動挪出位置給她。我揮手跟她道別，她也對我揮揮手，之後我就低頭快步穿過遊樂場走出去。

每次我抱怨其他家長的反應時，卡爾都會說：「瑪蒂達真的很開心，艾莉森，重要的是這個。」後面加一句：「她們對我倒是很親切。」我猜也是，但沒說出口。最後他還不忘提醒我：「妳只需要再努力一點。」今天早上他幫瑪蒂達檢查書包和簽聯絡簿時就是這麼說的。我沒回嘴，或許他說得對。「今天我去接她。我最後一個諮商是兩點。」他說。起碼少了一件煩心事。

我及時搭上公車，坐進一個被嬰兒車包圍的座位。我把黑色拉桿包放在腳邊，起訴書在裡面，裡頭的照片和證據歸納整理了一起血腥命案。接下來幾個月，我的工作就是透徹了解這起命案，甚至要比我的思緒、我的婚姻或不及格的母親角色等等事情了解得更加透徹。我已經迫不及待。

一進事務所，跟職員打過招呼我就進辦公室打開公事包，把起訴書放桌上。我坐下來，望著窗外發呆。執業十五年就為了這個：由我負責的第一件謀殺案。我從一般案件辦起，酒駕、毒蟲行竊、搶劫累犯。出入有如地獄的巴爾漢少年法庭，看見可悲的戀童癖患者對著兒童的猥褻圖片擰著汗濕的手，看著一個罪犯從不幸到無助到無可救藥的墮落過程，有時我甚至同意最好關他們一輩子，而且要把牢房鑰匙丟到天涯海角。所有悲劇都如此相似，受虐的童年導致長大酗酒吸毒，窮困潦倒，對人生絕望，有時以霸道蠻橫的方式展現：我想要那隻手機，不行，把他媽的手機給我，不然我就捅你／揍你／把你從橋上丟下鐵軌被火車活活輾死。

我最愛的案件之一是十多年前辦的搶劫案。那次審判在諾丁漢，被告不只一個人，大家互指對方威脅恐嚇，最後每個都被判五年徒刑。但律師團隊是一時之選，每晚我們都把離飯店最近的酒吧喝到乾。

言歸正傳。回到麥德琳．史密斯案。我翻了翻文件，找到此案的新聞剪報，順便瞄一眼審理中案件辦理聽證會的規定。主要的報導登出兩名警察押送麥德琳的照片，她的雙手銬在前方，身材纖瘦，一頭金髮，面容疲憊。

麥德琳．史密斯，今年四十四歲，因丈夫艾德溫遭人刺殺陳屍床上而被警察逮捕。死者是美國資產管理公司埃錫拉控股的大股東。史密斯家位於倫敦克拉普漢的豪宅價值三百五十萬英鎊，清潔工在家中發現屍體並打電話報警。據悉當時嫌犯坐在丈夫身旁的地板上，任由警方將她逮捕，從頭到尾不發一語。左鄰右舍都驚訝不已。一名不願透露姓名的知情人士表示：「她待人親切，都會自願幫忙我們每年舉辦的街頭派對。我實在不敢相信會發生這種事。」

我暫停片刻，用去年聖誕節我送給卡爾的濃縮咖啡機煮了杯咖啡。他一次都沒用過，說膠囊太浪費。

以下是起訴書列出的事實摘要：

九月十七日星期一，家中清潔工發現艾德溫．史密斯陳屍床上，其妻麥德琳坐在他旁邊的地板上。他已經斷氣大約十二個小時，死因是頸部和軀幹上的十五處刀傷導致失血過多。研判應是在睡夢中遭刺，因爲身上並無反抗痕跡，看不出他曾經反抗或阻止對方。他旁邊有一把三十公分的菜刀，刀片跟上述的傷口吻合。死者大量失血，血滲進床單和地板，滴下樓下客廳的天花板。麥德琳身上的衣服也血跡斑斑。

警察和救護車立刻趕到，但死者已經回天乏術。麥德琳平靜地任由警方將她逮捕，當時或後來都未發表意見。她先被羈押在堂威監獄，但兩週前申請保釋獲准，目前住在畢肯斯菲爾的姊姊家，行動受到嚴格控管。

這麼看來，清潔工、警察、救護車人員、病理學家，還有某個在艾德溫．史密斯遇害當晚聽到尖叫吶喊聲的鄰居應該都做了筆錄。檢方毫無疑問也會在某個時刻拿出這些筆錄。我回想三週前的那個禮拜天我在做什麼。

我們剛去海邊度完週末回來，但那次出遊只成功一半。至少瑪蒂達在海灘上玩得很開心，但我跟卡爾起了口角，睡在一張爲了放浪形骸而不是爲了相看兩相厭而設計的床上，卻完全沒碰對方。還是別想起比較好。我把思緒拉回案件。

派屈克還列出麥德琳那週末的活動。她說他們現年十四歲的兒子詹姆斯從寄宿學校回來過週末，後來她跟艾德溫開車載他到倫敦橋搭火車回學校，好趕上星期天的夜間禮拜。詹姆斯的名字也在檢方證人名單中，雖然還沒附上他的筆錄。

麥德琳給了律師簡短的個人背景說明：她現年四十五、六歲，來自薩里郡，童年跟著外交官家庭到處旅行。她受過會計師訓練，但已經多年沒工作。三十歲她成為人母。她跟艾德溫結婚近二十年，感情和樂，對於命案當晚的事她不予置評。毫無評論。

到了車站，我先看到派屈克。他靠在牆上看手機。一看到他，我的心怦怦跳，腳踝不小心絆到拉桿包，差點跌倒。他抬起頭對我笑，從嘴巴延伸到眼睛的由衷笑容。我笑出聲，看到有人很開心看到我，心裡鬆了口氣，一時忘了我跟他已經結束。我走過去時，他摸摸我的臉。我正要跟他說我對這案子的想法，他的手機剛好響起，他轉過頭去接電話。後來我們坐上火車，一路上很少交談，但他不時會抬起頭，停下手邊的事，拍拍我的腿。我強迫自己別理他，堅定地提醒自己我們之間已經結束，他現在或許對我很好，但上禮拜五和很多時候都不是。我知道他不是好東西。

畢肯斯菲爾是個美麗的通勤小鎮，精品店和美食酒吧林立。我們從車站搭計程車到當事人的住處，站在電動柵門前等人來開門。這房子很大，花園相形變小，周圍的房子也一樣大，都是最近蓋的，簇新閃亮。

有個女人從門口探頭打量我們片刻，顯然在確認來者。確認過後她退回屋內，柵門就慢慢開啓。我們走進門，沿著碎石路走向前門。前門突然打開，派屈克走上前跟那女人握手。

「妳好，又見面了，法蘭欣。艾莉森，這位是法蘭欣，麥德琳的姊姊。」他站到一旁，我跟她握手，感覺她的手指緊繃又骨感。她示意我們進門，麥德琳就在客廳裡，盤腿坐在沙發上。她起身跟我們問好。

她是個纖瘦的女人，身材高䠷，頭髮濃密光滑，但挑染的頭髮已經長出三、五公分新髮。頸部的肌腱明顯，太陽穴上有條青筋在跳動。法蘭欣也很瘦，但不像妹妹瘦瘦乾乾，頭髮和皮膚都帶著光澤。她很緊張，腳動來動去，手抓著開襟毛衣的邊角。抬頭看這對姊妹時，我覺得自己變得比平常短小粗壯。跟她們由內到外散發的優雅氣質比起來，我就像匹勞役馬。她們倆都穿著米色系上衣、灰褐色長褲和柔軟的燕麥色針織衫，一看就知道是喀什米爾羊毛。麥德琳戴的首飾很細緻，耳環和戒指都鑲了鑽石，整圈鑲滿鑽石的永恆婚戒鬆鬆地套在她的左手無名指上。我轉了轉我的白金戒指，把訂婚戒上的小顆單鑽藏到裡面，鑽石扎進我的肉裡。

「我不想再想起監獄的事，那眞是惡夢。」麥德琳挑著指甲旁邊的硬皮。

「我們已經盡快把妳弄出來了。」派屈克語氣溫柔。麥德琳需要溫和的聲音和謹慎的語言，呵護她脆弱的內心。我從沒聽過派屈克用這種語氣說話。

「有人想喝杯茶嗎？」法蘭欣問。

我點點頭。「加牛奶，不加糖，謝謝。」有事做或許能讓她平靜下來，放鬆神經，這樣我們才能從麥德琳口中問出更多事。

法蘭欣匆匆走出客廳之後，麥德琳盤起的腿稍微放鬆一些。

「好多人在大吼大叫，我試著入睡，但眞不知道這種情況下誰還睡得著……眞是地獄。我可以在警察局過夜，但到了那裡簡直沒辦法。五個晚上……」

她停下來，抬頭對端著茶、牛奶、糖和三種餅乾回來的姊姊微笑。

「還需要什麼嗎？」法蘭欣問。

「這樣就很好了。」我回答。三個人異口同聲說謝謝。

「我沒事的，法蘭欣，我跟他們單獨聊一聊沒問題的。」麥德琳對著姊姊微笑，法蘭欣終於走出去並關上門。

「咱們開始吧。」派屈克把托盤推到一邊，從公事包裡拿出檔案放在咖啡桌上。我從我的包包拿出起訴書和筆記本。「先讓我正式爲妳介紹艾莉森．伍德，之後她會代表妳出庭。」

我對麥德琳點點頭。

「艾莉森已經執業超過十五年，辦過很多複雜的案子，高等法院和上訴法院都有。」

派屈克指著我說。他介紹的人好像不是我。「她一定能找出對妳的案子最有利的切入點，請妳放心。」

麥德琳看著手。「我不覺得還有什麼可做。我就是凶手，就是這樣。」

「別急。還不到說這種話的時候，只要先討論初步程序就好，」派屈克說，終於恢復我熟悉的語氣，大膽、直接。我很慶幸他阻止了她，沒有比當事人貿然談論罪行更糟的事了。他們應該等我們提出恰當的問題再開口。「艾莉森，妳何不跟麥德琳說明案子的下一個步驟。」

「好的。麥德琳，現在狀況是這樣的。此案從地方法院轉到老貝利中央刑事法院，下一次出庭是審前聽證會，也就是對檢方的指控提出申辯。」

「還要好幾個禮拜，對吧？」

「對，十一月中，還有五個禮拜。目前檢方拿出的證據不多，但他們很快就會提出更多證據。但願如此。」我看著麥德琳說話，但她不看我，而是繼續低頭看手。她的指甲咬到見肉，是她完美無缺的外表唯一的瑕疵。她點點頭，我繼續說。

「我們得在聽證會之前討論過所有證據。我說過了，我們得在聽證會上提出答辯，如果妳不認罪，之後就會安排審判日期。」

「如果認罪呢？」

「那就會馬上休會，等待判決。」

「那就是我想要的。」這時她才抬起頭，直視我的眼睛。她一臉堅定，眼神果斷。太過刻意，我懷疑她有所隱瞞。

「麥德琳，我強烈建議妳，等我們討論完所有證據再決定下一步要怎麼做。在這個階段堅守立場不一定是正確的做法。」她下巴繃緊，但至少還在聽。

「我知道自己在做什麼。」

「這我就不知道了。這裡還有法律面要考慮，所以我們一步一步來好嗎？」我從眼角瞥見派屈克點頭認同。

麥德琳起身踱去窗前又踱回來。我還以爲她要走向鬆軟的皮沙發，在我旁邊坐下，但她在最後一刻轉過身走回窗前。「你們不應該保我出來的，我應該被關起來。」

派屈克頓了頓才說：「妳沒有前科，沒闖過禍，法院相信妳不會對任何人造成威脅。從準備辯護的角度來看，這些對妳更加有利。」

麥德琳嘆了口氣但沒反駁。她走回沙發坐下來。

我清清喉嚨。「妳跟我們和妳的律師的所有對話都受到保護，意思是完全保密，誰都不能強迫我們透露妳說過的話。不過，要是妳跟我們討論時說一套，開庭時卻想說另外一套，那就有點麻煩。妳說什麼就是什麼，我們不能說謊，這樣有違專業，而我們可能就無法再繼續代表妳。這樣妳了解嗎？」

「了解。」麥德琳說。

我拿起筆和筆記本。「那麼，可以告訴我那個週末究竟發生了什麼事情嗎？讓我們從禮拜六開始說起。」

「詹姆斯回家過週末。禮拜五晚上他搭火車回倫敦。禮拜六我做了焗烤土司當午餐，晚上我們去克拉普漢公園附近的牛排館吃飯。後來詹姆斯去參加學校好友在巴爾漢舉辦的派對，我跟艾德溫搭計程車回家。」她停下來喘口氣，我記下最後一筆，然後點點頭請她繼續。

「我們看了一部片就睡了。」

「什麼片？」我問。

「那重要嗎？」她聳聳肩。「《四海好傢伙》。艾德溫喜歡那類型的電影。」

她的頭一晃，意識到自己說的話。「生前喜歡。」她突然雙手捧著臉，吸氣又吐氣。「看完我們就睡了。詹姆斯大概十一點才回到家。應該是，我沒聽到他進門的聲音，因爲太累了。」

那麼晚還讓這年紀的孩子在倫敦街頭遊蕩？我正要開口發表評論，但又停住。就我所知，這很正常。「他常晚上去參加派對嗎？」

「如果有的話。但也不一定，有時會去，有時不會，我記不太得了。」

我想起瑪蒂達。以後我不可能讓她自己去參加那種派對。絕不可能。

麥德琳接著說：「禮拜天我們起得很晚，我做了烤雞。後來我們載詹姆斯到倫敦橋去坐車。回到家之後，艾德溫說想跟我談一談。他說他要離開我。」

我的手在紙上一歪，毫無預期會聽到這樣的發展。我開口要發問，但她繼續說，沒停下來。

「我喝了大半瓶琴酒就昏睡過去。聽到清潔工大叫，我才醒過來。抬起頭我就看到艾德溫已經沒有呼吸，我的腳邊放了一把刀子。」她的聲音變小，我幾乎聽不到。「我不是故意的，我根本不記得自己做了什麼。我很難過……」

麥德琳的臉色很蒼白，但說完時她的臉微微發紅。

「跟我說些詹姆斯的事。」我說。慢慢來，別急——這樣稍後談到夫妻關係才會比較順利。

她臉上的紅暈退去，臉部放鬆。「妳想知道什麼？」

「他是個什麼樣的小孩？比方喜不喜歡上學？上寄宿學校多久了？」

「這是第二年，他快滿十三歲就去了，他說他喜歡那裡。」

「他離家妳會很難受嗎？」

「一開始會，後來習慣了。每天來回學校太浪費時間了，那樣他要弄到很晚才到家。他體育活動很多……不是我不想要他在家。艾德溫認爲……」麥德琳的聲音逐漸消失。

「認爲什麼？」我輕聲問，免得把她嚇跑。

「艾德溫認爲那對他有好處，可以學習獨立。他覺得我不該什麼事都替他做得好好的，他應該多學會自己照顧自己。」

「妳同意嗎？」

麥德琳直起背，抬起下巴。「當然同意。他說得沒錯，他了解男孩子……」

「嗯。你說詹姆斯喜歡學校，他特別喜歡什麼呢？」

「體育吧，這是肯定的。還有固定的作息。詹姆斯喜歡固定作息。一切都井然有序、我心情平靜、晚餐準時開飯之類的事最讓他最開心了。」

我記下來。「妳有不平靜的時候嗎？」

「沒有人一直都很平靜。有時候事情太多，我會忙不過來……」麥德琳的雙手緊緊交握。「這是艾德溫覺得讓詹姆斯去上寄宿學校比較好的另一個原因。這樣我才有充裕的時間把所有事做好，也更能好好享受一家人團聚的時光。」

我寫下她的回答。「妳認爲呢？」

「我同樣覺得艾德溫或許說得對。我一直那麼忙，實在很難面面俱到。」她聲音顫抖。

「妳都在忙什麼事？妳從事什麼工作？」我讓聲音保持中立客觀。

「健身房、皮拉提斯，還有替畫廊募款……我不想放縱自己。艾德溫不……」她的聲音再度消失。

我拉了拉裙子，突然意識到腰帶好緊，綁住肉不太舒服。沒時間去做皮拉提斯，這顯然是我的婚姻亮紅燈的原因。

我重新瀏覽筆記。該加強火力了。「麥德琳，可以請妳告訴我，事發之前妳跟艾德溫之間的關係嗎？」

「我們的關係怎樣？」

「你們處得如何？有很多時間相處嗎？他是不是常出遠門？這之類的事。」

「他當然常出遠門，每週都會去紐約。」

「每週？那很頻繁。」我說。

「在市區工作的人妳大概認識的不多？那種工作這樣很正常。」她抬頭挺胸，聲音冷冷的。

我把Hobbs西裝衣領拉緊，以抵擋寒意。這或許不是什麼時髦女裝，但起碼是我自己用錢買的。從我們進門以來，這是麥德琳第一次露出冷酷的一面。她手拿菜刀站在奄奄一息的丈夫面前的畫面浮上我腦海。接著她嘆了口氣，肩膀一垂，那畫面倏地消失。

「他不在家時妳都做些什麼？」我問。

「一樣，我說過了。幫忙畫廊籌備晚宴，我要忙的事很多。」麥德琳說。

「哪間畫廊？」

「切爾西的菲茨赫伯畫廊。他們拿到的國家補助不多，所以很大一部分要靠私人募款。這工作很重要。」麥德琳的臉又紅了。

「妳對慈善事業沒興趣嗎？」我忍不住問。

派屈克打斷我的問題。「我想不出這問題跟本案有何關連。」

我對他和麥德琳微笑。「我只是想了解事情的全貌。麥德琳，在這週末之前，妳會說你們夫妻關係良好嗎？」

「我想是。所以他說想跟我離婚時，我才會那麼震驚。」麥德琳又低頭看手，手擱在腿上轉來轉去。

「妳想他為什麼要提離婚？」

「我不知道。」她又用手遮住臉，低頭垂肩，開始啜泣。

我想問她艾德溫是不是有外遇，但她一直哭，啜泣聲愈來愈大，愈來愈傷心，發自體內撕心裂肺的哭聲。

「現在他死了，我永遠無法知道他是說眞的，還是還有轉圜的餘地。都是我的錯都是我的我錯都是……」

連派屈克也一臉不自在，坐在椅子上動來動去。我以為他要伸手拍拍她，但他卻開始撫平紙張，重新整理便利貼，從頭到尾低著頭。麥德琳的姊姊沒敲門就衝進來。

「兩位請先離開，這超過她的負荷了。」法蘭欣說。

「我們還有幾個問題……」我說。這句話比較像評論，而非問題，我很確定她一定會趕我們走。

「我不在乎。你們可以下次再問。她承受不了了。」

我把筆記本放回手提包，然後站起來。派屈克也一樣。

他咳了一聲。「我們很快就得再來叨擾，下禮拜。如果要替麥德琳辯護，了解整個事件的全貌非常重要。之前發生的事也一樣。」

「好，只是今天先到此爲止吧。我要花好幾個鐘頭才能安撫她的情緒，我沒那麼多時間……」法蘭欣按住麥德琳的肩膀，輕輕搖著她。「麥德琳，別哭了，孩子們很快就回來了。」

我跟派屈克先告辭，到外面叫了一輛計程車回車站，一路沉默，差一點就趕不上回倫敦的火車。

「我要去買飲料。妳要嗎？琴酒？」

我點點頭，派屈克走去找餐車。我有種被榨乾的感覺，麥德琳的啜泣聲仍在我腦中迴盪。我們只跟她談了一個半小時，感覺卻像是更久。小蒂現在應該放學了，正開心地跑向站在外面跟其他家長聊天的卡爾。他們或許會去咖啡館喝杯熱巧克力，或者她的朋友會找她去家裡一起玩。卡爾帶她去同學家，坐下來跟孩子的母親喝茶聊天，兩個小女孩在一旁玩扮家家酒。一瞬間我幾乎聞得到瑪蒂達的髮香，貼著我的臉柔滑如絲，頭熱熱地靠在我的頭上。她從我眼前消失時，我心慌了起來，但這時候派屈克端著琴酒回來。我喝了一大口，用酒精驅散恐懼。只是過了一個難熬的下午而已。派屈克靠過來把手塞進我的兩腿中間，在我耳畔說：「廁所就在那裡，這個車廂都沒人。」

我知道我應該拒絕，提醒他我們之間結束了。但我沒有。我看了看他，他手的熱度貼著我。我把剩下的酒一飲而盡，狠狠吞下肚，然後跟在他後面，最後一刻不忘抓起手提包。

他鎖上廁所轉向我。我屏住呼吸等他吻我，把我的臉拉向他，甚至像他之前那樣溫柔地觸摸我的臉。麥德琳的情緒搞得我神經緊繃，但這樣就能平靜下來。我們面對面片刻，四目交接，他就在這一刻吻了我，手掠過我緊繃的腰帶，探進我的底褲。緊繃的一天終於鬆開……

我發出呻吟，他輕輕把我往下推，讓我跪在地上，他解開拉鍊。原來不是要互相取暖。我避開地上的一灘尿，換另外一邊膝蓋，傾身向前抓住他，另一隻手扶著旁邊的洗手台。他靠在洗手台上，抓住我的頭，把我拉近。我閉上眼睛。

完事之後，我吞下肚再用水漱口，把水吐在鏡子上。我好累，眼角的睫毛膏花了，口紅也早就掉了。快感過後，疲憊不安的感覺復返。我在站在廁所外面等的女人臉上看到一樣的不滿。只見她牽著小孩，我跟派屈克跟她擦身而過時，她低聲咂嘴。匆忙之間我忘了手提包，她喊住我，僵硬地伸手把包包遞給我，好像很怕碰到我。

我低著頭接過包包，避免跟那女人對眼。派屈克已經回到座位栽進黑莓機的世界，每敲一次鍵盤，我們之間的距離就愈遠。我望著窗外，試著忽略附近某個東西發出的尿臊味。我很確定我沒踩到地上的那灘尿。最後我拿起包包，聞了聞其中一角。我用手指去摸又馬上移開。濕濕的。我的膝蓋沒事，但我用第一件大案子賺來的律師費買給自己的 Mulberry 包卻泡湯了。派屈克看到我的動作，嫌惡地皺起臉，然後回頭繼續看信件。

正當我把最後幾樣東西從髒掉的手提包移到拉桿包時，我的手機響了。一看到來電顯示是瑪蒂達的學校，我的心一沉。我挺起肩膀才按下接聽，把注意力從派屈克身上轉移到家庭責任上。沒等我打完招呼，老師劈頭就說，我太晚去接瑪蒂達了。

「今天是卡爾去接他。我們說好了。」我強自鎮定，模仿電話另一頭的老師就事論事的語氣。

「他不是這麼說的。他認爲是妳要來接瑪蒂達。」

「他跟我說他今天最後一個諮詢排兩點。」我幾乎要慌亂失措。

「老實說，貝利太太，誰跟誰說什麼不重要了。現在已經四點過五分了，卻還沒有人來接瑪蒂達。我們可以讓她在才藝班留到四點四十五，但還是得確認誰要來接她。」

我望著窗外。快到馬里波恩站了，但我還得從車站趕去海格區。

「妳聯絡不到我先生嗎？」

「他手機關機。」

「我現在在火車上，會盡快趕過去。」

「四點四十五分見。」電話掛上，不是問句，而是聲明。

我開始心跳加速，緊張到喉嚨束緊。可憐的小蒂，在學校等不到人。我很確定……算了，快點趕去就對了。我從手提包拿出鏡子檢查臉，確認臉上沒留下派屈克的痕跡。

派屈克終於抬起頭。「怎麼了？」

「我很確定有人會去接瑪蒂達，學校卻說沒有。我一定會遲到。」

「喔，他們一定能搞定的。」他又低下頭，顯然對這話題沒興趣。我本來要說更多，但又咬住嘴唇。何必呢？他突然又抬起頭。

「意思是說我們回去之後不能好好討論一下案子？」

「恐怕不行，我得去接她。」

「沒有別人了嗎？」他語氣不耐。

「沒有。他們聯絡不到她爸，所以就只剩我了。」

「妳試過打給他看看嗎？」從我們坐回座位之後，派屈克第一次那麼認真。

我搖搖頭，撥了卡爾的手機卻直接進語音信箱。

「關機。學校也這麼說。沒用的，他諮商的時候不接電話。」我回頭救出髒掉的袋子裡的東西。

「我們得討論案子，那比當保母更重要。去接小孩的應該是他，妳得找到他。再打一次電話。」

我又撥一次卡爾的手機，還是直接進語音信箱。「我說過了。還有，這不是當保母，是照顧我自己的女兒。我一定要去接她。」東西全部清空之後，我把袋子捲起來塞進頭上的行李架。如果有人要就給他吧。快到站了，我穿上外套，走去門前等車子到帕丁頓站停住。「我再打給你。」

他不再爭論，皺著眉頭伸手摸我的手。我把手拿開，只顧著擔心瑪蒂達，沒有多餘的心思接受他的好意。

「我們得跟妳收罰金，一共是二十英鎊。」老師——我如果記得沒錯，應該是亞當斯太太——寫在筆記本上並大力合上，紅色指甲刮過硬皮封面。我咬著嘴唇，強烈意識到要是我不那麼努力讓自己的名字登上派屈克的花名冊，或許就不會被記在這本名冊上。

「眞抱歉，郊區有一個重要的會，又以爲我先生會準時來接小孩。」我連聲道歉。

「昨天他告訴我們妳會來接。瑪蒂達很興奮妳要來學校接她。」她沒說「第一次」，也不需要。我不想多想。

「一定是我搞錯了，對不起。總之，忙中有錯，現在我來了。來吧，瑪蒂達，我們回家了。」我伸手從她手裡接過書包。

「二十英鎊罰金現在就要支付，麻煩妳了。」老師上前擋在我跟瑪蒂達中間，黃褐色針織衫形成的屏障堅定不移地杵在我女兒面前。我希望訴諸情感能打動她。

「亞當斯太太，耽誤妳的時間我眞的很抱歉。我身上恐怕沒有二十英鎊，剛剛從車站搭計程車趕來，我把現金都用光了。妳要我趕來，我也及時趕到了。錢明天早上我們就拿來繳。我會很感激的，亞當斯太——」

「是小姐，不是太太。」她突然打斷我。

「亞當斯小姐，抱歉。明天好嗎？過來，瑪蒂達。」我斜向一邊把手伸向她。屏障跟著動，以這種寬度來說，她的動作意外地靈活。

「安德森。我姓安德森。我負責課後照顧和確保家長準時來接送。如果明天再付，金額就是三十英鎊。」她抬起下巴，臉色泛紅，彷彿這是她一整天最樂的時刻。

我看看錶。這場對話進行了十分鐘，這也要算進罰金嗎？「我明天一來就會付清二十英鎊。現金，放進信封，上面寫上妳的名字，安德森小姐。造成妳的不便我很抱歉，但現在我要帶我女兒回家了。」

我快速上前從安德森小姐和牆壁之間的縫隙把瑪蒂達拉走。她低著頭飛奔而出，老師斜向旁邊阻止她卻撲了個空。我站在原地注視她片刻，跟她四目相對。接著我把瑪蒂達拉過來，推著她和我的拉桿包走出去。安德森小姐喃喃說著明天如何如何，但我已經受夠了。我用我最快的速度走出幼稚園，穿過大門，免得那女人拋出力場把我拽回她凶狠的眼神裡，直到過了轉角我們才停下來。

我把瑪蒂達拉過來抱住。「抱歉，小寶貝。我還以爲我們永遠逃不出去了。」

「她很凶。」瑪蒂達趴在我的肩膀上說，半是興奮，半是恐懼。

「我知道，對不起。我們去吃點甜的壓壓驚。」瑪蒂達笑了。一看到店我們就走進去，我買了兩包豆豆糖和一支棒棒糖給她。

我們慢慢走下山坡，往拱門的方向前進，眼前的倫敦天際線變得一片模糊，而在我不想承認是眼淚的薄霧後面，碎片大廈閃亮鮮明。至少瑪蒂達吃了甜的很開心。我用袖子擦去淚水，眞是受夠了拖著拉桿包走路，有股衝動想把它丟進最近的垃圾桶，塞進一堆漢堡包裝紙和狗屎袋中間，這樣我背負的枷鎖、每個律師拖著公文在東南區的刑事法庭奔走留下的痕跡，就能眼不見爲淨。我又用袖子擦擦臉，終於不再落淚。

「我保證不會再這樣了。」我跪在她旁邊說。

瑪蒂達想了想，然後露出微笑。「妳又不是故意的，所以沒關係。」

我也回她一笑，她抱住我，然後我們一起走回家，一路無話，伴隨著我的拉桿包滾輪的嘎吱聲和瑪蒂達嚼糖果的喀喳聲。

「我甚至沒辦法對妳生氣。不能再這樣下去，妳不能再這麼隨便。」卡爾沒提高聲音，也不需要。

「一定是我搞混了。我以爲你說……」

「妳知道我禮拜二的諮商都比較晚。」他搖搖頭，然後回頭去看爐子上的紅醬。

「我一定是搞錯了。」我不知道還能說什麼。

「肯定是這樣。然後妳又給她吃一堆糖果，晚餐她不可能好好吃了。」

我等著聽卡爾還有沒有其他話要說，只見他把煮沸的水倒進深鍋，再放兩把義大利麵進去。他開始刨帕馬森起司時，我默默退出廚房。比起指責，沉默更讓我難受。我一定得加把勁才行。

6

一個禮拜後，十月過了大半。我跑到巴西爾登刑事法院幫一個中等排名的足球員辯護。他被控性侵一名未成年少女。說這場審判不完全成功也不過分。他在被告席上的舉止表現十分差勁，即使身爲他的律師，我都無法爲他被判有罪而感到難過。確定他被判五年徒刑之後，我到牢裡去看他。

在拘留室門前等他時，我趁空查看手機。垃圾信、垃圾信、不同案件的進展、派屈克。派屈克。我立刻打開信，心臟怦怦跳。上週我只見過他一次，禮拜四傍晚在他的公寓。那天他留言給我，問我有沒有空，還邀我去他住的地方。我到的時候夜幕逐漸低垂，我靜靜躺在他旁邊，從他房間的百葉窗看著天色轉暗，一邊聽巴布·狄倫唱著別想太多。一切都會沒事，只要像這樣緊緊相依。

跟麥德琳·史密斯的下次見面訂在禮拜三，兩點。會後討論。搞定小孩的事。

看完留言我皺起臉。他說的好像上週四下午的那次見面根本不存在，我們又像平常那樣唇槍舌戰。但那天他明明把頭埋進我的頭髮裡，我們的心跳一起變慢，直到合而爲一。

高潮來臨時，我們吻了又吻。他說那天下午十全十美，可遇不可求。我甚至不想呼吸，生怕把它吹散。但後來我穿上衣服準備離開，他轉過身去看手機，我想親他跟他道別，他卻幾乎連頭都沒抬。

「小姐，小姐！你找誰？」拘留室的對講機傳來模糊的聲音，把我拉回當下。

「彼德．羅耶。」

「好。」

這次見面如我所料不歡而散。羅耶嘴裡叼著菸，很生氣自己竟被判了五年徒刑。有些運動員就算坐牢也能維持體格，但我猜羅耶不屬於這種人，他早就被寵壞，受不了這種折磨。在球場上被捧為巴西爾登聯的明星前鋒，下了球場偶爾兼差去當汽車技師也頂著明星光環，這種種導致他完全不知天高地厚。只因為一個十五歲的女孩投懷送抱，不表示他就可以為所欲為，更何況是一再跟她發生關係，甚至得寸進尺。有次他硬要對方幫他口交，女孩便去跟媽媽告狀，媽媽一氣之下跑去報警。我告訴他，目前看來想靠上訴推翻判決的機會很渺茫，但我會全力以赴，盡快給他法律上的建議。我伸手要跟他握手時，他絲毫沒有要理我的意思。整體來說，我很高興終於能坐上回倫敦的火車。

火車轉向，穿過倫敦東半部，工廠消失，整齊劃一的排屋出現，花園往鐵軌後方退去。鐵道兩邊遍布垃圾、空罐、丟棄的衣服，破舊的塑膠袋像女巫的內褲掛在發育不良的矮樹上。我很好奇有沒有人曾經攀越圍牆，趁火車經過時在草地上做愛，只爲跟著從巴西爾頓到芬喬奇街站的火車節奏，逃離千篇一律的日常，換得片刻的痛快。我記得大富翁圖板上有一站就是芬喬奇街站。至少我「出獄」了，彼德．羅耶就沒那麼好運。我試著搜尋心中對他的一絲同情，但沒有就是沒有。他活該坐牢，我希望這多少能爲受害者和她的家人帶來安慰。

我很高興能再重拾麥德琳的案子。我閉上眼，靠在扎人的火車坐墊上，心裡想著派屈克，卡爾的臉在後面瞪著我，後來我斷斷續續睡著時，兩人的臉在我腦中一起旋轉。火車抵達芬喬奇街站時，我驚醒過來。

兩天後，我跟派屈克在馬里波恩站會合，一起去搭火車。他不是很想說話，我試過幾次找他說話，之後就放棄了。

我們站在厚重鐵門前等門打開時，他說：「她跟丈夫的關係，我們得問出更多。」

「記者已經放棄了，」法蘭欣這麼說，她來開前門讓我們進去。「我還以爲他們永遠都不會放棄，但她足不出戶，所以他們什麼也問不到。」她指指妹妹。麥德琳拘謹地站在玄關和廚房之間的門口。「你們慢慢聊，我先告退。但別像上次那樣擾亂她的心情，她還很脆弱。」

這我同意。法蘭欣若是生氣蓬勃的正本，麥德琳就是蒼白失色的副本。要是她再繼續退縮，遲早會隱沒消失，從畫面上整個抹去，就像她丈夫的血跡從臥房地毯上被徹底洗掉。

我們坐在法蘭欣的廚房裡。這廚房比我的乾淨太多，瓶瓶罐罐和抹布都是柔和的淡綠色。比起上次見面，麥德琳的頭髮又更精心打理過，髮根還用蜂蜜色和焦糖色挑染。我把頭髮往後撥，塞進耳後。派屈克在桌子另一邊坐下，藍色筆記本攤開擺在我們面前。

「審前聽證會將在一個月後舉行，」我說。「通常被告會在這時候提出答辯，但這個案子……」

「我想認罪，」麥德琳打斷我。她表情扭曲，像是逼自己說出這句話，但聲音細小，我得伸長脖子才聽得見。「我只希望這件事快點過去。」

「我了解。麥德琳，但我們必須先確認妳已經考慮過所有選擇。」跟她的細語比起來，我的聲音聽起來好吵。

「選擇有兩種，有罪或無罪，而我打算認罪。是我做的，我拿刀把他刺死，就是這樣。」她提高聲音，手往桌上一拍。

「這個階段還有第三個選擇，就是不提答辯。這方面我想我們還有很多需要討論。目前我們手邊只有起訴書。妳或許會喪失一些減刑額度……」

「那是什麼意思？」麥德琳專注地看著我。

「如果妳一開始就認罪是能獲得減刑，但在這種情況下我建議等到掌握更多資訊再說。」我回答她。

「反正我怎樣都是無期徒刑，沒關係。」

「有關係，無期徒刑也有不同的等級。而且就算妳認罪，爲了減輕刑責，我們還是得盡可能了解案情。我認爲妳在審前聽證會應該先不提答辯。」

「什麼聽證會？」

「我之前提過的審前聽證會。我建議妳暫時不提答辯，等我們拿到更多起訴文件、證人筆錄和鑑識證據再說。同時我們也能跟妳更深入討論案件的背景。」

麥德琳點點頭。「隨便了。反正我認爲到最後我還是得認罪。」

「就看我們討論得如何。上次我們開始談起妳跟艾德溫的關係。」我維持平穩的語氣，免得嚇到她。「我們得了解你們之間的互動，才能給妳進一步的建議。」

「何必呢？他死了，我殺了他。」她搗著嘴巴說。法蘭欣打開廚房門，走去站在麥德琳旁邊。她看著我，像在問我她能不能留下來一起聽，我點點頭。或許她在場有助於安撫麥德琳的情緒。

「釐清案情對我們來說很重要，」我接著說。「我的工作是替妳辯護，確保妳得到最好的建議。但妳要把事情一五一十告訴我，我才能辦到。」

麥德琳顫巍巍地深吸一口氣，直起身子。法蘭欣在她旁邊坐下，面對著我，手放在麥德琳的胳臂上。

「妳希望法蘭欣下來陪妳嗎？」

麥德琳搖搖頭，頓了一下又點點頭。

「上次妳告訴我們，妳記得跟丈夫的最後對話，是他說想要離開妳。對嗎？」

再次點頭。

「我的印象是，這對妳來說就像晴天霹靂？」

「對。我們的關係當然有苦有樂，但我從沒想過我們會分開，也沒想過他會要我走。」麥德琳已經不哭了，但說話還是很小聲。

「或許我們該把時間往前轉，回到你們剛在一起的時候。你們在哪裡認識的？」

麥德琳露出微笑，望著我肩後一個遙不可及的點。「他是那麼的好看，我也一樣，如果你們相信的話。周圍的人都叫我們金童玉女。每個人都想跟我們作朋友，看那種魔力會不會逐漸褪色。總之，他們是那麼說的。記得嗎，法蘭欣？最初那幾年？」

法蘭欣點點頭。「當然記得。當時你們是那麼的快樂。」她的語氣跟快樂完全沾不上邊。我看著她，但她面無表情，臉上完全沒有聲音裡隱約洩漏的憤恨不平。

「對，那麼的快樂。我們是在大學認識的。我其實比他大一屆，但無所謂，我很高興能認識像他那樣的人。就這麼一眨眼，我們在一起了。他第一次走進酒吧，我們就一見鍾情。當時我在校外跟人合租公寓，沒過幾天他就搬進來，之後我們就形影不離了。」

「聽起來很浪漫。」我在筆記本上揮筆。有人形容過我跟卡爾是金童玉女嗎？我不認爲。但我們曾經很快樂。二十幾歲時，世界還沒變得複雜，週末可以都在床上度過，沒人會嫌棄酒太廉價，只要有酒能喝就很開心。我們是下班後在滑鐵盧附近的酒吧認識的，那是一家古巴酒吧，長久以來都是我們的最愛，直到我們造訪哈瓦那，見識到正宗古巴酒吧爲止。那次度假我們決定夜夜纏綿，後來有天晚上我們在沙灘上睡著，我被蚊子叮得滿身包，被碰一下都痛得哇哇叫，最後只好放棄計畫。儘管如此，我們照樣開懷大笑。可是如今，我們連對彼此微笑都很勉強。

「他想盡辦法討我歡心，買禮物給我，常把『我愛妳』掛在嘴邊。後來我們搬進一間小公寓，只有我跟他，這樣就足夠了。那段時間很美好。」麥德琳的微笑仍停在臉上。

「但後來妳換了跑道，記得嗎？」法蘭欣打斷她。麥德琳皺起臉，噘起嘴唇，很難看出她是喜是悲。

「對，我不該讀法律的，那超過我的能力。我不想整天都待在圖書館。」

「所以妳改讀什麼？」我懂她的意思。我還記得校園裡的那些法學院學生，鼴鼠一般的奇特生物，徹夜鑽研判例，每天早上眨著眼鑽出洞口。我本來讀歷史，後來改讀法律，表面上說是歷史訓練讓我更有深度，心裡其實很擔心自己的法律程度不如人。

「我改去讀會計，功課還是很多，但比較不需要泡圖書館。而且艾德溫覺得會計比較實用，是種不錯的專長。」

「跟法律比起來？」我難掩驚訝。

「他覺得我沒有好律師該有的條件。他說我太文靜，又不喜歡衝突。我也從來就不喜歡法律。」

「妳喜歡會計嗎？」

「還可以。雖然也得念書，但沒那麼忙，在家的時間比較多。他沒去念書的時候，我們都在一起。」

「他讀什麼科系？」

「經濟。他一直以來都打定主意要進金融業。大多數人對未來都沒什麼想法，但艾德溫就很清楚。那是他最迷人的地方之一。」麥德琳又笑了。我看了看法蘭欣，但她面無表情。

「法蘭欣，妳跟他處得如何？」她好像對我的問題感到吃驚，愣了一下才回答。

「不錯，都還不錯。那時候我跟外子住在新加坡，不常跟他們夫妻見面。麥德琳當然會寫信，後來變成電子信。她寄很多照片給我，我們是這樣認識他的，也看到他們倆有多開心。」我繼續寫筆記。

「那些照片妳還留著嗎？」

「有。」法蘭欣對這問題似乎很意外。

「能讓我們看看嗎？」我問。

「照片跟這件事有什麼關係？」麥德琳說，語氣不耐。我轉向她。

「那或許能幫助我了解你們年輕時的模樣。你們何時結婚的？」

「十九年前，今年滿二十年。」麥德琳突然臉色一沉，殘酷的現實戳破了暫時包住她的美好記憶。她低下頭。我寫了些筆記，讓她喘口氣再繼續說。

「你們婚後幾年才生下兒子？」

「對。我想馬上生小孩，我們也試過，但前兩年都沒成功。後來艾德溫讓步，我才懷了詹姆斯。我好開心。」

「妳說艾德溫讓步是什麼意思？」

「他不認爲那是明智的選擇。他要衝事業，也希望我工作一陣子，但又不想跟我吵。他知道我很固執，不會願意吃藥，所以他就自己想辦法。」她一副無所謂的口氣。法蘭欣卻一臉不自在，坐立難安，緊抿著嘴唇。

「想什麼辦法，麥德琳？他做了什麼？」

「他從一個醫生朋友那裡拿到藥。每天早上他都會幫我泡一杯茶，然後把藥混進茶裡。我本來就愛吃甜的，喜歡茶裡加點糖，所以從沒發現味道有什麼不同。但這樣對大家都好。要是很早生下小孩，毀了所有計畫，結果一定很糟。」

我張口結舌看著她。「那是讓他人服用有毒物質，是犯法的行爲，構成犯罪了……」

她打斷我。「不是那樣的，妳完全搞錯了。大家老喜歡把事情說得很嚴重，但他是爲我好，爲我們好。我沒有做正確的決定，他只是在幫我。」

我寫了些筆記，但是太過震驚，腦袋無法專注。我知道想懷孕又無法懷孕的感覺，心情有如雲霄飛車，每個月都滿懷希望，月經來的時候又跌入谷底。我們很快就有了瑪蒂達，但想懷第二胎就沒那麼幸運了。那種心情我已經深埋心底，但偶爾還是會湧上心頭。想到麥德琳的這些感受，全都是因爲丈夫的可怕行爲而起……我握緊手中的原子筆。派屈克清清喉嚨，我嚇了一跳，差點忘了他的存在。

「我想我們得解釋一下謀殺案的辯護流程，妳說是嗎，艾莉森？」他語氣自制，但我從他繃緊的嘴唇看出，對於麥德琳說出的事他跟我一樣錯愕。

「我只是需要一點時間，我要……」麥德琳的聲音淡去。她起身走出廚房。法蘭欣正要跟上去，但又坐下來。她搖搖頭。

「我知道情況可能很糟，但這件事我一無所知。所以即使當時……」她幾乎像在喃喃自語。

「即使當時什麼？」我盡量不讓語氣顯得急迫，感覺法蘭欣可能要敞開心房了。

「我以爲他們很幸福。一開始我很嫉妒他們，可是現在……我會找出那些照片給妳。」法蘭欣的聲音愈來愈小，感覺好像快哭了。正要問她更多問題時，我的手機發出嗶一聲。我反射性伸手去摸手提袋，一則未知號碼傳來的訊息。

我知道妳在幹什麼好事。不要臉的蕩婦。

我眨眨眼，點進訊息，希望找到更多發送者的資料。什麼都沒有。我不懂。我抬頭看看派屈克再回頭看手機。但這時麥德琳走回來，我重新集中精神，把手機關機，手卻發起抖，心臟狂跳。我趕緊把手機塞到袋子底下。

麥德琳剛說的話在我腦中迴盪，那則凶狠的簡訊在我眼前游動。麥德琳一回座，派屈克就不耐煩地示意我繼續問，但我說出的話語無倫次，最後他只好接手。

「好的，麥德琳，我只是想說明一下妳被控的罪名的基本概念。基本上，謀殺是指一個心智和判斷力健全的人非法致人於死。這表示如果妳心智沒有問題，也不是出於正當防衛或因爲情緒失控而致人於死——」他停住又接著說：「妳就是犯下了謀殺罪。」

她點點頭。我逐漸恢復鎮定。法律術語有安撫人心的效果，熟悉的規則把我喚回現實的世界。派屈克清清喉嚨又繼續說。

「更準確的說，實際狀況比這還複雜一點。完全抗辯有幾種狀況可以適用，但本案不在其中，而且也沒證據來支持這個切入點。因爲沒有自我防衛或打鬥留下的損傷或痕跡，我們不太可能主張妳是自我防衛。」麥德琳發出聲音像要反駁，但派屈克舉起手繼續說。「這就只剩下一個問題：妳的心智和判斷力是否健全？也就是說，妳是否精神失常？」這次換法蘭欣想插話，但派屈克還沒說完。「所以，我們還有另一個選項叫部分抗辯，能把罪名減輕爲非預謀殺人，也就是精神失常或情緒失控而殺人。我想我們可以假設這不是相約自殺，中途出了差錯。」麥德琳張開嘴但發不出聲音。「妳同意嗎，艾莉森？」

「我同意。」想像中，我的律師假髮又回到頭上，專業架勢恢復了。「麥德琳，我想現在我們要做的，就是安排妳跟精神科醫師見面，因爲那對我們掌握妳目前、甚至案發當時的心智狀況極有幫助。即使最後的結果是排除這個切入點。」

「我不想要主張精神失常，也不認爲自己精神失常。」她聲音細小，卻像丟進水裡的石頭墜入房間。

「我們從來沒有這麼假設，但還是得探索各種切入點，」我說。

「那失控殺人呢？對這個案子那代表了什麼？」法蘭欣問。

「可以代表不同的事。但還沒有全面了解麥德琳跟艾德溫之間的關係，還有事發那個週末的詳細過程之前，我還不想深入討論。不過，如我所說，我們現在要做的第一件事，就是先拿到客觀中立的精神評估。」

「我找過一名心理治療師，但只去兩次，艾德溫就發現了。」我還是得伸長脖子才聽得到麥德琳的聲音。

「他發現之後怎麼樣？」我問。

「他說我不該去浪費錢，我根本不需要找人談，如果需要，都可以找他談。」

「妳聽了有什麼感覺？」我問。

「我無所謂，反正我也不喜歡那個治療師，要撐完整個療程對我來說很難。」

「一開始妳爲什麼決定要去？」

「我想跟人談談我喝酒的問題，看有沒有辦法控制。」麥德琳停下來嘆口氣，望著我身後的窗外。

「那是什麼時候的事？」我從筆記本底下畫支箭頭到頁首，準備揮筆。她看起來太端莊拘謹，我從沒想過她會有喝酒的問題。

她凝視著隔壁鄰居的邊牆看得出神，後來終於別過頭，把視線轉回我身上。「大概五年前。」

我正要問下一個問題，派屈克就打斷我：「妳爲什麼不喜歡那個治療師？」

「他跟我說，如果我去治療時喝醉酒，他就無法跟我對談。我聽了很氣。我又不是整天都在喝酒，不是那樣的，只是有時會喝過量。我不認爲他有好好的認眞聽我說話，而且他的人也讓我不舒服。」

我點點頭，記下她的答案。

「怎樣不舒服？」我問。

「就……他坐得離我太近了一點，我覺得。跟我握手的時候，他抓住我手的時間也有點太久。我說不上來，但就是覺得不舒服。」

我又點頭。「你說艾德溫『發現』妳去找治療師。那是什麼意思？」

「他在我的袋子裡發現收據。我以爲我把收據丟了，其實我忘了。」她扭著嘴。

「他發現之後呢？」我保持聲音平穩。

「他問我那是什麼收據，還有我哪來的五十英鎊。我不希望他亂想，所以就老實告訴他了。我說我這麼做是爲了他，因爲我的喝酒問題讓他很不開心，後來他也能體諒。」

「妳怎麼跟他交代那筆錢？」我問。

「我說那是我存下來的零用錢。一開始他很生氣，但後來明白我是爲了他，他也就釋懷了。」

茶裡摻藥、翻包包、管制生活花用、拿收據質問妻子。我試圖理解她告訴我們的一切，盡量不去回想自己的家庭生活。

「剛剛妳提到喝酒問題。妳說妳並不是一直飲酒過量，只有偶爾控制不當。這樣的情況多久了？」我問。

「應該是學生時代就開始了，斷斷續續。最近是因爲有幾次晚餐讓我壓力很大。」麥德琳說。

「晚餐？」

「飯局。艾德溫一直希望我當女主人招待客人，或是當個完美的女伴陪他去赴宴。我覺得很難，他不太高興。有一次我身體不適……」她的聲音漸弱。我抬頭看她。她臉色蒼白，一手扶著額頭。

「妳還好嗎？」

「沒事。只是有點難受，我有嚴重的頭痛。」

「我們還有很多事要討論，但今天先這樣吧。那麼，妳願意跟精神科醫師談一談嗎？他們的看法會對我們很有幫助。」我邊說邊在筆記旁邊畫問號，然後翻到新的一頁。

「我不覺得會有什麼差別，但如果你們希望我去，我願意配合。」

從訪談開始以來，麥德琳的聲音第一次那麼清晰。我在筆記最上面寫下幾個大字：委託人同意接受精神評估。房間裡的氣氛變輕鬆。派屈克直起背，收起檔案放回公事包。法蘭欣站起來，喃喃說著照片的事，然後走出廚房。我把筆和筆記本收進袋子，伸手去摸我的手機。那則簡訊又重回我的腦海，但訪談還沒結束。

「我們會盡快安排。」我說，在腦中搜尋專家名單。

「謝謝。」她起身，主動伸手過來跟我握手，這次握力比上次更加堅定。她像活過來一樣，我在腦中提醒自己想想是什麼原因促成。這次訪談有什麼事讓她比上次開心？是因爲我們沒問案發當天的事嗎？那只是暫時的解脫。

法蘭欣拿著一個棕色的大信封回來，信封滿到快爆掉。她把信封拿給我。「這是我收藏的艾德溫和麥德琳的照片。」

我接過信封，點頭致謝。「妳介意我帶走嗎？我保證會小心保管。」法蘭欣和麥德琳都點點頭。我把它收進包包放好，拉起拉鍊。這次我不會再粗心大意讓袋子沾到尿漬。

法蘭欣幫我們叫了計程車。車子到的時候，她陪我們走出去。

「妳這樣照顧麥德琳眞是好心。」派屈克說。

6

「不容易……」法蘭欣說話時，鐵門漸漸關上，她走回房子。我跟派屈克坐上計程車回車站。

火車誤點了。我在月台上踱步，從一邊走到另一邊，拿不定主意該不該來一塊馬芬蛋糕和一杯拿鐵。派屈克直接走去售貨亭買了杯黑咖啡，然後從公事包拿出隨身酒瓶把裡頭的飲料倒進去。他沒問我要不要喝，看他的表情我也不想問他在幹麼。即使他不顧牆上「請勿吸菸」的告示直接點了根菸，我也沒問能不能讓我抽一口。我的頭快要爆炸，心裡有部分希望他會碰我，把我拉進隨便哪個角落，壓在牆壁上，霸王硬上弓。那則簡訊一直閃過我腦海。我從袋子裡拿出手機重看一遍。

我知道妳在幹什麼好事。不要臉的蕩婦。

不可能是那個意思，沒人知道這件事，我們一直很小心。一定是有人傳錯了。

「妳怎麼想？」派屈克突然出現在我旁邊，我嚇了一跳。

「什麼怎麼想？」我把手機塞進外套口袋，不想討論簡訊的事。只要我不提，這件事或許就會自動消失。

「訪談啊，不然呢？」

我聳聳肩。派屈克雖然口齒清晰，但現在我才發現他眼睛充血，眼周也紅紅的。

「你看起來很累。玩太凶？」我問。

「嗄？我是在問妳對訪談的看法。」他別過頭望向月台。

「我認爲他們夫妻之間一定有什麼，問題的癥結在這裡。」

「她把自己的丈夫活活捅死耶。眞高興能聽到妳的法律高見。」他的語氣刺人，但我不會被他激怒。我聳聳肩，他又拿出香菸，這次我把菸和打火機從他手中搶過來，點起菸，深吸一口才繼續說。

「她是捅了他沒錯，沒有其他解釋，但還有很多事她沒說出口，比方他偷偷讓她吃下避孕藥，那可不是正常的行爲。」

「我倒覺得這方法好得不得了，省了很多麻煩。」

「你是當眞的嗎？女人的生育力給你添了什麼麻煩？」他的激動語氣讓我錯愕。

「不關妳的事，我很多事妳都不了解，反正妳也懶得問。還有拜託妳，想抽菸自己去買。」

我不理他最後那句挖苦，回嗆他：「是你說不能問東問西，打從一開始就說了。」我很生氣，而且就是要表現出來。那天的對話我還記憶猶新。大約是一年前的某個秋日夜晚，我們站在國王道的一家酒吧外面，兩個人都醉了。他是出了名的花花公子，離過婚，傷過很多人的心，即使如此也阻止不了我。當他看著我時，我的心怦怦跳，我知道他看得到我的靈魂深處，而且深深渴望我。我咬他的耳朵，他抓住我的脖子，把我推向牆壁輕聲說：「不准咬人，不准問問題，我們之間只有性。」現在我也不打算破壞規則。

他把剩下的飲料往鐵軌一丟，轉向我。「不問問題，當然了，我怎麼可能忘記。」他說完深吸一口氣，像要讓自己鎮定下來。「對，我同意，從她目前所說的看來，她丈夫有操控的一面。」

我點點頭。「所以也許他還有其他更惡劣的行爲，只是她還沒告訴我們……如果她精神狀況正常，這就是唯一合理的辯護理由，假如這是家庭暴力導致的失控殺人的話。但從現有的事實來看，情況不太樂觀。」我愈來愈小聲，因爲又想起艾德溫身上的刀痕和麥德琳身上的血跡。

派屈克還沒來得及回應，火車就進站了。我們默默走上車，坐在彼此對面。我已經準備好接受他的求歡，舌尖興奮期待著，想起當他把老二放進我嘴裡時那種無法呼吸的感覺。把喉嚨打開，放輕鬆就對了，這是多年來我從雜誌和色情書刊中蒐集來的建議。說得簡單，如果是灌下一品脫的啤酒當然可以，但若是打開喉嚨的同時要含著一嘴的陰毛呼吸，還得在滿是尿漬的火車地板上保持平衡呢？沒那麼簡單。那我又爲什麼那麼想要再來一次？爲什麼此時此刻我會坐在椅子邊緣，等他靠過來觸碰我？天啊，這個車廂都沒人，我們甚至現在就可以就地解決，誰會看到呢？那則簡訊在我腦中嘲笑我——我知道妳在幹什麼好事，但我把那個聲音關掉。沒人知道，沒人看見，我很確定。

我把手放在他的膝蓋上再移到他的大腿。他大力把我推開，像甩了我一耳光。我靠回座位，像被燙傷一樣。

「妳在幹麼？」

「我以爲……」

「妳想錯了。妳應該想的是案子，那才重要。」

「我們不是回去之後才要討論嗎？我不想在火車上談。」

「我沒時間——今天晚上我跟人約吃飯。下禮拜初我再安排時間。」

「你要跟誰吃飯？」我隨口問，但他沒上當。

「不關妳的事。」他說。

我把頭靠在車窗上，望著掠過眼前的房屋。火車慢下來時，我看到一對男女在院子裡親吻。不知道他們看不看得到我，會不會好奇我是誰，好奇那個臉貼在窗戶上的女人爲什麼在拭淚。到了馬里波恩站，我先等派屈克下車才轉過頭，開始收拾東西。

貝克盧線車速很快，不知不覺就到了堤岸站。下了車我推著拉桿包走上埃塞克斯街，經過凱爾因酒吧和皇家司法院。我在助理辦公室停下來，馬克把明天的訴訟案拿給我。厚厚一疊文件用粉紅色帶子草草綁在一起，紙張和照片都快從兩邊掉出來。

「爲什麼這麼亂？」我已經見怪不怪。

「從別的地方送回來的，王座路二十七號。他們的東西永遠一團亂。」

「好極了。」我翻到後面。伍德格林刑事法院。至少不算遠，相對來說。

「審判日期已經訂了，五、六天後。」馬克說

「好。」我解開粉紅色帶子，看看訴狀。七起意圖致人重傷，一起危險駕駛。我點點頭。「ＯＫ。」今天晚上大半時間得用來準備了。

「謝了。」我抱著文件退了出去。

我把包包和外套丟在辦公桌旁邊，把起訴文件放在桌上。開始看案子或法蘭欣給我的照片之前，我先打手機給卡爾。我知道他正在陪瑪蒂達上游泳課。

「喂？我聽不清楚。」卡爾的聲音微弱。

「嗨，是我。她還好嗎？」我大聲問。

「都好。她表現很好。」線路突然變清晰，最後幾個字好大聲。

「我想也是。是這樣的，他們突然塞給我一件案子，我得花點時間準備。我很快就會到家，但晚上還得工作。」

沉默拉長。接著：「好。我答應瑪蒂達要帶她去吃披薩，因爲她表現很好。」

我看看手錶。現在五點，我還有好幾個小時，吃披薩花不了多少時間。「我直接去跟你們會合嗎？之後我再工作。」

沉默再度拉長。「那樣妳會心不在焉，我又不是第一天認識妳。沒關係，妳留在事務所把工作完成。我們可以的。」他就事論事地說。

「我也要吃飯啊。我說眞的，我可以現在過去跟你們會合，等到把瑪蒂達哄睡我再工作。」我無意裝可憐，但聲音卻在抖。我好想看看她。

「眞的沒關係，工作做完再回來吧。今天晚上我在家裡舉辦男性團體聚會，記得吧？所以妳不能太早回來。」

我正要開口，但卡爾已經切斷電話。我看著手機，不確定該怎麼做。也許他們會跟瑪蒂達游泳課的朋友一起去吃披薩。我沒去過，也不確定會是誰，任何一個家長都有可能。此時此刻卡爾說不定正對著某個媽媽微笑，對方的金髮泡了水濕答答，她女兒在旁邊來個翻滾式轉身跟瑪蒂達一起歸隊。因爲練了蝶泳，這位媽媽的身材苗條、肌肉結實，我八輩子也練不來。此刻他笑得開懷，告訴她不用擔心，他太太很忙，不會跑來泳池之類的。咱們帶小孩一起去吃飯吧，說不定還可以來杯紅酒慶祝一下……

我甩掉腦中的想像畫面，那些畫面鮮明到讓我覺得驚悚。卡爾不會對任何人感興趣，他跟瑪蒂達在一起，不可能害她難過。況且他也不可能跟人打情罵俏，他應該是忙著收拾客廳，把廚房的椅子搬過去，這樣才夠容納男性團體的所有成員，還不忘在檯面擺兩盒面紙，免得有人情緒激動。總之，這是我的猜測。卡爾從不透露聚會的內容。嚴格保密，他說。團體必須完全信任他才行。我聽了只有點頭，因爲心虛也不敢多說什麼。

我打開明天開庭的起訴書，花了點時間讀過一遍。沒有我想的那麼糟。危險駕駛和謀殺未遂。被告對一群在超市停車場朝他叫囂的青少年情緒失控，把車開上人行道往他們駛去，但沒撞到任何人，車子也熄了火。現場約有二十名目擊者，所以審判才會排在一個禮拜後。整個事件清楚明白。

然而，即使我代表的是原告，讀著被告的筆錄時，我仍然不由爲他感到難過。他有學習和肢體障礙，開的是特殊改裝車。從字裡行間看得出來，他被這些青少年騷擾得苦不堪言，我無法怪他情緒失控。但這些話輪不到我來說，我有我的工作。我擬了開場陳述，希望被告有稱職的律師替他辯護。我看了看被告律師是誰，忍不住嘆了口氣。這家事務所我太了解了，既是貴族學校畢業生的大本營，又充斥著訟棍，每次替他們出庭，我都拿不到完整的資料，有張寫了名字的便利貼就要偷笑了。他們能省事就省事，找的都是最便宜的律師。又往下讀了一些之後，我心裡在這個案子底下畫了線——希望會敗訴。被告提出抗辯，我用更嚴重的罪名指控他，一天之內就能結束。

我完成準備工作，把訴狀堆成一疊，用粉紅色帶子重新綁好，比拿到的時候整齊多了。已經七點多了。我留言給卡爾，問他們披薩吃得開不開心，然後盯著手機等他回我。

過不久，我又傳訊問派屈克：你還好嗎？

今天下午他怪怪的。我從沒看過他拿隨身酒瓶喝酒，拒絕求歡也從未有過。或許他終於發現這種關係多麼徒勞無益，決定跟我劃清界線。或許他去跟一個比我更年輕、更合適他，又沒有丈夫小孩的對象吃飯。這樣或許也好，出軌到此爲止，不用再內疚，不用再自慚，不會再冷落家人，說不定還有時間分給朋友。

手機嗶一聲，我嚇了一跳。是卡爾傳來的簡訊。披薩還不錯。瑪蒂達在洗澡。一切都好。我回傳一個大拇指貼圖，硬要逼省字王說話也無意義。後來我關掉手機，把麥德琳和艾德溫的照片從袋子裡拿出來。

總共約有四十張照片。我把明顯可見的年齡差異和艾德溫的髮線當作指標，試著照時間順序排列。我記得麥德琳說過她跟艾德溫是在大學認識的，我一眼就能認出當時的照片。她年輕美麗，穿著條紋吊帶褲；艾德溫笑咪咪站在她後面，穿一件較樸素的毛衣。接下來是一連串典型的假期留影，看起來像歐洲背包旅行，在羅馬競技場、特雷維噴泉、羅浮宮金字塔、高第的蜥蜴雕像前擺姿勢照相。後來他們跑得更遠，背景換成稻田和火山——印尼嗎？再來是約旦古城佩特拉。

我跟卡爾也去過那裡，還記得有個大噸位的觀光客壓得駱駝站不起來，我們在旁看了哈哈大笑。現在回想我不由畏縮，牠的主人一再大吼叫牠起來、起來，全不顧牠的兩腿直發抖。早已不在人世了吧，我想。就如同當初促使我和卡爾手牽手步上長長小徑，走向山頂修道院的那股衝動一樣，逝去了。也如同那個眼神和善、笑容靦腆、從攤在桌上的照片中看著我的男人一樣，死滅了。

難道我們同時間都在約旦？難說。我看看照片背面，尋找拍攝時間的線索。什麼都沒有。只有一張照片用藍色原子筆潦草寫著「她說願意」。我把照片翻面。麥德琳不再是學生打扮，一身藍色合身洋裝明豔動人。她坐在一家餐廳裡，嘴角含笑，艾德溫第一次沒站在她身後，而是在她旁邊，摟著她。想必是服務生幫他們照的。桌上有香檳酒杯，或許艾德溫把戒指藏在其中一個杯子裡，等著她發現；或許他把戒指盒放在口袋裡，不時摸摸褲子看它還在不在，希望她不會看見或問他在幹麼。

麥德琳有猜到他要求婚嗎？她開心嗎？照片中的她滿臉笑容。艾德溫的手環扣著她，手肘緊靠著她的頸部。她會不會不舒服？眼底是否有一絲緊張？即使在開心時刻也有一點勉強？背後寫的字自信堅定。「她說願意。」這麼重大的日子不是應該加個驚嘆號？

卡爾跟我求婚的那一晚我們沒帶相機，也沒有香檳。當時我們正在討論如果搬到比當時在堡區的房子更好的地方，能不能負擔得起。當我說我們應該考慮買房子的時候，他說：「那樣的話我們應該結婚。」我點點頭，然後他說：「無論如何我認為我們應該這麼做。」除此之外就沒再多說。兩週之後他告訴我，他預約了兩週之後去登記。我也覺得有何不可。那天他母親來了，還有我最好的朋友艾薇。我相信那天某個時刻我也明豔動人，即使桌上沒有一張照片可供我回想。從好的方面來看，我沒有因爲殺了卡爾而被保釋，所以情況或許不算太糟。

在很多張照片裡，艾德溫和麥德琳看起來就像大家一樣正常。像我跟卡爾。完全看不出十五年後他會死在妻子的刀下。

結婚照，一束漂亮的海芋；懷孕照，麥德琳斜靠在爬滿紫藤的門框上；寶寶照，她抱著嬰兒，艾德溫站在她旁邊，同樣緊扣著她。每張照片中的她都滿面笑容，幸福洋溢。我這是在浪費時間，從這些照片中找不到她爲什麼要殺他的線索。他們呈現給世人的印象是，天造地設、生死不渝的一對。這就像想從我跟卡爾的照片中找出我們何時開始同床異夢的線索一樣徒勞。我嘆了口氣，打開手機。

手機馬上嗶一聲。是派屈克傳來的簡訊。

正在凱爾因喝酒。想來就來。

我回他：我以爲你在吃晚餐。

他回我：吃過了。

我看看時間，他的晚餐很短，可見不是約會。我的肩膀一鬆。我已經看了快一小時的照片，仍然一無所獲，不如就此打住。我把照片收回信封，放進抽屜，再把明天的出庭資料放進包包，然後關上電燈。事務所只剩我一個人，大樓裡靜悄悄。時間雖然不算晚，甚至還沒九點，卻彷彿已經午夜。助理辦公室外的樹枝打下的陰影在牆上搖曳，我設好警報器，鎖上門，走出辦公室。

8

我走進酒吧，尋找派屈克的身影。沒想到他不是自己一桌，而是坐在長桌上，兩邊都是事務所的熟面孔，即使今天才禮拜三晚上。我鑽進聖克和羅伯之間的座位。

「還有酒嗎？」

沒人回答。音樂很吵，從頭上的擴音器大聲放送。坐進角落之後，我開始觀察派屈克。這是他的地盤，在這裡他如魚得水，有如火焰中心最耀眼的一道光。他正在說故事，惹得旁邊的人哈哈大笑，更遠的人伸長脖子想聽清楚。艾蕾希亞坐在邊邊，帶著微笑。這不是我期待的兩人世界，但我也只能接受。是他邀我來的，想到這裡他的一絲溫暖從我心中掠過。我拍了羅伯一下，他轉過頭，看到我他一臉訝異。

「還有酒嗎？」

「你／妳需要來一杯。」

我們同時說。我笑了。他伸手從桌上拿起紅酒倒進他旁邊的一個杯子。我頓了一下，擔心杯子不乾淨，但又想管它的，拿起杯子一飲而盡。羅伯又幫我倒了一杯。

「忙了一天？」他問。

「對，才剛忙完。你呢？」

「我四點就來了。我老婆會殺了我。本來只想來喝兩杯⋯⋯」他口齒模糊。

「大家不都是嗎？」我灌了半杯他重新幫我倒的酒，把剩下的半杯擱在桌上。平靜的暖流在我的腦中蔓延，昏黃的酒吧蒙上了一層金黃色澤。沒事的，我可以放心待著。卡爾不希望我太早回家，他正忙著幫人諮商。瑪蒂達也好好的，吃了披薩，現在八成快睡著了。我完成了工作，來一杯是應該的。我又喝了一大口，再度看往派屈克的方向。他坐在助理馬克的旁邊。仔細一看，我才發現他另一邊坐著一個我不認識的漂亮女人，她對他說的話似乎特別捧場。剛剛的平靜心情離我而去，我的指尖在發冷。

「那是誰？」我推推羅伯。

「妳說誰？」

「坐在派屈克旁邊那個女的。」我故作輕鬆地問。

「不知道，某個女人。她跟他一起來的。」

「他什麼時候來的？」

「不知道，比我晚一點。」羅伯轉過來直視我的眼睛。「有人在吃醋喔？」

「少扯了。」我把紅酒喝乾，伸手去抓酒瓶，卻發現沒酒了。「我再去買些酒。」

我從人群中擠向酒吧。這地方滿滿都是人，大家都把禮拜三當作禮拜五晚上。從派屈克前面走過去時，我刻意不看他，但眼角瞥到他旁邊的女人把手放在他的手臂上。我抬起下巴繼續往前走。

足足等了十分鐘才輪到我，生意好到不行。我一次叫了兩瓶里奧哈紅酒，因爲不想再重排一次。我回去時，羅伯坐了我的位置，但看到我又挪出地方讓我坐。我幫他和聖克倒酒，對桌子另一邊的人揮揮酒瓶，但他們都喝白酒。我沒試圖引起派屈克的注意。

我喝著酒，聽聖克說他今天的案子。「妳會覺得不可思議，她怎麼會沒發現他每天晚上都用紅蘿蔔戳她屁股——羅眠樂眞不是蓋的。」我繼續喝。時間滴答流逝，十點、十點半，酒精發揮作用之後，又餓又累的感覺逐漸消失。我看看手機，沒人找我。我跟羅伯溜到外面抽他的菸。

走回來時，我趁沒人注意傳了訊息給派屈克。想來一下嗎？他毫無反應。一定是關機了。主動邀我來又不甩我是爲什麼？他跟旁邊的女人聊到忘我。聖克也不知道她是誰，我不想再問人，只顧著一杯接著一杯喝。我們幹掉了兩瓶酒，羅伯擠到酒吧再去買酒。人逐漸變少，原本將近二十人，現在大概只剩一半。我笑咪咪跟桌子另一頭喝白酒的女生聊天。除了艾蕾希亞，還有另一個我永遠想不起名字的實習律師。她們正在跟事務所裡一個名叫寶琳的律師聊天。寶琳每次跟我說話都一臉不以爲然，今天晚上好多了。她喝酒喝得兩頰通紅，我們聊起我負責的謀殺案。

「看別人的照片有種奇妙的感覺。我們以爲自己獨一無二，其實大家都做著同樣的事，去同樣的地方，吃同樣的食物……」我開始滔滔不絕，說到一半就忘了自己要表達的重點。

「我完全理解。就好像臉書，所有一切都可以置換。」寶琳點著頭說。

「我是指，前一刻你們還在帕德嫩神廟前合影，下一刻你就用菜刀把他砍死。仔細想想，那可能是我們之中任何一個，我說真的。」

「說得好。」寶琳一個勁的點頭，我也一樣，不敢相信我們的話題那麼有深度。

「妳覺得他怎麼樣？」她突然改變話題，我一時沒反應過來，茫然地看著她。只見她指著派屈克。

「什麼怎麼樣？」我問。

「他是個好律師，」她說，頭靠向我像在密謀。「但我聽到一些傳聞……」

「傳聞？」我盡量不動聲色。

「聽說他招惹了不該招惹的人，但我不知道……」她的聲音逐漸變小。

我突然清醒過來，五官全面警戒。我不知道她在暗示什麼——她會是在說我嗎？留言罵我的人會不會是她？「我從沒聽說過，」我說，「而且散播那種傳聞可能很傷人。」

她立刻退縮，表情後悔。「嘿，我可不是想惹麻煩。我只是說……但我相信一定沒這回事。」

我點點頭。

「我要去弄點喝的，」她說，「要我幫妳叫什麼嗎？」

「不用了，謝謝。我再一下就得走了。」我說，看著她走向吧台。

才說完就響起尖叫聲和酒杯碎裂聲，我嚇一跳，紅酒沒進肚子，卻灑了滿身都是。我抬起頭，尋找騷動的來源，答案很快就揭曉。派屈克身上的紅酒比我還多，連臉上都是。我不認識的那個女人盯著他，揮舞著酒杯屁股，碎玻璃還黏在杯腳上。桌上和地上都是碎玻璃。她正在怒吼，但我聽不清楚她說什麼。我跳起來，但還沒來得及移過去他們那邊，寶琳就跑過去，伸出手擋在那女人面前。一瞬間我以爲她會用杯子攻擊寶琳，但她卻一動不動地瞪著她，然後把杯子丟在地上。寶琳把手放在那女人的肩上，但她不領情，甩掉寶琳的手就撿起地上的黑色手提包，大搖大擺走出酒吧。

派屈克拿白色餐巾擦去臉上的紅酒。他的襯衫濕透了——那女人的酒杯想必是滿的。

「這是怎麼回事？」我大喊，但他沒反應。我再次大喊，這次更大聲。「他媽的究竟是怎麼回事？」

我大喊時，音樂剛好結束，聲音墜入一片寂靜。還在酒吧裡的人盯著我們看，就算剛開始的場面沒引來側目，現在他們也被我的叫聲吸引過來。派屈克擦乾襯衫，把餐巾摺好放回桌上，最後終於抬起頭看我。他說了些話，但音樂又響起，我聽不清楚。

「什麼？」

「她不喜歡我的襯衫。」他露出微笑。

「去你的。」我氣到無法回嘴，索性起身去拿包包。不管發生了什麼事，我都無力面對。寶琳站在前方看著我，臉上寫滿問號，但我現在也無能爲力，顧不了她了。我沒跟任何人說再見就從後門走出酒吧，這樣就不會從派屈克面前經過。我受夠了。我想得到他邀我來的唯一理由，就是在我面前炫耀另一個女人來羞辱我。老娘不玩了。

轉進河岸街時，我看見一台亮燈的計程車就舉手招車，很慶幸自己可以逃走。我醉了，但沒有醉得太厲害，開往拱門的路上還看得清楚街上的路牌。我從袋子裡拿出手機，留言給羅伯說抱歉我先走了，明天還得開庭。他不會在意的，說不定根本沒發現。至於派屈克，早上再說吧。他會解釋，或許不會。我閉上眼睛，靠在車窗上，搞不懂發生了什麼事。

回到家，我驚訝地發現卡爾的聚會還沒結束，平常最晚不會超過九點。我走進門時，聽到他們好像在看電視，但我把門甩上時，聲音立刻停住。卡爾從客廳裡衝出來。

「妳比我預期的早到家。我們剛剛有了突破。」

「我明天得早起。」我低著頭，希望他不會發現我醉了。

「那妳先睡吧。我們快結束了。」

他退回客廳，快速關上門，免得我看到裡頭的人。我想大喊：這到底是誰的房子？是誰在付他媽的貸款？但終究還是忍住。怒火消退，我跺著腳爬上樓，在沒開燈的臥房裡更衣。窗簾透著一絲橘光，外面的街燈從來就無法完全遮住。我的胸前黏黏的，是灑出來的紅酒，所以我去沖了個澡，只洗身體，不想把頭髮弄濕。我換上睡衣，刷牙；牙刷仔仔細細刷過每個角落，刷滿規定的三十秒。

確定身上不再有酒臭和菸味之後，我披上浴衣走去瑪蒂達的房間。她緊緊抱著粉紅大象睡得正熟。我親親她的額頭，把她的羽絨被拉得更高，蓋住她的手臂，然後坐在她旁邊的地板上看她的睡臉。她吁了口氣，翻過身，臉對著我。我的喉嚨一緊。這就是我背叛的人。卡爾對我很重要。小蒂甚至更重要。她沒有拒絕我或一再把我推開。她值得我善待，值得一個全心全意愛她的母親。我對她的愛超過言語所能表達，卻不足以讓我拒絕派屈克，至少目前還不行。我摸摸她的臉，悄聲對她承諾我會加倍努力成為值得她驕傲的母親。我幾乎要相信自己的話。

後來我回房上床睡覺，把手機放在床頭櫃上充電。拿起手機設鬧鐘時，我已經累到不行，大概連地震都嚇不醒了。

兩通留言。一通是派屈克：我在妳的事務所。妳他媽的人呢？

我慢慢摸過手機上的字才刪掉，重新下定決心。

我接著讀下一通，發送者不明。

我正在盯著妳。不要臉的蕩婦。我知道妳在幹什麼好事。

那些字在我面前跳舞。有人知道我跟派屈克的事嗎？這是唯一的解釋，但我想不出會是誰。我奮力壓抑心中的恐慌，刪掉訊息。不見了，沒這件事。是對方搞錯了，把一個數字按錯，才會不小心傳給我。我設好六點半的鬧鐘，翻身側躺，閉上雙眼，卻感覺不到疲倦。我的腦袋轉得飛快，即使很想假裝沒那通簡訊，卻還是無法逃避。現在有兩通了，我必須承認事實，正視其中隱含的危險。有人盯上了我。對方知道而且看不慣我做的事。我捲起身體，把膝蓋縮到胸前，腳藏到羽絨被底下。我好冷，恐懼滲入骨髓。

後來我聽到男人離去、齊聲道晚安和輕輕關上門的聲音。再後來我聽到卡爾上樓走進房間，躡著腳，動作輕柔。我沒動，呼吸深且平穩，不久就聽到他的打呼聲。

我過了好久才睡著。我夢到自己抓著碎裂的杯腳一再刺自己的大腿，最後甚至把手移到兩腿之間，用杯腳自慰。我驚醒過來，在黑暗中發抖。我靠著卡爾溫暖的身體，一手抱住他。睡著的他不像醒著的時候把我推開，我們暫時止戰，即使只有現在。他是我了解也熟悉的人，我孩子的父親。我們一起環遊世界，一起打造一個家。該是再試試看的時候了，爲了瑪蒂達，也爲了我們。我不知不覺靠在他的肩膀上睡著。

卡爾不見了。鬧鐘六點半叫醒我時，枕頭已經冷冰冰。我打算提議找個週末出去走走。我們可以找他母親來照顧瑪蒂達，然後找家不錯的飯店過夜，享受美食美酒，或許——只是或許——我們會牽手和接吻，甚至像以前那樣做愛。派屈克的臉潛入我腦海，我把他趕走，不想再跟他牽扯不清，不想再背負那種罪惡感。那樣的關係一點都不值得，只會讓人滿懷羞愧。他甚至不可信任，我永遠都不知道他在想我還是別人，可是……

那兩通簡訊敲醒了我。或許我們不夠小心，不夠低調，事務所的任何人都可能看到我們在艦隊街後面的小巷親吻，或在酒吧裡靠得太近。發簡訊給我的可能是任何人，我再也不想被拉進這種八點檔肥皂劇。昨晚的玻璃碎裂聲和尖叫聲現在還在我耳中迴盪，我甚至不想知道那個女人爲什麼對派屈克發火，或他做了什麼好事。

「咖啡嗎？」卡爾拿著咖啡杯走進臥房，把咖啡放在我的床頭櫃上。

「謝謝，你眞好。」我是眞心的。他至少已經兩年沒這麼做了。以前他都會端咖啡給我，香氣瀰漫房間，一早就有好心情。我把這當作一個好預兆。「我在想，我們是不是找天到外面過夜？可以請你媽來照顧瑪蒂達。」

卡爾一臉驚訝。「哪來的想法？」

「一起做些事很好啊，就我們兩個。」

「我不想丟下瑪蒂達……」他的語氣勉強。

「以前你不想我能明白，畢竟小蒂那時候更小。但現在還好吧，如果有你媽幫忙？只有一晚她應該沒問題。」我說。

「不知道。對媽或許負擔太大。」

「我相信她很樂意的，其實要做的也不多。瑪蒂達長大了。她們甚至不需要出家門，如果這樣你比較放心的話。我會確保家裡有充足的食物之類的。」我把手伸向他。他看了看，然後抓住我的手，輕輕的，冷冷的，但總算是個開始。我得說服他改變想法，放心把瑪蒂達交給其他人照顧。以前我從來不想逼他，但也該要改變了。

「我會問問她，」卡爾說。「可以安排看看。我想一晚應該無妨。」

「是啊，我相信是。有機會多相處對她們也好。你媽常說她希望多看看小蒂。」卡爾揚起一邊眉毛，但我繼續接著說。「幾年前她跟我提過一次。而且，我們也該多相處。我們兩個人處得好，對小蒂很重要，你不認爲嗎？」

「可以試試，」他說。

「我相信你也會這樣建議來諮商的人：多相處，多對話。」

他點點頭，把我的手握得更緊。我不知道該不該靠過去親他，但這時瑪蒂達走進門跳上床。

「你們沒叫我！」她後腦杓的頭髮翹起來，身體剛離開被窩還暖烘烘的。我把她拉過來抱抱，她讓我抱一下就跑去抱卡爾。他抱著她坐在床邊，我清楚看見我們一家人應該有的幸福模樣。會成功的。我一定要讓它成功。我沖了澡，換裝準備去上班，幾個月以來第一次心情這麼輕鬆。下樓走進廚房時，卡爾不只幫瑪蒂達做了炒蛋，也幫我做了一份。我們坐在一起吃早餐。我瀟灑地把拉桿包拖出門，準備好迎接伍德格林刑事法院給我的任何挑戰。

9

又過了一個禮拜。伍德格林的審判進行得很快。一個又一個年輕小伙子出庭作證，指控被告的危險駕駛差點害他們沒命。被告辦解時聲音小到幾乎聽不見，他的律師也沒好到哪裡去。我擔心的事果然成眞，他的辯護律師看起來像剛從法學院畢業沒幾個月。我已經盡量手下留情，最後他獲判緩刑。這個判決可比所羅門王的判決，我心裡這麼想，但審判結束申請訴訟費時並沒有對法官說出口。

派屈克傳了兩次簡訊給我，但都只談麥德琳的案子——審前聽證的日期愈來愈近，檢方公布資料還是慢吞吞。他完全沒提那天在凱爾因酒吧的事，我也沒問，才不想讓他稱心如意。我對他的權力遊戲沒興趣。我們都隻字不提兩人之間的關係——應該說以前的關係。

那週五晚上我在家跟卡爾和瑪蒂達一起度過。我只要準備下禮拜一開庭的一起兒童猥褻案，不用花太多時間。這次我下定決心要早起，才不會又讓週末泡湯。我們去了漢普斯特德公園，看著瑪蒂達爬上肯伍德府柵門附近的橡樹。卡爾沒說他有沒有跟他母親提照顧瑪蒂達一晚的事，但我不想操之過急。我相信只要給他時間，他遲早會想通。他會知道我是認眞的，也在努力改變。

我盡量避免跟他吵架，即使瑪蒂達才剛爬上樹，他就把她喊下來。他只不過是擔心她受傷，畢竟她還小。我們在地上撿了橘色和咖啡色的樹葉，我把樹葉放進外套口袋。

回到家時我說：「午餐我來煮。」

「妳確定？」卡爾說。「我弄比較快。」

「我想煮，」我說。「小蒂，午餐妳想吃什麼？」

「鷹嘴豆泥和口袋餅，還有胡蘿蔔。火腿還有嗎？」她問。

「應該沒問題，」我說。「簡單又好吃。」

卡爾嘆了口氣。「家裡沒有火腿了。誰叫妳從不去超市採買……」

我下定決心不跟他吵架。「那就口袋餅和鷹嘴豆泥，好嗎？」

「好！」小蒂說。

吃完飯之後，她說想吃顆柳橙。我把柳橙和一把餐刀拿給她。「先畫一刀，」我說，「再從那裡開始削皮，那樣會比較容易。」

她準備動手，但因爲沒抓好，餐刀從手中滑出去。她大叫一聲。我趕緊跑過去，但卡爾的動作比我更快，立刻從客廳衝進來。

「妳怎麼會笨到拿刀給她？」他抓著她的手，對著我揮她的手指。我湊近一看，有一道小刮痕，一小滴血冒出來。

「好刺！」她叫。

「應該是果汁的關係，」我說。「過來把手放在水龍頭底下沖水。妳很勇敢。」

卡爾一臉不願，但最後她還是跑過來。我抱抱她，抓著她的手沖水，洗完之後我用一小塊抹布包住她的手。

「我來幫妳削皮好嗎？」

「好，謝謝。」

我們一起坐在餐桌前，我幫她把皮削完。有一小片果皮上有些微血跡，我盯著它看，心情沉重，不知道讓她自己切水果是否錯了。畢竟那只是一把餐刀。割到她手指的是鋸齒狀的那一邊。

「艾莉森，這種事妳真的應該小心一點。」卡爾說。

我抓起柳橙皮丟掉。

星期天的狀況好一點。我做了燒烤，沒惹什麼麻煩。瑪蒂達把整盤燒烤吃光，卡爾剩了很多，還大聲地把剩下的菜倒進垃圾桶。

「妳只是需要多練習下廚，」他拍拍我的肩膀說，然後從櫥櫃裡拿了一根蛋白棒往嘴裡塞。我想替自己說話，說我至少努力了，但最後還是把話給吞回去。我知道我得更努力才能說服他我變了，總有一天會的。我點點頭。

那天晚上，我把葉子從口袋裡拿出來，在廚房的留言板上排成扇形，提醒我這禮拜的公園之旅。會更好的，我幾乎可以肯定。

我沒有再收到匿名簡訊。

星期一早上去開庭途中，派屈克傳來簡訊：

我想妳。

我沒回他，他也沒再傳來。但我不由感覺到心裡的一個小結鬆開，整個人變得輕盈，即使一開始我不願意承認。他傳來的那三個字在我腦中徘徊不去，爲我們一家人的週末之旅打下陰影。

審判不到兩天就撤銷。我才剛開始小試身手，對原告的主要證人進行詰問，對方就無力招架。她記得的日期、時間和地點亂七八糟，從她聲稱的案發以來的十年間都是一團模糊。這案子甚至連陪審團那關都到不了。有鑑於之前的成功經驗，我再度請求「無須答辯」*，這次果然又奏效。我的當事人對這樣的結果很慶幸。他今年六十幾歲，模樣憔

譯註——

* 指被告以證據不足為由，要求法官判其無罪。

悴，是個退休的鋼琴老師，雖然打贏了官司，但這項指控幾乎毀了他的生活。我輕鬆就讓此案撤銷。竟然把證據如此薄弱的案子送上法院，皇家檢察署應該感到羞愧才對。

走出法院時我聽到原告在哭，但還是低著頭走出去。我不得不做好我的工作，盡力替委託人辯護。如果她的指控屬實，那確實令人髮指，但證據必須充分到能夠說服陪審團擺脫合理的懷疑……不應該走到這個地步才對。我在法院外跟我的委託人道別。他跟我握手，他太太跟在他旁邊，一個惶惶不安的瘦小身影。她一直緊張地往後看，我催促他們在原告出來之前快離開。

助理在我的手機上留言，說有麥德琳．史密斯案的相關文件送來，於是我立刻趕回事務所，想看看檢方在審前聽證會之前還會提供什麼資料。我還是不知道麥德琳要怎麼答辯。我不希望她認罪，至少別那麼快。在我看來，她跟艾德溫的關係還有很多層面值得探索。正在思考時，我的手機響了，是派屈克的辦公室打來的。我抬起下巴，拿出勇氣跟他說話，結果是多此一舉，因為來電的是他的資深合夥人克蘿伊。

「嗨，艾莉森，妳拿到文件了嗎？我們得再安排時間跟麥德琳訪談。妳明天有可能跟她見面嗎？」

「當然可以。我的案子結束了，」我說。

「太好了。還有，派屈克問能不能去找妳，在訪談之前很快討論一下。」她說。

「我還沒讀文件。」我想辦法推託。

「他很堅持。你們可以一起看。」她的語氣沒有接受拒絕的空間。我跟克蘿伊處得還不錯，但她怎麼說，我就怎麼做。派屈克雖然比她資深，但她是事務所的動力來源，事務所的所有案子她都瞭如指掌。

「那好，沒問題。我在這裡等他。」

「太好了，我會轉告派屈克。」她說完就掛上電話。

我留言給卡爾：討論謀殺案。八點半之前到家。抱。再加個親親圖案，希望帶來好運。我今天要開庭，他本來就沒期望我很早到家，所以應該無妨。我很慶幸沒告訴他審判提早結束了，但又馬上打住這個想法：我怎麼會想要騙他？

我拿到了病理報告，裡頭詳細檢視了艾德溫·史密斯身上的致命傷口。我從頭到尾看了一遍，總共有十五處深淺不一的傷口，還附上照片。我觀察了一下脖子上的那道傷痕，就在嘴巴底下開口笑。他底下的床單血淋淋。根據我手上的起訴書，麥德琳·史密斯身上的衣服也同樣血淋淋。我尋找新文件中有沒有相關的鑑識證據。還沒有。我回頭繼續看病理報告。沒有抵抗的痕跡，傷都集中在脖子和軀幹上。屍體被發現時呈仰躺，照片從上往下拍攝，另外還有所有傷口的特寫。此外還有一張男體輪廓圖，用短線標出傷口所在的位置。

我又翻了翻文件，找到據說是凶器的刀子照片。Global牌的菜刀。我仔細在乾掉的血跡中尋找刀片磨損的痕跡。我家那把使用多年又常進洗碗機，早就已經變鈍。刀片愈利，進出艾德溫的身體就愈不費力。

我把刀子的照片放回文件堆，轉去看毒物分析報告。酒精濃度是酒駕標準的四倍。目前爲止還沒有進一步的毒物分析。我知道通常要更久，現在能看到這份報告我很意外。無論如何，酒精濃度就足以解釋死者身上爲什麼沒有反抗痕跡。艾德溫很可能已經醉得不省人事。

除了病理報告和凶器照片，目前還沒有其他證物。有份筆錄摘要指出，麥德琳在筆錄時未做評論，但上面沒抄錄完整的問題。目前還沒看到。我看了日期，所有資料應該會在十一月底前，要不就是審前聽證會之前公布。

派屈克一抵達並在會議室坐定後，我立刻說：「我們其實不需要他們再提供更多資料。法官很可能會說，我們拿到的資料已經足夠她在聽證會上提出答辯。」我盡量不盯著他看，儘管清楚意識到他雙手的每個動作。

「對，但她還沒給我們一個答辯的理由，目前爲止還沒有。」派屈克把照片攤在面前，大小傷口一覽無遺。

「根據她跟我們說的偷偷摻藥、跟丈夫拿生活費這些事，我們都同意他們的婚姻關係很可能有暴力成分，是吧？」

「對，沒錯，但這樣還不足以推翻謀殺的指控。我們需要更多失控殺人的證據。」派屈克說。

「那要看她願不願意對我們坦承。目前我們毫無所獲，沒有一個理由充分的引爆點，什麼都沒有，只有一瓶琴酒和醉到不省人事。我不得不說，她的說詞很牽強，不夠完整。」我說。

「妳說得對，她很保留。或許妳該單獨跟她談一談？或許沒有人在場，她會放鬆一點。女人之間的悄悄話。」

我在椅子上動了動，對這個提議有點不安。「這樣好嗎？」

「我看不出有何不可。妳很擅長讓人侃侃而談，」他說。我瞥了他一眼。他正在看照片，沒看我，我趕緊轉過頭。

「如果你覺得應該這樣，那我就試試看。我們得在聽證會之前從她口中問出更多事。她能提出答辯還是比較好。」我不想對他最後的那句評語有所反應。他的聲音中有股暖意，我感覺到自己臉愈來愈燙。

「我來安排。我也跟精神科醫師談過了，明天他就會整理出初步報告。如果安排下午見面，這樣妳早上是不是就有空看報告？明天妳沒事，對嗎？」他問。

「對，可以。你說得對，如果只有我，或許她就不會這麼敏感。」

「我會請克蘿伊約好時間。」

派屈克點點頭並拿起手機傳訊息。我正要開口，但他打斷我。「艾莉森，我想帶妳回家，煮晚餐給妳吃。妳有可能答應嗎？」

「我認爲這樣不妥。」我嘴上這麼說，心裡卻不那麼想。再次看到他，只讓我想起自己還是很想親吻他。我試圖壓抑那種感覺，耳中卻突然響起卡爾把我前一晚煮的菜用叉子刮進垃圾桶的刺耳聲音，清楚得有如鐘聲。

派屈克又問了一次。「我眞的很希望妳答應。我知道這兩個禮拜不好過，我們都沒說話，我……很想妳。讓我爲妳煮一頓飯好嗎？」他把手伸向我，掌心朝上。「好嗎？」

我緊抓著卡爾和瑪蒂達在家裡等我的念頭，甚至更用力抓住在我面前飄來飄去的那則留言。有個不知名的人知道我們的事，而且對我、對我們做的事深惡痛絕。這一切全都化爲塵土消散。「好，就麻煩你了。我很樂意。」

我們在艦隊街上招了一輛計程車。派屈克比我先離開事務所，我們在聖殿區出口頂端的拱門下會合。反正那裡沒人，不用擔心被看見。他在車上牽著我的手，跟我十指交扣。我靠著他，他轉過來親我的頭頂。

「去哪裡走走嗎？」計程車司機問，看來他以爲我們是一對。

「只是要回家吃晚餐，」派屈克說。「安安靜靜在家。」

我不發一語。計程車從丹麥聖克萊蒙教堂繞過去，沿著河岸街往回走，經過皇家司法院，再經過法院巷。費特巷是我跟派屈克說要回家、請他下車的一個機會，但我卻讓它溜走。我也可以叫他在盧德門圓環下車，請計程車左轉從法靈頓街開往伊斯林頓，但我沒有。我們反而右轉往南，過河開往他在倫敦塔橋附近的頂樓公寓。我只在幾個禮拜前的某天下午來過一次，那天我們透過百葉窗看著天色轉暗。他付了車錢並替我開門。我把拉桿包拖下車，跟著他靜靜穿過入口走去搭電梯。我摸摸他的嘴唇，他笑了。

電梯到頂樓時，他說：「到了。」

他打開前門，我把外套和袋子往裡頭丟。他替我倒了杯紅酒，我走到長窗前俯瞰河景。萬家燈火在漆黑的夜空中閃閃發亮。雖然才七點半，但兩個小時前天色就已經全暗。我一口氣喝下半杯紅酒。

「你要煮什麼？」我走回跟客廳相通的廚房。派屈克脫掉了外套，正在砧板上切東西。我細看一眼他手上的菜刀——不是Global牌，木頭手把，大概是日本牌子。廚房光滑閃亮，鍋碗瓢盆按照大小順序排放在他身後的架子上。

「羊肉和哈里薩辣醬烤肉串，搭配庫司庫司。」他說。

「好棒。」我對他刮目相看。「我不知道你會煮菜。」

「現在妳知道了。」他重新開始切菜，菜刀快速切碎洋蔥。

「看來你都計畫好了。還是在約會前最後一刻被甩？」話一出口我就後悔了，趕緊把剩下的紅酒灌進嘴裡。

「別這樣，艾莉森，拜託。總之，妳跟家裡說晚點回去了嗎？」他拿起另一顆洋蔥對切，刀子重重敲著砧板。

我舉起手。說得對。

「很難相信你沒結婚。」我說。

「你是說我這個年紀？我還沒五十，還有機會。」

「我不是那個意思……」

他哈哈笑。「逗妳的，我知道妳是什麼意思。我結過婚啊，一次，二十出頭的時候，被愛情衝昏了頭，後來她跟別人跑了，但那樣也好。」

他語氣輕鬆，我仔細看他是否露出一絲傷心的痕跡。

「你這麼認爲？」我問。

「沒錯。我寧願像現在這樣。就我目前看來，婚姻沒那麼美好。但這個……」他對我微笑。

檯面上有香菸和菸灰缸。我指了指，問我能不能來一根。

「妳有自己買過菸嗎？」他問，但還是點頭說好。

「這表示我抽不多，」我說。「我在家不能抽菸。」

「我想也是。」他打開抽風機，彷彿我的一番話提醒他要除掉味道。坐在溫暖的廚房裡抽菸喝酒，多麼放縱的一刻，我都忘了上一次在室內抽菸是什麼時候。

放縱完後，我把空酒杯放在爐具旁邊的中島上，走去白色皮沙發從包包裡拿出手機。現在才八點十五，還不算晚。但我知道會弄到很晚……

會議會拖到很晚，抱歉。進門我會盡量不要吵醒你們。抱

我把手機放回包包。這一切恍如夢境，好不眞實。如果這不是眞的，我就不是眞的，我做的一切都不是眞的。酒精在我腦中發揮作用，一種暖呼呼輕飄飄的感覺。我放開所有的錨，回頭去找派屈克，再給自己倒一杯酒。

羊肉軟嫩，紅酒香醇，派屈克撫摸我的手輕輕柔柔。他輕輕一碰我就有反應，兩人的身體一起擺動。他對著我的頭髮吁氣，把我拉進懷中。

「爲什麼不能每次都像這樣？」我問。

「妳知道爲什麼。妳就不能盡情享受、別再擔心嗎？」

「大概是吧。」我閉上眼睛。

這次他放了舒伯特的鋼琴奏鳴曲，音樂撫平我的心，我漸漸睡著。突然間嗶的一聲打破平靜。派屈克放開我，伸手去拿手機。我也同時伸手去拿我的手機。他開始敲鍵盤，我重新開機，看到一通卡爾的留言。

我媽說十一月幫忙帶瑪蒂達沒問題。我再來訂飯店。晚點見。抱

現實潑了我一桶冷水。我掙脫派屈克的懷抱，在床上坐起來。

「我得走了。十一點多了。」我說。

「好。對了，克蘿伊留言給我，說跟麥德琳約明天下午訪談，妳確定妳可以？」

「可以。」我下床進浴室很快沖一下，穿衣服的時候，派屈克躺在床上看著我。離去之前我在他旁邊坐下，把手放他的胸前，靠上前親他。

「今天晚上很美好。」

「嗯。妳看吧，只要妳願意就可以。」他坐起來把我拉進懷中。我依偎在他懷裡片刻才站起來。

「訪談結束之後我再打給你。」

「祝好運。」他把手一揮就回頭去看手機。

我在他的公寓外面很快就招到了計程車，即使天空飄起了雨。我坐在車上靜靜看著窗外。派屈克、卡爾、派屈克、卡爾……兩個名字跟雨刷聲輪流在我耳中喊得震天價響。情況沒有變好，但我忍不住嘴角上揚，心裡暖暖的，心底的死結終於鬆開。我要讓它變成美好的回憶。至少今晚。

快到拱門時，我查看手機。有派屈克的簡訊。

晚安，親愛的，祝好夢。今晚很美好。

我瞄著螢幕上的字，不由微笑。這是他給過我最溫暖的一則的留言，我緊緊抱住心中的這個念頭。手機螢幕一暗又亮起。又一通簡訊。不明號碼。

他媽的離他遠一點。

我把兩則訊息都刪掉，手抖個不停。對方還是不罷休，我得把這件事告訴派屈克。我關掉手機，關掉虎視眈眈盯著我的世界的那隻眼睛。

我走進門，躡手躡腳上樓時，屋子裡黑漆漆。卡爾睡了。我爬上床時他翻了個身，背對著我，身體發出一股暖意。我清醒地躺在床上，心想派屈克旁邊是否躺了人，還是他們站在外面偷看？

但他們的目標是他，還是我？

10

我醒來時，卡爾正端著咖啡走進來。兩週以來的第二次，破紀錄了，至少破了近兩年的紀錄。我腦袋昏昏的，身體才醒了四五成。卡爾坐在我旁邊的床沿上。

「會開得還好？那件謀殺案進行得還順利？」他問。

「都還順利。抱歉我弄太晚了。」我很驚訝他會感興趣，但沒表現出來。

「沒關係。瑪蒂達都很好，我工作了一下，看了週末一場研討會的詳細內容，主題是性成癮和網路，可能滿有趣的。」

「我想應該是。那不就是你們聚會的主題？」我又喝了口咖啡。不只他會，我也會關心他的工作。

「其中之一。總之，我跟妳說我跟我媽提了？她說十一月的哪個週末都行。雖然只有一晚，但我們可以找個好地方。」

「你想去哪？」我問。

「布萊頓或許可以考慮？去海邊？我再查查看。」

「好極了。」瑪蒂達在這時候跑進來，我們一家三口又一起擠在床上。我抱抱她，卡爾也湊過來，一瞬間一切都如此完美，直到我咳一聲，打破魔咒。卡爾先下樓，瑪蒂達回房間換衣服，我去沖澡，洗掉派屈克留在我身上的味道。我洗了頭髮，站在熱水下沖了很久，直到卡爾敲門我才快速擦乾身體，把浴室讓給他。

換好衣服我下樓又煮了杯咖啡。瑪蒂達已經坐在餐桌前吃牛奶麥片。我親了她的頭頂一下才走去客廳。客廳乾淨整齊，架上的書都按照平常的順序排好，卡爾堅持要留著的雜誌也整齊堆在電視底下。但感覺不太對勁，有個音有點走調。我站在門口四處觀望，過一下才恍然大悟。

「有人在這裡抽菸嗎？」我大聲問。

「什麼？」卡爾還在樓上。

我走到樓梯口。「昨天晚上有人在家裡抽菸嗎？有菸味。」

「哪有。」他裹著毛巾走下樓。

「有。你聞聞看，這裡，客廳裡面。」我站在那裡嗅著空氣。真的有，我很確定。有股陳年菸味，讓我想起學生時代住的公寓，那時候大家菸都抽很凶。老實說，派屈克的公寓也有那種味道，即使他已經努力除臭。能在他公寓抽菸的奢侈享受掠過我腦海，我大概有十年沒在家裡抽菸了，但我並不想念那種味道。卡爾也走進客廳聞。

「怎麼可能。是妳想像出來的。」

「但眞的有。」現在我開始懷疑自己。

卡爾走過來聞聞我的外套。「是妳。妳的外套好臭，是去探監染上的味道吧。還有泡酒吧。」

我拉起衣領湊進鼻子一吸，卻只聞到香水和一絲油炸食物味。但如果他說有味道……昨晚我抽菸時就穿著這件外套。我走出客廳轉進廚房，站在門口聞一聞。

「這裡也有一點味道。」我說。

「我就說是妳的衣服。妳身上老是有菸味。」卡爾站在我的正後方，拉拉我的外套以示強調。

「媽咪，妳不要抽菸嘛，菸好臭，妳會死翹翹，學校老師跟我們說的。」瑪蒂達的臉一垮，好像快哭了。我走過去想抱她，但她不讓我抱。「妳臭臭，媽咪，我不想聞菸味。」

「艾莉森，算了。」卡爾把我推到一旁，抱起瑪蒂達。他緊緊抱著她並轉向我，用失望的表情看著我，隔著瑪蒂達對我說：「我希望妳多想一點。」

「我有啊——」我開口說。

但他打斷我：「我只是擔心瑪蒂達吸到二手菸。」

「我沒有。我不覺得我的衣服有菸味，是家裡……」我的聲音漸漸變小。

「怎麼可能，我們家裡禁止吸煙。把妳的套裝拿去乾洗，規定妳的委託人在妳面前不能抽菸。想想瑪蒂達。」

我聳肩點頭。或許他說得對，眞的是我。我可以發誓是家裡的味道，但我無法確定不是我。我抽過的菸和委託人抽過的菸想必都黏在我身上，久了我就對那股臭味渾然不覺。我上樓去收東西。

卡爾和瑪蒂達上樓刷牙時，我正要準備出門。我把頭探進房門道再見。瑪蒂達忙著刷牙，一開始沒看見，後來她看到了我。我給她一個飛吻，她也回我一個。

我很快走出門，東張西望看有沒有人在偷看。外頭陽光燦爛，昨晚的恐慌感淡去。我往後瞥了一、兩次，但街道看上去一如往常，我的恐懼也就逐漸平息。一坐上公車，該來的還是要來。我重新開機，手機嗶一聲，訊息傳來。我打開第一通，是克蘿伊的留言。

麥德琳今天在倫敦。中午十二點約在辦公室訪談。OK？

我正要回覆就看見還有兩通訊息等著我。兩通都來自匿名號碼。

我知道妳還沒放棄。不要臉的賤人。

第二通是一連串表情符號。一男一女手牽手、一張生氣的臉，還有一個黃色女人雙手交叉放在胸前，以及一個骷髏頭。

雖然前一通訊息讓我雙手發抖，凶狠的語氣暗示對方知道我跟派屈克什麼時間做了什麼，但看著這些符號我不由失笑。那很像卡通《狗狗史酷比》裡壞人摘下怪物面具的那一刻。對方肯定是個青少年，有自尊心的跟蹤狂絕不會用表情符號。我多少鬆了口氣，轉去查看信件。沒有麻煩事要處理。助理來了封信確認麥德琳的精神評估報告送達事務所。該想想這個案子了。

但我的腦袋還是不得安寧。骷髏頭。就算好笑也不表示這是笑話。我留言給派屈克。

我收到幾通匿名簡訊。我猜有人知道我們的事。

我抓著手機等他回覆，直到公車抵達艦隊街。

我走進事務所時，他還是沒回覆。我跟助理打了招呼，把麥德琳案的新文件帶進辦公室，然後再次查看手機，還是沒有。我坐下來開始看精神評估報告。看到一半時，手機嗶一聲。是派屈克的留言。

什麼樣的匿名簡訊？

我把簡訊轉傳給他，另外加上一句：你怎麼想？

他立刻回我：是有點怪，但先別胡思亂想。

我回答：看來對方知道我們的事。我猜是女的，因爲有個女人貼圖。

他回答：別太擔心，晚點我們談談。我先去法院了。

或許是我反應過度。有人想整我，但對方可能是任何人，不一定跟派屈克有關。他說得對，是我胡思亂想。我幹這行那麼多年，有太多委託人可能找我麻煩，什麼事都有可能。我放下手機，打開面前的檔案，試著集中精神工作。

我讀著文件，文字卻進不了腦海，腦袋在不同的解釋之間跳來跳去，難以專心。一定跟派屈克有關。不然呢？或許他也跟別的女人上床，看我慌成這樣兩人正在幸災樂禍，派屈克甚至把什麼事都告訴她，她搞不好還說：我知道怎樣才好玩，笨女人還逃回家找她老公。簡訊都是她傳的，派屈克全都知道……不可能，他不可能這樣對我，親熱時全心全意，對待我無微不至，卻又在背地裡嘲笑我。我在辦公室裡走來走去，試圖平靜下來，但腦袋就是不肯罷休。我知道他在法院，但我得親口問他。

我拿出手機打給他，但直接轉進語音信箱。「我得問你一件事，派屈克。除了我，你還跟其他人上床嗎？我不知道還能怎麼想。」我掛掉電話，不久就後悔了，但已經太遲。我無法收回留言也無法刪除，愈想愈是不安。

我正要再打一次，馬克就敲敲我的門，探頭進來。我拉回正常表情。

「什麼事？」

「桑德斯事務所的克蘿伊留言給妳。再次確認妳知道今天下午不用去畢肯斯菲爾，委託人會到辦公室。」他說。我看不出他是否聽到我聲音裡的失控情緒。

「她之前有留言給我，我一定是忘了回。」我假裝平靜。「十二點對吧？」

「她是這麼說的。」他走出去並關上門。我硬是把心思拉回麥德琳的案子上，看著眼前的文件。

根據精神評估報告，用精神失常這個理由來答辯是不可能的了。但精神科醫師形容麥德琳很保留，防備心很強。她的童年據說並無異常，也無遭受重大創傷，青春期和初爲人母都平順度過。兒子剛出生時，她有過短暫的憂鬱和焦慮期，但服用抗焦慮藥物之後就好轉。我查了一下藥名，發現跟我二十幾歲有段時間吃的藥一樣。我還記得後來我突然就停藥，因爲不再信任開藥給我的醫生。剛停藥那陣子，有時我會覺得頭快要裂掉，神經很敏感，像暴露在黑色螢幕下。但我也記得藥物一開始發揮效用時，身體一下變輕的感覺。精神科醫師問麥德琳，現在有沒有什麼藥物會對她有幫助，但她說沒有。

儘管第二次見面麥德琳坦承自己會喝酒過量，但她似乎不承認自己有酒癮。不過精神科醫師指出，麥德琳說她喝太多，所以完全記不得案發那晚捅死艾德溫的事。我還是很懷疑，如果我繼續追問，她會不會堅持這個說法。

清潔女工依瑪．庫伯也提供了證詞。她是案發現場的第一個目擊者，爲起訴書的骨幹增加了一點血肉。她一到史密斯家就被家中的米黃色拉布拉多犬的異常行爲嚇了一跳。做筆錄時她說，牠平常很安靜，但那天早上她剛開門就聽到狗吠聲。進門時她聞到一股味道，還看到玄關地上有狗大便，這也很不尋常。牠慌慌張張，靜不下來，不但不讓人摸牠還緊張地在樓梯跑上跑下。庫伯脫下外套就爬上二樓，小狗的異常行爲害她神經緊繃。看到主臥室的門開著，她走進去就發現了案發現場，看見艾德溫陳屍床上，麥德琳倒在旁邊的地板上。

她提到麥德琳身上的酒味很重，旁邊地板上有一瓶半空的亨利爵士琴酒。不是那種隨便的便宜酒。我們家有高登琴酒，但我提醒自己下次可以買亨利爵士，配上小黃瓜——通往遺忘的一條美好捷徑。庫伯說，麥德琳一開始沒有反應，抱著膝蓋坐在床邊的地板上。庫伯試著跟她說了幾次話，後來輕輕搖她的肩膀，麥德琳才眞正看到她。庫伯說她得去叫救護車和報警，麥德琳沒說話，表示默許。庫伯從房間用手機打九九九，警察趕到時她抛下麥德琳，跑去開門，麥德琳維持一樣的姿勢坐在樓上。她看著麥德琳被警察帶走，還說她從頭到尾很平靜，平靜到讓人毛骨悚然。

我懷疑如果我剛殺了卡爾，會有什麼反應？震驚？不肯承認事實？她眞的喝醉了才犯案，還是犯了案才喝醉？我知道她沒有打算用喝醉酒當理由爲自己辯護，反正這條路也不可行。儘管如此，眞實情況還是令人好奇。他們起了口角，他醉到不省人事，她趁機把他捅死……很難把這個麥德琳跟我在畢肯斯菲爾認識的麥德琳聯想在一起。她是神經脆弱，也確實情緒激動，卻也散發出沉穩、時髦和優雅的氣質。不是那種會失控殺人的女性。

我再看一次筆錄的最後一段。庫伯描述了麥德琳隨警察下樓時的樣子。

她一向都穿米黃或乳白之類的顏色。所以當她站起來走下樓時，眞的很明顯。她全身都是血，到袖口都是，就像洗臉洗手弄濕了一樣，套頭毛衣的前面整個都是。好多好多血。狗狗也是。那隻狗很容易髒。幫牠洗澡也是我的工作，每個禮拜洗一次。我剛進門時沒發現，因爲牠叫個不停又跑來跑去。後來我才看到牠的嘴巴都是褐紅色的血漬，臉上也有。我得馬上幫牠洗澡，那感覺很奇怪，我還以爲自己會吐出來。我按了三次洗髮精才把牠洗乾淨。

狗，鮮血，玄關的狗屎味。我可以想像那隻狗站在浴缸裡讓庫伯洗了又洗、毛黏在皮膚上、水往下流、鏽色血水漸漸變乾淨的畫面。我握緊雙手，感覺到血液在血管裡抽送，形成規律平緩的節拍。接著，我把腦中的思緒甩開。我只能承受那麼多的現實就不得不先把恐怖畫面推開，回到對案件的冷靜分析上。我來這裡不是爲了嗅聞死亡的氣息，而是要把混亂的命案簡化成基本的組成成分，把它歸類到哪一個條例或哪一種不成文的辯護方法上。

手機響起，助理提醒我該出發了。我把文件收好放回辦公桌旁邊的架子上，希望血淋淋小狗的畫面不會再陰魂不散。

途中我打了手機給派屈克，但還是轉進語音信箱，我只好又留言給他。「抱歉，我知道留言給你也無濟於事，但我實在嚇壞了，不得不跟你談一談。」至少我沒有再收到奇怪的留言。法院巷滿滿都是出來吃午餐的人潮，手抓著外帶紙袋，盯著手機走出店門。我混進清一色深色套裝、黑色高跟鞋的人群中，跟他們鎖定目標、方向明確地往前走。

我抵達時，克蘿伊正在前面的辦公室。她對我招招手，指著派屈克的辦公室。

「我請她到裡頭等。」她壓低聲音，我得湊近才聽得清楚。「她看起來很緊張。」停頓。「也難怪。」克蘿伊是那種永遠處變不驚的人。

「謝了，」我說。「那我先進去。」

麥德琳打扮得無懈可擊。過肩長髮捲得恰到好處，今天她穿了外套，沒穿針織衫，但同樣是乳白色配米黃色，類似花呢外套。袖口拂過她的手，我盡量不盯著她的手看，不去想像那雙手滿是鮮血的畫面。

她坐在派屈克辦公桌的另一邊。我從她面前走去對面的辦公椅。這房間燈光昏暗，百葉窗像平常一樣半掩。我從沒看過它光線全亮，無論是什麼時間都一樣。我坐下來拿出文件，打開桌上的燈。是黃燈，不是太亮。

「妳想我們可以去吃點東西嗎？」她問。「我突然好餓。我不想耽誤妳的時間，但或許我們可以邊吃午餐邊談？」

這不在我的預期之內。我的第一直覺是拒絕，但仔細一看，我才發現她有多不自在。她坐在椅子邊緣，兩腿緊緊交叉，不斷抓著手。我想起這次見面的目的：單獨跟她談一談，讓她在我面前更自在，透露更多我需要的資訊，好讓我盡力爲她辯護。

「有何不可，只要我們能找到安靜的地方，」我說。「附近有家酒吧，這時候應該不會太多人。」

我們走出派屈克的辦公室。我把頭探進克蘿伊的辦公室。「我們出去吃個午餐。」

她抬起眉毛，於是我走向她的辦公桌，壓低聲音說：「妳說得對，她的確很緊張。吃點東西，換個輕鬆一點的環境，或許能讓她平靜下來。」

克蘿伊點點頭。「或許妳說得對。」她回頭繼續看文件。「總之，很高興看到妳。」

我們走去賈斯伯，那是在哈伊霍本街過去不遠的一家地下室酒吧。裡頭如我所願地沒有太多人。我問能不能坐角落的位置，服務生幫我們帶位，麥德琳靠牆而坐，我面牆坐在她對面。

「要先來點水嗎？白開水還是氣泡水？」服務生問。

「氣泡水？」麥德琳看著我問。我點點頭。

「妳要喝酒嗎？」

我說不用了，喝水就好，但麥德琳又說：「我想要來一杯。妳覺得呢？」她看著我。這是工作，我不該喝酒，但話說回來，這次的目的就是要讓她卸下心防。

「一小杯。」我說。

她轉向服務生：「請給我們兩小杯白蘇維濃。」

我把面前的刀叉推開，放上我的藍色筆記本，掀開筆蓋寫下：麥德琳．史密斯訪談，十月三十一日禮拜三，然後在底下畫線。我剛要開口問第一個問題，服務生就送酒過來，還笨手笨腳地把酒給灑了出來，濺到我的筆記本上，墨跡隨即暈開。我用餐巾按了按，眼看一頁就這麼毀了，心裡很不高興。

「乾杯。」麥德琳拿起酒杯敬我。我做了個鬼臉，但也拿起酒杯跟她碰杯。這種感覺說有多怪就有多怪。

「乾杯。」

她長飲一口，然後吁了口氣，露出微笑，環視四周。「謝謝妳答應我出來吃飯。這裡好多了。幾乎好像又恢復正常生活。我很久沒出門了，自從發生這一切……」

我內心一震，意識到這一切指的就是我剛剛在研究的血腥命案。我觀察著麥德琳的表情，尋找一絲情緒的痕跡，但她正在專心研究菜單。看到我們的人，都會以爲我們是兩個約好一起午餐的好朋友，而不是被控殺人的凶嫌和她的辯護律師。「一定很難熬。」我說，語氣盡量中立，不去想這樣的情況有多怪異。

「確實。」她啜了口酒。「那我們要吃什麼呢？」

我看看菜單，不太在乎吃什麼，只希望訪談快點開始。「我們要討論的東西滿多的。」我試著催促她。

她連頭都沒抬，看菜單看得入迷。我又瞄一眼菜單。那就牛排吧。我頓了一下，心想這頓飯誰要付錢，後來啜了口酒又想，管它的。

「妳要吃什麼？」麥德琳問。

「牛排好了，比較簡單。」我說。

「好主意，那我也一樣。我們該叫紅酒搭配牛排。」她回頭繼續看菜單。

我翻到新的一頁，重新在沒沾到酒的頁面上方寫下標題。

「麥德琳，妳知道我們來這裡是要討論妳的案子，還有妳在聽證會打算提出什麼答辯。」

她點點頭，眼睛仍看著菜單，然後對服務生招手。

「一瓶教皇新堡。」麥德琳指著菜單上的紅酒單說。

他記下來，一臉佩服的表情。我又開始想這頓午餐誰要付錢，並灌了一大口蘇維濃壓下這個念頭。酒一下肚，我突然生出一股勇氣。這是我的訪談，不能再讓麥德琳主導。我要拿回主導權。

「麥德琳，我眞的得問妳一些問題。我們需要知道妳跟妳先生之間的關係。」我說。

她臉上的開心表情消失，伸手按住嘴唇，臉色泛紅。

「我很抱歉，但還是得問。之前妳說，對那個星期天晚上的最後印象是，他說想離開妳，是嗎？」

她正要回答，服務生就送上她點的紅酒，從展示、解說、倒酒到恢復從容，做了一次完整的表演。麥德琳則接過剛倒出來的酒，轉了轉、聞了聞才點頭稱是。服務生爲我倒了一杯，並重新幫她斟滿。我剛要說我不喝了，另一個服務生就拿著點菜單過來問我們要點什麼。

「兩客牛排，謝謝，」麥德琳說。「三分熟，再加一份蔬菜沙拉。好嗎，艾莉森？」

我微笑點頭。不管我怎麼努力，這場訪談愈來愈奇怪，麥德琳穩穩掌控著方向盤。她指了指紅酒，似乎在問我覺得如何，我無可奈何嚐了一口。好喝，比剛剛喝的蘇維濃好多了。更香醇，入喉不那麼酸。單寧有鎮定神經的效果，即使我急著要切入正題，但看到她瘦成這樣又繃緊神經，實在很難不替她難過。她的外套一看就知道是名牌，穿在她身上卻鬆垮垮。我剛到時她還圍著圍巾，但圍巾已經滑下來，我發現她的脖子瘦到見骨。我的臉幾乎是她的兩倍大，在她身後的鏡子上有如一輪滿月。我又喝了一口酒。

「艾莉森，我眞希望不用談這件事，」她說。「眞希望可以單純地享受午餐。」

「我知道。但我需要妳的說明，才能對這個案子提出適合的建議。妳面對的是殺人罪的無期徒刑，」我說，傾身靠在桌上。「我們或許能夠減輕罪行，縮短刑期。但是妳得告訴我發生了什麼事。」

她把臉埋在手裡片刻又放下手，抬起下巴。她正要開口，服務生就送上牛排。他放下牛排就走開，然後又端著沙拉和兩把牛排刀回來。我拿起刀子一切，看到盤子裡隨即湧出一灘血。這哪是三分熟，根本是一分熟，肉在燈光下呈深紅色，油光閃閃，從焦褐色表皮下噴出滋滋黃油。我吃了一口，嚼一嚼吞下肚。麥德琳看都沒看她的那份牛排。她喝完一杯紅酒，便打算要再斟一杯。我正要說話催促她，她就先開口了。

「我不知道是從哪裡開始出錯的。我知道妳怎麼想，說出藥那件事的時候，我看到了妳的表情。」

「對不起，我不是故意要……」我說。

「當然不是。但就像我當時說的，妳得要人在場才能理解。艾德溫一向很擅長判斷什麼才是最好的決定，至少剛開始的時候是……」她別過頭，視線越過我的肩膀。我繼續切肉、咀嚼、吞嚥，避免擾亂她平靜的心情。

「他確實做得太過火。他會替我們做所有的決定。替我。但是我不介意，有人接手我反而鬆了口氣。我很愛他，只希望他快樂，但不是每次都能如願。我常常搞砸。」她停下來喝酒。

看她沒接著說，我問：「怎麼樣搞砸？」

「我廚藝不佳，沒能好好招待他的客戶，沒有女主人該有的樣子。我想那時候我還太年輕，不了解女主人該做的事，還有那對我和對他而言是什麼樣的工作。我是他的延伸，一定要進步，不然就會讓他失望。」

「妳讓他失望的時候，會有什麼事發生嗎？」我問。

「他會很生氣……那當然是我的錯。我穿錯衣服，餐點沒弄好，害他發怒。他會發脾氣我也不意外，我要是他也會。」她說。

「麥德琳，他生氣的時候……會做些什麼事？」我極力保持聲音平穩。

她舉起左手，把手掌伸向我。我看了一會兒才發現她要讓我看什麼。她的小指彎曲如鳥爪。

「我再也伸不直，自從……」她的聲音漸弱。

「自從……？」我小聲問。

「我把肉烤焦那次之後。那是爲了招待他的一位大客戶和他太太準備的晚餐。他說他們很特別，世界各地的頂級餐廳全都吃過……我跟他說我們應該請外燴服務，但他希望讓他們體驗道地的英式家庭晚餐……」

「然後？」

「我搞砸了。喝太多。」她看著酒杯笑了，然後喝了一大口。「肉烤焦了，我又有點不舒服，後來我們叫了外送。我以爲無所謂，以爲他看得出整件事有多搞笑。但客人走了之後……我喝太多，所以當天晚上不怎麼覺得痛，但隔天……」

「他做了什麼，麥德琳？」我問。

她停下來深吸一口氣。「他抓住我的手，把我的手指往後扳，直到骨頭斷掉。」

我雙手交握，完全忘了牛排的存在。「妳沒有去看醫生嗎？」我努力不讓聲音洩漏情緒。

「沒有，他不讓我去。我想一定不只一個地方骨折，所以才到現在都伸不直。我用繃帶包紮起來，也還是扳不直。這樣妳能明白我爲什麼不喜歡提這件事？」她問。

「我了解。聽我說，我看過了精神評估報告，上面說你們的夫妻關係就像一般夫妻，完全沒提到這件事。」

「他沒問我這一類的事，我也不想突然就提起。」她說。

「現在我知道這對妳有多難了，但妳得把全部過程告訴我，全部……妳也必須再跟精神科醫師談，告訴他所有的細節。」

「可以換一個人嗎？我不喜歡他。」麥德琳說。

「好。我們再找別人。但無論妳喜不喜歡，妳都得跟他們談。這太重要了。或許能把殺人罪變成過失致死，那樣結果會很不同。」

空氣中有什麼改變了，之前我感受到的抗拒漸漸散去，然後消失無蹤。麥德琳舒了口氣，彷彿一直在期待這一刻，彷彿我卸下了她心中的重擔。我也鬆了口氣，確認自己做對了決定，無論來餐廳跟她喝一杯是多麼異於常態的作法。我找到了解開此案的鑰匙。

「我們時間夠嗎？」她問。

「夠。別擔心，時間一定夠。我們好好吃午餐，妳把所有事說給我聽。我會全部好好記下來，這樣就能判斷我們目前的處境。」

「好。之前我不是故意要誤導妳，只是沒說出全部的眞相。我不會再那麼難搞了。」她笑了，但一樣皮笑肉不笑。她整齊地把肉切開，開始吃東西。

我們喝完整瓶紅酒就改喝咖啡，沒再叫酒。到了尾聲，我寫滿一頁又一頁筆記，清楚知道接下來我們該怎麼做。帳單送來時，我毫不猶豫付了帳——我得到了我需要的突破性進展。我陪麥德琳走去霍本地鐵站，然後再踏上國王道，剛剛聽到的事不斷在我腦中打轉。

派屈克五點左右才回我電話。

「那個留言是怎麼回事？」

「我留了另一通留言跟你說抱歉。」我回答。

「我知道，但我不懂是怎麼回事。」

「我只是想搞清楚那些簡訊是哪來的。那可能跟我們的事有關。」我說。

「誰都有可能，妳以前的當事人、妳丈夫認識的人，妳不能一口斷定跟我有關。」

「是有可能。但留言每次都是我跟你見面之後傳來的。」我說。

「那可能只是巧合。先別慌。」

「你覺得我該怎麼辦？」

「妳能做的不多。靜觀其變，目前妳還沒受到直接的威脅，如果有就報警。」

他說得對。我正要開口，他又接下去說：

「還有，老實說，我有沒有跟別人上床也不關妳的事。結了婚的人是妳，不是我。這不用我告訴妳吧。」

「對。我知道。」這點我無法反駁。「抱歉。我那樣說很愚蠢。我只是有點嚇到。」

「OK。跟麥德琳的訪談有收穫嗎？克蘿伊說妳們去了賈斯伯，希望妳沒喝醉。」

他在開玩笑，一定是的。我們要為了這個吵嗎？我的右眼隱約在跳，提醒我今天喝了酒。

「我很清醒，謝謝。」我極力讓語調保持尊嚴。「那是訪談，即使我們選擇在酒吧裡進行。她提供了很多資訊。」

「但願妳沒醉到忘了大半內容。」派屈克說。

這感覺很像在跟卡爾說話。我深呼吸，再一次。「我會打一份給你，看完你就知道了。」我掛上電話。

打完筆記和結論之後，我把電子檔傳給派屈克，上面還有訴訟計畫、他得去追蹤的證人名單，以及我們之後需要的證據。我刻意維持筆調的俐落專業，把他當作一般委任律師，裡頭整理了麥德琳的陳述和支持我的論點所需的法律分析，最後的成品還上得了檯面。信件寄出我就登出關機。該回家了。

天色已暗，我推著拉桿包穿過噴泉庭院。街燈已經點亮，空氣中飄著輕霧。就是這種狄更斯小說的氣氛，讓觀光客對聖殿區如此著迷。我經過一群由導遊帶領的觀光客。導遊正在解說這些建築的歷史，我好想停下來加入他們，假裝自己不知道那些牆壁後面實際發生的事。我想跟他們一樣浪漫，想像內部跟外部一樣典雅，有壁爐和昏黃的吊燈，而不是檔案櫃和亂貼一通的石膏板。在他們眼中，律師這行業大概也很浪漫，身披飄逸長袍，頭戴馬毛假髮，爲公理正義而戰。有時我也這麼想，儘管現實既平凡又單調：在倫敦東南方的地方法院奔波來去，在上訴法院勝訴獲得的短暫榮耀，很快就因爲禮拜五在伍德格林刑事法院排最後一庭而沮喪到一點不剩。儘管如此，什麼都比不上得知陪審團站我這邊，被我提出的論點說服的那種快感。

我穿過德佛羅街，經過民兵酒吧，經過那些吹噓自己如何靠著高明的辯護幫人免於法律制裁的紅鼻子草包。我可以透過窗戶看到他們，身邊圍繞著點頭如搗蒜的學生。我也曾經是那個模樣，只爲了搶出頭，爲了能多吸引他們注意，爲了得到工作，爲了讓律師對我留下好印象，或是讓助理更願意把案件分給我，就甘願吞下所有陳腔濫調。當年的我從星期一喝到星期五，在正確的場合點頭、微笑和大笑。

只見事務所的羅伯站在凱爾因酒吧外面抽菸。我在他旁邊停下來，偷他的菸抽了一口才想起早上的爭執，還有瑪蒂達懇求我別再抽菸的畫面。可惡。我跟羅伯揮手道別就拖著腳走去皇家司法院對面的街角小店。店還沒關，我買了薄荷糖和水，先漱漱口再吞一把薄荷糖。今天晚上我沒力氣吵架了。

「艾莉森，艾莉森！」有人在叫我。我繼續走，叫聲愈來愈大，他突然就站在我面前。「我在凱爾因酒吧看到妳走過去，我得跟妳說說話。」

「我要回家了，派屈克。」

「妳還好嗎？」此刻他就站在我面前。

「我沒事。」我說。

「如果妳覺得我在暗示妳做不好妳的工作，我跟妳道歉。」他說。

「我們喝了酒，」我說，「但沒喝醉。」

「當然沒有。當初是我建議妳去讓麥德琳卸下心防的。還有，妳要我跟妳一起去報警嗎？我了解那些留言爲什麼讓妳那麼害怕了。」

我可以想像警察的反應。現在他們連竊案都不辦了，又怎麼會管不明留言裡的四個卡通貼圖？況且目前也還沒有明確的證據。

「我不認爲值得這麼做，目前還不需要，但我不喜歡那些留言。」我說。

「那是一定的。可是說眞的，妳不能因爲我跟別人在一起就不高興。那樣不公平。我們之間不能這樣。」他一臉嚴肅地說。

「我不是故意的，只是很難。」

「我知道。但妳跟家人在一起的時候，我也很難受。妳不能要求我不能跟別人在一起。公平一點。」

我嘆了口氣，無法回嘴。「可是不要在我面前好嗎？像上次在凱爾因酒吧那樣。」

「好，可以，不要在妳面前，」他說。「我會注意。」

「要是我再收到留言呢？」

「刪掉，別管它，如果妳不想報警的話。只要對方不更進一步，就沒什麼好擔心的。」他的聲音令人安心，我想陷進裡頭，但有個東西抓住我，潛伏在我背後的一抹陰影。

「但要是……」

「別再胡亂猜測了，現在這樣就夠妳煩的了，」他說。「好了，現在要不要去喝一杯還是怎樣？如果妳想吃晚餐，我家裡也有吃的。」

他把手伸向我，我正要抓住，手機就嗶了一聲。

我訂了布萊頓的飯店。冬季沙灘！上次我們覺得不錯，所以我想應該可以。待會見，烤箱裡有烤雞。抱。

P S.：瑪蒂達跟妳說嗨。

是卡爾。還附上一張他們父女在鏡頭前頭靠頭對著我笑的自拍照。我很快關上螢幕，不想讓派屈克看見。

「我得回家了，」我說。「我答應他們了。他們幫我準備了晚餐。」

他扳起臉。「眞幸福。家庭時間。別讓我綁住妳。」

「派屈克，我得走了。你要做什麼？」我不是故意要問，但就這麼脫口而出。

「去喝一杯。」

「我可以陪你喝一杯，如果那有幫助的話。」我說。

「妳又不是在做慈善事業的。回家吧。」他轉身走上埃塞克斯街。

我想喊住他卻又閉上嘴，轉身越過皇家司法院前的斑馬線，準備去等公車，心裡有部分還期望他會不會又突然出現，但四號公車一下就來了，我坐上車。

我留言給卡爾：在公車上了，抱。

沒有派屈克的留言。也沒有其他人的留言。該回家了。

我一打開門，卡爾和瑪蒂達就跑過來給我親親。烤雞的香味飄散在空中。卡爾幫我調了一杯琴湯尼，瑪蒂達跟我說她今天做了什麼，還有她最好的朋友很壞心，但是「媽咪我跟她說了我的感覺，她就好了」。她坐在我的腿上，我唸了一個男孩一天之內變成貓又變回人的故事給她聽。卡爾坐在一旁聽，臉上一抹淡淡的笑。他輕觸我的手臂，然後靠過來親我的臉。

「妳在家真好，艾莉森。」

「我出門也沒很久。」我笑著答。

「我知道。只是妳回家了真好。對吧，小蒂！我們喜歡媽咪在家。」他把瑪蒂達從我腿上抱過去，我忍住緊緊抱住她的衝動，傾身靠向他。早上的一家三口又重現。

我們坐在餐桌前一起吃晚餐，雞肉好嫩。瑪蒂達洗澡時，我們一起陪她聊天，後來一起哄她睡覺，唱兒歌給她聽，牽著她的手直到她入睡。下樓之後，卡爾拿起晚餐打開的一瓶葡萄酒倒了兩杯。

「所以你訂了布萊頓？」我問。

「對，夠近又有很多事可做，還有我們可以獨享的冬季海灘。」他打開旁邊沙發上的筆電，點了幾個視窗，找到他想找的那一個。他把筆電拿給我。「就是這家飯店。」

看起來很棒。海景，白色床單，臥房裡的華夫格浴袍。我對他微笑，很感動他那麼用心。我把游標移向選單，想看清地點在哪裡，但卡爾卻立刻搶走電腦並砰一聲闔上。

「你這是？」

「也許我在計畫另一個驚喜。」他靠上前吻我，雙手捧著我的臉，舌頭伸進我的嘴裡。有一瞬間，我不知道爲什麼很想咬住他的舌頭往外甩，把他從我身上推開，彷彿他是我不認識的陌生人。後來他的味道將我淹沒，那是他身上的卡爾特質，於是那股衝動消失，換成另一種衝動。

「瑪蒂達沒關係？」最後我問。

他沒回答，直接俯身把門拉上，然後再度吻我，捧著我的臉，手往下再往下……

瑪蒂達沒打擾我們。那晚我們都睡得很甜。

後來那個禮拜，我跟派屈克的對話都很簡明扼要。他忙著調查證人、取得他們的筆錄並衡量這些證詞的分量。麥德琳會在答辯聽證會前一週去見新的精神科醫師。我認識那位醫師，她既專業又不拖泥帶水，會有充裕的時間推翻之前的評估報告。雖然還有時間，但我掌握的資料已經足以提出答辯。除非有什麼萬一，不然麥德琳應該會在中央刑事法院的法官面前否認犯下殺人罪，而我們將會以情緒失控爲由，主張被告犯下的是誤殺。檢方若接受，法官就可以享有完全的自由裁量權。換句話說，麥德琳就不會被判無期徒刑。即使不是最好的結果，但我盡了最大的努力。

這案子在我的掌控之中，我才能專心處理其他案件，同時搞定出差、最後一刻傳來的指示、失蹤的文件，還有法院裡爛透了的電腦系統。有起搶劫案嫌犯決定認罪，最後被判四年——其實不算太糟。隔天我有場審前聽證會，是我起訴的一件棘手的強暴案。當事人雙方各說各話，監視器影片將會成爲呈堂證供，而且是小倆口一路走到飯店門口都拍下了。眞可惜沒從鎖孔拍攝房裡的狀況。就算沒有男女雙方在波羅市場門廊下和倫敦塔橋附近的連鎖飯店擁吻的多張照片，要證明這是強暴案已經夠難了。我知道陪審團不會喜歡這種複雜難解的案子。

我討厭這種案子。從被害人陳述中明顯可見，一開始只是喝酒尋歡，最後卻變成恐怖夢魘，看她正式提告就可見她受創多深。聽證會上，被告臉上一抹冷笑，讓我很想揍他一拳，那副理所當然的嘴臉讓我完全相信他知道自己想要什麼，不管對方怎麼反抗，他就是非到手不可。我希望女方的驗傷報告有助於說服陪審團相信這不是你情我願的交合。在床上不管再怎麼激情，我從來都不需要去縫傷口。看被告的陳述，他顯然想主張兩人都喝太醉，根本沒發現她受傷。我打算如此反駁：倘若陪審團認爲原告當時並未明確拒絕被告，而是事後反悔，還想說謊爲自己掩護；那麼他們更應該相信她其實是醉到沒發現自己的肛門嚴重撕裂，並且也醉到無法同意性交。無論是哪一種，我都想讓那個混蛋死得很難看。

週末很快就過去。卡爾去參加研討會，但不是他之前提過的性成癮研討會，而是另一個專門討論網路色情成癮的研討會，因爲最後一刻空出了名額。我拍了瑪蒂達盪鞦韆和在公園咖啡館喝熱巧克力的照片傳給他，用純眞童年抵擋他會在現場聽到的恐怖實例。他母親打電話來，我們聊了下週末她來幫忙照顧瑪蒂達該做的事。

「我會在冰箱裡塞滿食物，寫好菜單，省得妳花心思。」我說。

「不用了，我煮兩人份的東西沒問題。妳要我帶她去參加什麼活動嗎？她週末要上課嗎？我記不住你們幫她安排的活動。」她說。

「一個週末沒去也沒關係。簡單就好。」雖然卡爾會不高興，但我認爲要婆婆拉著瑪蒂達去游泳不太好。

「謝了。這樣比較簡單。」

「確實。我自己都寧願跳過游泳課。」我笑著說。

「卡爾跟我說過。」她沒笑，我很快掛上電話。由卡爾來跟她說，確定她對所有安排都沒問題會比較好。

星期一很快過去，轉眼到了星期二，我到哈洛區的刑事法院出庭，連續五天審理另一件多人搶劫案。派屈克傳來更多更新資料，我們拿到的資料超出我的預期。我對麥德琳的案子雖然樂觀但不敢大意。

陪審團提早在禮拜五做出判決。宣判（六年，雖算重判但不失公正）之後我還跟當事人說了一下話，但不到三點我就走了。羅伯和聖克都傳簡訊來邀我去喝一杯，但我心甘情願拒絕了他們。我要回家。我想跟瑪蒂達一起度過禮拜五。

吃披薩又看了一部《功夫熊貓》的電影之後，瑪蒂達開心又滿足。老實說，我也是。我已經整整一個禮拜沒跟派屈克談工作以外的事。沖澡時不用洗掉另一個男人留在身上的味道，不會因爲想著他而無法專心陪家人，我終於找回了完整的我。這還不是唯一的好處。我的手機一整週都沒有奇怪留言，沒有不明號碼傳來的威脅或指控。無論派屈克怎麼說，我知道那一定跟他有關。對方也確實達到了目的，無論多麼迂迴。我跟他保持著安全距離，沒問題的。至少這一個禮拜。

瑪蒂達睡了之後，我開始收行李。卡爾因爲一名患者情緒不穩打來求助，緊急前往治療室跟他晤談。治療室是他跟圖夫內爾公園的一家另類療法診所租的。可憐的卡爾，只能把專業執照掛在家裡的牆上。等到他可以把執照掛在辦公室，不用再跟其他治療師合租診所的那一天，他就可以確定自己成功了。我懂那種感覺。在事務所擁有自己的辦公桌，事務所外面的告示板印上自己的名字，這些對我來說是一大肯定。至今我還記得第一眼看到時的興奮與雀躍。

我看著掛在衣櫥裡的洋裝，從裡頭拿出一件我一直很喜歡的開襟洋裝。卡爾從來就不喜歡這件，因爲長度的關係，但我覺得很適合我。我摺好收進我放床上的提袋。但成爲事務所一員時的興奮雀躍又浮上心頭。我達到了目標，卡爾還沒有。我的事業蒸蒸日上的同時，他卻面臨被裁員和成爲家庭主夫的挑戰。現在他的患者或許愈來愈多，我也看得出來他主持的男性團體是他執業的一大成就，但他還是得跟一名芳療師和一名靈氣治療師合租辦公室。他所有的專業成就都只能張貼在家裡的廚房牆上。

我把開襟洋裝從袋子裡拉出來，掛回衣櫥。接著，我拿出兩年前聖誕節他送我的洋裝。那年吃完晚餐之後，我們對彼此大吼大叫了好幾個鐘頭。「我什麼時候會穿那種衣服？」我大叫。「你根本不了解我。」那種大紅色短裙根本是在羞辱我生過小孩的身體，顯胖的大紅色把我身上的每個缺點都加倍放大。

「妳穿上一定很適合。妳該試試不同的衣服，」他說，很驚訝我會氣成這樣。「我要怎樣，不用你來告訴我。」我怒吼，整晚泣不成聲。

我摸摸布料，抓在胸前比一比。標籤還在，跟剛打開時一樣新，沒有我印象中那麼糟。這是派屈克可能會喜歡看我穿的衣服，我出神地想。但這不該跟派屈克有關，我應該想的是卡爾。我會希望他爲我做這樣的貼心舉動——對我爲他做的事或送他的東西表示欣賞。我換上洋裝，緊繃的感覺讓我皺起眉頭。確實不像我想的那麼糟，剪裁極佳，該凸顯的凸顯，該藏的地方被光滑紅色絲綢引開視線。我對著鏡子扭腰擺臀——還不賴。我脫掉洋裝收進袋子，抓了件睡衣穿上。

快十點了，我傳簡訊給卡爾，問他是不是快到家了。

再一下就到了。抱歉。情況有點緊急。先睡，別等我。抱。他回我。

我回他：好。晚安，抱抱。只要不會影響到明天的行程我就無所謂。我看了一下書，一本講一段搖搖欲墜悲慘婚姻的驚悚小說。我不由笑了，不是我們，不再是了。我們週末要去玩。我含著微笑墜入夢鄉，手一鬆，書掉到地板上。

隔天我們一起躺在床上時，卡爾說：「我寧可開車。」

「爲什麼？火車快多了。」想到開車得困在車陣裡那麼久，我就覺得累。

「我想開車，可以跟妳有更多時間相處。」他靠過來親我。

「我不覺得困在車流裡算是相處，會心浮氣躁。」

「也許不會塞車啊。我們可以輪流開。」他說。

「大概吧。」我實在不想開車，但這週末我得好好表現。

「沒問題的，我確定我可以。」他說。

「你昨天幾點回來的？」

「一點多。他情況很糟，差點想不開。妳知道那種狀況，我不能丟下他。」卡爾一臉擔憂。

我不知道，也寧願不要知道，不過聽起來很慘，我也這麼回他。

「的確很慘。艾莉森，我想我永遠沒辦法習慣這種工作。」

「希望你不需要習慣，但至少你幫得上忙。」

「如果有的話，誰知道呢。我很擔心他。」

「你盡力了，我相信你一定做得很好。別忘了你也需要休息。」我說，開始擔心我們的行程會不會取消。

他嘆了口氣。「他有我的電話，而且諮商結束時他就好一些了。」

「那就好。我相信他不會有事的。」

他沒答腔，反而翻身抱住我。我們躺了一下，後來我想到婆婆就快到了，我們趕緊起床梳洗，弄早餐給瑪蒂達吃。我不再爭論開車的事。婆婆到了之後，我跟她打完招呼就走去客廳，讓卡爾跟她溝通。我們並不是處得不好，但我認爲這種事最好由卡爾出面。我坐在沙發上等他們說完。瑪蒂達從他們身後跑過去跳上奶奶的膝蓋。

「小心點，寶貝，別太大力。」她面帶微笑，但笑容只到一半。

「對不起，奶奶。」瑪蒂達跳下來跑向卡爾。卡爾抱起她一甩，讓她坐在他旁邊。

「瑪蒂達，妳要聽奶奶的話，把她煮的東西全部吃光光，照她說的時間上床睡覺，好嗎？」他問。

她點點頭，咬著嘴唇，接著脫口問：「你們要去多久？」

「我跟妳說過了啊，就一個晚上。」他哄著她說。

「我可以跟你們說話嗎？」她問。

「如果妳想，隨時可以打電話來，只要跟奶奶說就好了。」

不久我們就出門了，再拖下去也沒必要。婆婆愈來愈不自在，開始整理沙發椅墊、拉直窗簾，直到東西都整整齊齊爲止。我們走出客廳時，她正在從大到小重新排列壁爐上的飾品。瑪蒂達跟我們走到門口。她抱住我們，我克制自己不要胡思亂想，雖然總覺得小蒂趴在卡爾身上的時間遠比在我身上更久。這對小蒂也好，我這麼安慰自己，她應該跟家裡其他成員多相處，況且我從不覺得卡爾的母親有那麼糟。雖然卡爾跟我說過一些事令人有一點……擔心，但如果他沒問題，我也沒問題。

我把車開出車庫時，指著家裡的方向問：「她們不會有事的，對吧？」

「希望。別跟我說妳後悔了。」卡爾說。

「怎麼可能。只是……」

「這是妳提議的。」他語氣尖銳。

「我知道。可是……」

「好了，我們別這樣。她們會很好的。我不也沒事，她不可能是那麼糟糕的母親。」他說，語氣變得柔和。

我沒接話。往環形北路的車子很多，我得專心開車。車子最多的那一段過後，我轉頭問他上週末的研討會如何。只見他在車窗上墊了一條圍巾當枕頭，早就已經睡著。我心裡有部分覺得高興，心想他補點眠也好，但愈開就愈火大。我不想叫醒他，希望他自己醒過來跟我換手，但加上塞車一共三個多小時才抵達目的地，他卻一路睡到底。

下車時他說：「妳應該叫我的。」

「我想說你休息一下也好，」我笑著說，希望我的慷慨舉動會得到回報。但他卻連謝一聲或表達感激都沒有就走進飯店。我抓起袋子跟上去。「我要來一杯。」一進房間，我直接走向小冰箱。「天啊，裡面只有水。這算什麼。」我又翻了一遍，看是不是我漏掉什麼，但還是沒有。氣泡水。礦泉水。一罐芬達汽水。「殺了我吧。」

「冷靜。妳不需要來一杯。現在才兩點，太早了。」卡爾的聲音低沉又令人安心，彷彿在安撫耍脾氣的瑪蒂達。我壓下想揍他的衝動。

「我或許不需要，但我想要。開車累死我了，你當然很輕鬆，因爲你都在睡覺。」我的聲音愈來愈高。

「是我要旅館把酒收走的。我們不需要喝酒才能玩得開心。」

「是我聽錯了嗎？你這個道貌岸然的混蛋。」

「我來幫妳放熱水，幫妳泡杯茶，妳就會覺得好多了。」他起身走向浴室。水聲嘩啦響起，一股花香瀰漫在空氣之中。他回到房間又忙著煮水。我好一會兒都說不出話。

「你叫他們把酒收走？眞的假的？」我奮力穩住情緒。

「對。得了，艾莉森，妳知道是怎麼回事。我不想搞砸。我不希望妳還不到晚上就猛喝酒。下午我們可以放鬆一下，吃晚餐時再來一杯。」

他走向我並伸出手。我猶豫片刻才僵硬地握住他的手，讓他把我拉過去抱住。其他時候我一定會殺了他，但我不能就這樣毀了這整個週末，即使心裡多少還是有點抗拒他……

泡完澡、喝了茶之後，我睡了午覺。我知道布萊頓有名的巷區和皇家行宮就在近在咫尺，但我累癱了，開車和忙了一週讓我疲憊不堪。卡爾在床上打瞌睡，即使在車上補了眠還是沒睡飽。我爬到他旁邊，靠在他胸前不知不覺睡著，醒來時天色已暗，腦袋昏昏沉沉。卡爾醒了。他拿了杯水給我，我沒想到自己那麼渴，咕嚕嚕一飲而盡。他對我微笑。

「差不多要吃晚餐了。該來準備了。」

我掀開被子爬起來。白白浪費了今天的海景，雖然長堤上的燈光很美。也許明天早上會出太陽，我們就可以步上沙灘，雙腳喀喳喀喳踩著砂礫，聽著海鷗在頭上嘎嘎叫。我不知在哪裡讀過有人會從長堤跳下去游泳，有個瘋子組成的健泳社團無論陰晴每天都去。明天如果我們起得夠早，說不定就會看到。我試著想像在海裡游泳、身子底下一片未知、冰冷的海水把你往下拉的感覺。

我洗完澡準備換裝，換卡爾去洗。他送我的洋裝我愈看愈順眼。那不是我會穿的衣服，但那就是魅力所在。想像他看我的樣子，幾乎有種離經叛道的感覺，我不再是他的孩子的母親，而是一個穿上大紅絲質洋裝、不怕小露性感的女人。我還帶了搭配的內衣褲，黑色托高胸罩、比平常小很多的黑色內褲，甚至還有一整套網眼吊帶襪。如果他想來點老套的刺激也無妨，全都藏在這件有如聖誕節拉炮的洋裝裡。我看起來不像我，但很不賴。

從浴室走出來時，卡爾沒有立刻認出我。我站在臥房掛鏡前，正在畫黑色眼線。我對著鏡子檢查眼尾線兩邊是否一致，在鏡子裡跟他眼神交會。

「妳要穿那件？」我幾乎聽到鏡子裂成兩半的聲音。

「我以為你會喜歡。這是你送我的。」我轉向他。

「我以為妳不喜歡。」他說。他腰上圍了條毛巾，拉開毛巾開始擦頭髮。

「我改變心意了。你不喜歡嗎？」我胸口一緊，喉嚨哽住，呼吸困難。

「也不是。只不過妳說的或許沒錯，我不能幫妳選衣服。妳還有帶別件嗎？」他坐在床上開始穿襪子。

我沒有想哭，但眼淚快要不聽使喚。我畫了艾美．懷絲的誇張眼線了啊！「眞有那麼糟嗎？」

「不是這樣的。我只是想，穿別件妳或許比較自在。但如果妳沒帶別件……那就算了。」穿好襪子之後，他走去從袋子裡拿出一條內褲穿上，再來是牛仔褲和藍色襯衫。每次我建議他換穿別的顏色，他就會眨著眼睛說：「這樣能凸顯我的藍眼珠。」

他走過來站在我旁邊。我們的鏡中倒影回望著房間，一個光鮮好看、眼神有光的男人，而我卻有如一碗狗食狼狽不堪。我拉拉裙子，想讓它不那麼貼身。卡爾搭住我的肩膀一按。「妳或許看起來像個蕩婦，但也是我的蕩婦。」他靠過來親我的臉。「好了，咱們進城去吧。想來一杯嗎？」

他走出門時我還嘴巴開開，因爲那些刺耳的話而目瞪口呆。但今晚的成敗就看我了。我要不大發雷霆，叫他去死；要不有點幽默感，一笑置之，別再可憐兮兮。他或許現在不喜歡這件衣服了，但媽的這是他買的，不管他怎麼說，我都認爲穿在我身上還不賴。我抓起外套走出門。他鎖上門，我們一起下樓。

我們爬上山丘，繞過轉角，在巷區裡穿梭。他訂了一家西班牙餐酒館——「《衛報》

評鑑很高的，艾莉森。」餐廳確實不錯，椅子坐起來滿舒服，桌與桌的距離也還算遠。全餐廳只有我一個人盛裝打扮，但管它的。我偷偷用手指去擦牙齒，確定上面沒沾到口紅。服務生走過來，我點了一杯琴湯尼。他問我有沒有偏愛哪種琴酒，我想起麥德琳，於是叫了亨利爵士。卡爾看了一下雞尾酒單，請服務生推薦，但服務生推薦完後他又嗯嗯啊啊，在「月黑風高」和「往日情懷」之間猶豫不決。最後他終於點了油漬馬丁尼的時候，這兩種心情我都強烈感受到，或許那在暗示今晚的結局。他現在是很顧人怨沒錯，但喝了酒之後或許我們都會放鬆一些。

「想到要吃什麼了嗎？」他問。

我看看菜單，感覺都很不錯。「我都可以。想吃什麼就點吧。」

他點點頭，服務生回來時他點了一長串餐點。我正在享受琴酒衝擊喉嚨、放鬆雙肩的感覺，沒仔細聽。卡爾點完之後，我又叫了杯琴湯尼，然後打開葡萄酒單選了一瓶酒。

「白酒還紅酒？」我問。

「白酒好了。可以點一杯嗎？」卡爾說。

「我直接點一瓶。那就白酒吧。」我瀏覽著酒單，看到蘇維濃，但我抵擋住誘惑，再來是里奧哈。我又招手請服務生過來，指出我要的酒。上菜的時候，酒也送來了。卡爾點了好多，西班牙火腿可樂餅、辣味馬鈴薯、墨西哥玉米餅、某種口味的章魚腳、另一種口味的可樂餅，最銷魂的就是羊奶乳酪淋蜂蜜。我們兩個顧著猛吃，沒說話，我甚至沒停下來喝酒，吃完之後我才往後一靠，喝了一大口酒。

「好多了。我剛剛好餓。」

「我們全部吃光了。我還擔心我點太多。」他說。

「我覺得剛剛好。」我喝完一杯又倒一杯，然後把酒瓶推向他，讓他把自己的酒杯斟滿。「接下來有什麼計畫？」

他看看錶。「已經滿晚了。回飯店喝一杯？」

我做了個鬼臉。「我以爲我們可以去跳舞？」

「妳知道我討厭跳舞。」沒得商量的語氣。

「大概吧。」我又喝了一杯，接著起身要去廁所。我腳步平穩，頭腦清楚。這就是塡飽肚子的好處，能讓你保持清醒。「我馬上回來。」

我們又在餐廳待了一會兒，把葡萄酒和餐後雞尾酒喝光。本來決定到此爲止，但後來我又叫了一杯琴湯尼。卡爾又跟服務生討論很久才點了雅馬邑白蘭地。我啜了一小口，忍不住發抖——對我來說太烈。

我們離開餐廳時，已經快十一點半。外頭又黑又冷，天空清澈。冬日就算尚未降臨，也已經來到布萊頓的門前。我看到了在倫敦看不見的星空，沒被我早已習慣的橘色薄霧遮蔽。我走路搖搖晃晃，腳跟絆到鋪石，我抓住卡爾的手臂穩住腳。他一開始有點抗拒，後來就靠在我身上。到了通往飯店的山坡頂，我們停了片刻，他吻了我。

跟我的唇拉開距離時他說：「之前我很欠揍，對不起。妳今晚很美。」

我腦袋一片模糊，晚上發生的事也變得霧濛濛，只剩下零星的細節。最清楚的是可樂餅，眞的很美味，還有卡爾說他很欠揍——是嗎？我不記得怎麼個欠揍法。如果他這麼說，那就一定是吧，但我沒發現。我喜歡他抱著我，還有他吻我的感覺。我舉手圈住他的脖子，把他的頭拉向我，這次我們吻了更久，兩人之間逐漸加溫。我不知道是因爲換了地方，還是受到布萊頓週末放縱氣氛的影響，我覺得慾火難耐。這比較像是跟派屈克共度的夜晚。

「我們回飯店吧，」我拉著他的手說。他跟著我。我腳下又一絆，這次他抱住我的腰，及時抓住我。走到街底時我們又接吻，到了飯店門口也是。「再喝一杯。」他說。我們在酒吧繼續熱吻。

然後眼前全黑。

他坐在椅子上看著我。我大字形躺在床上，衣衫不整。天亮了，沁涼的光線灑進房間。他的下巴長出鬍碴，眼底下浮現黑眼圈。我覺得身體底下黏黏的，伸手一摸，拉近看只見手指紅通通。我翻了個身，往旁邊和下面看。我躺的床單下面有一大片紅漬。我還穿著內衣，內褲、胸罩、吊帶襪都還在。某種恐懼掐住我，我再度轉頭去看卡爾。

「怎麼了？」

「妳知道怎麼了。」

「我完全不知道。我記得我們去了酒吧，之後我就腦袋一片空白，」我說。恐懼離我而去，另一種全然未知的情緒湧上來。

「這就是我不希望我們喝酒的原因。」他說，聲音疲憊。這時我才發現他還穿著昨晚穿的衣服。

「你睡在那張椅子上嗎？」

「艾莉森，我整晚沒睡。我一直在想，想自己哪裡錯了，想自己到底做了什麼讓妳不開心到每次都要喝個爛醉。」我以爲他要起身甚至走過來，但他只是在椅子上動了動，然後又重新坐好。

「我不覺得我有喝那麼多。」我在腦中計算：兩杯琴湯尼、半瓶葡萄酒、或許再一杯琴湯尼，最多就這樣。絕對不至於喝到不省人事。「對不起。我眞的很努力不要這樣。」

「妳應該要更努力。我沒辦法面對這樣的妳。妳甚至照顧不好自己。」他指著我。

「我只能把妳抱上床，幫妳脫掉衣服，讓妳舒服一點。妳醉到甚至不知道自己的生理期來了。看看妳自己的模樣。」

我正在看，也看到了。我知道有點嚇人。但這個男人是瑪蒂達出生之後幫我採買所有女性用品的人，乳頭護理霜、痔瘡軟膏、特大號產褥墊等等等。生產時我也在他面前醜態百出。從什麼時候開始他對我那麼反感？

「我們怎麼會變成這樣？」我邊說邊從床上坐起來抱著膝蓋。身體一動就覺得天旋地轉，我忍住想吐的感覺。

「妳喝太多，就是這樣。」他說，語氣輕蔑。

「我不是說現在，我是說一直以來……」想吐的感覺愈來愈強烈。

「妳……」他開始說，但我已經聽不見，因爲耳朵嗡嗡響，光線在眼前搖晃，酸液從喉嚨湧到嘴邊。我跳起來往前跑，但地上的洋裝絆到我的腳，嘔吐物從我口中噴射而出，噴得房間和我身上全部都是，昨晚的酒和食物碎渣全都混在一起。卡爾跳起來閃開，臉部扭曲。

「我甚至無法……」他說，接著搖搖頭看著我，別過頭又再看著我。「艾莉森，我受夠了。妳自己收拾乾淨。每種行爲都有後果，妳逃避不了。我要走了。我會續訂一晚，讓妳把這裡收拾乾淨，我先回家了。等妳適合見瑪蒂達的時候再回來。」

我應該回嘴，求他別走，但我好難受，酸液侵蝕著我的食道。我坐在地上，腳下一灘嘔吐物，難堪到連抱歉都說不出口。他走出去時關上門。他一走，我又一陣噁心。這次我及時衝去馬桶吐了好久，直到吐出一絲黃色膽汁，最後我勉強站起來躺回床上。我躺在床上打瞌睡，直到太陽西斜，那味道將我徹底淹沒。

13

從布萊頓回來之後，我把飯店員工看到房間的慘況、我落荒而逃的種種羞辱都拋到腦後。唯一的安慰是，飯店是卡爾訂的，所以上面只有他的名字。這禮拜以來，每天晚上我都想坐下來跟他談談到底是哪裡出了問題，但他每次都把禮貌當成盾牌，把我說的話擋回來。他很會閃躲，不是工作到很晚就是早早上床，我已經打算放棄。一天天過去，我把這件事塞到腦海深處。星期四是麥德琳的審前聽證會，我需要的證詞源源湧入，內含豐富的細節和各種辯護的可能。卡爾或許沉默不語，但至少我的潛在證人不是。

> 沒有更早出事我才驚訝。她竟然隱忍那麼久。有時我會看到她身上的傷，還有她臉上和手上的瘀青。最讓我震驚的是二〇一七年夏天那一次，我看到她手上有三個地方被菸燙傷。她從沒告訴我傷是怎麼來的，但看起來不像意外。

這是麥德琳的朋友茱德的證詞。她是詹姆斯就讀那所寄宿學校的家長，也是一名花藝師。而且不是隨便一個花藝師，不但店開在富豪聚集的梅費爾區，還在夜校開班授課。之前我也想過要去上那種課。

有次我看到他跟她說話的方式，語氣很差，氣呼呼的。他們的兒子詹姆斯常生病，艾德溫又不是很有耐心。我想他是認爲麥德琳太寵他。但那次他凶她是因爲麥德琳提早把詹姆斯接回家。「我不敢相信妳這麼做。我忍無可忍了。」他的聲音讓我害怕。

目前有這些證詞可爲麥德琳描述的婚姻狀況背書。她對我說的事應該可作爲失控殺人的答辯理由，如同我跟她說過的，這樣就能把罪名減爲誤殺。我們要確認麥德琳長期受到暴力對待，而艾德溫那天的行爲則是壓垮駱駝的最後一根稻草，過去他對她說過的話、做過的事都足以讓她失去理智。根據她告訴我的話，這樣的結果無可避免。

下一份筆錄來自她的醫生。

麥德琳・史密斯從二〇〇七年起就到我位於威格莫爾街的綜合診所看診。這些年我幫她處理過許許多多傷口，多半是小傷，但有些不得不到大醫院治療。我翻了病歷找回記憶，副本請見附錄，是爲證物一。其中有兩次我印象特別深刻，至今難忘。第一次是二〇〇九年夏天。麥德琳的兒子詹姆斯那年五歲，他也是我的患者。他上吐下瀉很不舒服，因爲嚴重脫水而必須住院打點滴補充水分。隔天早上麥德琳來找我時，右大腿嚴重燙傷。她說前一晚詹姆斯住院讓她心急如焚，她才會不小心把滾燙的熱水灑在腿上。她的舉止有點怪異，但當時我心想她是太擔心小孩才粗心大意。第二次時間比較近，發生在二〇一七年。她來看診時很難過。哭完之後她讓我看她的左手，上面有三處燙傷，彷彿有人把香菸按熄在她的手背上。我問她是怎麼回事，她不肯說，但又哭了出來，說她丈夫要把她兒子詹姆斯送去寄宿學校，她千百個不願意。我幫她處理傷口，試圖說服她多透露一些。更讓我不安的是，她左手的小指扭曲變形，好像骨頭斷了，無法再重新接合。我問她手怎麼會燙傷，還有能不能告訴我她的手指怎麼了。她兩個問題都沒回答就走了，之後我就沒再見過她。詳見附件病歷。

我看了病歷，一連串的燙傷、割傷和瘀青紀錄。從時間順序看來，一年約有兩到三次，二〇〇九年和二〇一七年是高峰，跟醫生的說法一致。他描述的可能是最嚴重的幾次，但有一次他還得縫合她左手臂的刀傷。（病歷上記載：我眞是笨手笨腳）。這樣的評語在病歷上比比皆是。看來醫生從未逼她解釋清楚，雖然在某個階段他確實想過——我認爲如果我逼得太緊，她就不會再出現。至少這樣還能有她受傷的完整紀錄，要是哪天她想提告，就有證明文件。這些是他的筆錄的最後幾句。

這些都對麥德琳的案子很有利。相當有利，即使還不算確證。不過，對我來說，真正關鍵的是彼德．哈里森的證詞。他是學校放假期間到家裡幫詹姆斯上課的法籍家教。他的筆錄多半在描述他在那個家裡感受到的氣氛。

艾德溫去工作不在家時，家裡感覺就是比較平靜，要是他在家，麥德琳和詹姆斯都會戰戰兢兢。

他特別提到大約六個月前的一件事。當時他在廚房教詹姆斯功課。

詹姆斯掀起套頭毛衣要脫下來，不小心也把T恤拉起來，因此我看到了他的胸口。我當下十分震驚。他的肋骨上遍布瘀青，從深紫到淡紫都有。他發現我的眼神，就說「打橄欖球」。我沒再多問，但我很後悔沒問。重點是，夏天學校通常打的是板球，不是橄欖球。

讀完這段我頓了頓。即使麥德琳告訴我的事讓我已經有心理準備，我仍然胸口一緊。新的精神評估摘要送來了，同樣如我們所預期相當有幫助。完整的報告約兩星期會出來，我很期待。目前為止，所有資料都支持麥德琳的答辯。我對結果很樂觀。

在老貝利*見到麥德琳和派屈克的時候，我已經整裝完畢。他們站在七號法庭外面。她姊姊法蘭欣也來了，但只在遠處徘徊。我頭皮上的馬毛假髮好癢，長袍把我的肩膀往下拉。通常我不會有什麼感覺，但一看到派屈克，我全身上下都變得超級敏感，皮膚開始泛紅，手背發癢。我用嚴肅的語氣爲麥德琳解釋今天聽證會的流程，以掩飾自己的不安。

「妳恐怕得站進被告席。他們會問妳姓名和住址，之後法院人員會唸出起訴書，問妳認罪還是不認罪。」我說。

「妳眞的認爲我不該認罪？」她問，身體靠向我。

「根據妳對我的陳述，答案是肯定的。若我不建議妳這麼做，就是怠忽職守了。等拿到其他證據，我們就會提出誤殺的答辯申請，這我之前解釋過。今天我會先提，但還不會有進一步的發展。」我轉向派屈克，從抵達法院門口以來，第一次跟他眼神接觸，但我不去理會四目交接時造成的心跳加速。

「她說得對。之前我們已經徹底討論過，也拿到了妳提到的人的筆錄。所有一切都支持妳的論點。」他說。

譯註——

*即中央刑事法院。

「只有論點？」麥德琳問。「只有論點而已？」

「案發當晚沒有其他人在場，所以我們只有妳的說法。但其他證詞都鞏固了妳的說法。」我說。

麥德琳笑了起來。我不由微笑，但馬上又收起笑容，不懂是什麼那麼好笑，她笑個不停，笑聲逐漸變得歇斯底里。派屈克抓住她的手臂，輕輕搖著她。

「麥德琳，冷靜。妳要冷靜下來。」他說。

她顫巍巍地深吸一口氣。「抱歉。我只是在想，艾德溫當然也在場，但他沒辦法告訴我們任何事，再也沒辦法了……」她哭了出來。

我上前想安慰她，卻正好跟我的對手對上眼。他正沿著法院的走廊邁著大步走來。傑洛米．弗林，每個被告都夢寐以求的辯護律師。身材高大，名校光環，想必是量身訂做的三件式合身西裝，完全符合律師的典型形象。沒那麼聰明，但因為有模有樣，所以每次都能說服陪審團。從我在起訴書原告欄上看到他名字的那一刻起，我就希望他沒空接這個案子。沒這種好運，但說不定正式審判時，他又得忙著去辦另一件更有趣的案子。

「艾莉森，哈囉。借一步說話好嗎？」他低沉著聲音對我說。

「當然。」我對他微笑，然後轉向麥德琳和派屈克。「一下就好了。只是暖身。」

我們沿著走廊走去某個角落。

「我不敢相信今天你們不打算認罪！」他一臉瞧不起人的模樣。「畢竟我上次查謀殺案的定義時，連續用刀子捅一個人似乎還是不折不扣的犯法行爲。難道不是嗎？」

太好了。一個嘴巴含著金湯匙的笨蛋要幫我上法律課。我面帶微笑。

「得了吧，艾莉。妳想怎麼樣？想想這要浪費多少時間和金錢打官司。或許妳有幫助女性同胞的錯誤想法，但其實這樣不是在幫她。艾莉，聽我一句勸。」他壓低聲音，頭歪一邊。我猜是想裝出眞心誠意的模樣。

「到時候你就會收到抗辯書。雖然我不喜歡你的態度，但還是先提醒你，我們正在想辦法提出失控殺人的申辯。我希望你盡快提供我其他的文件。我還沒拿到未用於檢控的資料。」我說，笑容還黏在臉上。

他嘆了口氣。「好吧，上帝喜歡奮鬥不懈的人。不過我告訴妳，妳這是在浪費時間。艾莉啊艾莉，可惜了妳的聰明才智。他們怎麼老分給妳這種爛案子？大概不相信妳可以做好妳的工作吧，有那麼多……」

「你說什——」我趕緊打住。可惡，差點就被他激怒，我不會讓他得逞。我對他點點頭，二話不說就回頭去找派屈克和麥德琳。弗林不知道我在腦中早就把他的假髮狠狠踢進他那個醜腦袋瓜，擠爆他的腦漿和骨頭。

「有說什麼有營養的話嗎？」派屈克問。

「沒有。」我答。

「那個王八蛋。」派屈克說。我們看著對方，再一次完全同意對方的看法。

我們差不多準時開庭，不到二十分鐘就結束了。這或許是我目前爲止打過最大的一起官司，但上了法庭感覺卻跟其他案子沒兩樣。先是宣讀起訴書，然後被告提出不認罪答辯。麥德琳的保釋條件經檢閱後維持原樣，雙方訂出交換各種文件的時間表。我必須在兩週內提出抗辯書，向檢方詳述我們要如何替麥德琳辯護。另外我還要把精神評估報告交給他們。對方則要提出他們的陳述，以及或許對他們無用但對我們有益的、未用於檢控的資料。我並不期待任何奇蹟。就像我跟麥德琳說的，一切取決於陪審團是否相信她對案發過程和她的婚姻狀態的描述。

走出法庭時，麥德琳拉著我的長袍。

「他們會相信我嗎？」她問。

「誰？」

「陪審團。他們會相信我嗎？」

「我不能保證。但我們會盡最大的努力說服他們。」我拍拍她的手臂。她並未因此放心，但還是頭也不回地跟法蘭欣一起離去。

「最大的努力夠力嗎？」派屈克站在我旁邊問。

「不知道。要看小孩怎麼說。知道什麼時候能拿到他的筆錄嗎？」

「還在等檢方確認是否要將他列入證人。從表面看，對他們而言，他應該沒有什麼有利的資訊可以提供，所以我不確定。不過在那之前，我們這裡不會有什麼進展。」他說，我點頭認同。沒人會主動讓一名青少年出庭證明自己的母親殺了自己的父親。但他可能是翻轉案情的關鍵證人……

「只能等等看了。眞倒楣，就偏偏遇到弗林那個蠢材。不過我還是可以問問看。如果我一副拚命要找出其他證據的模樣，說不定就有希望。總之，我先去換衣服再說。」我邁步走向更衣室。

「想來杯咖啡嗎？」派屈克故作輕鬆地問，眼睛避不看我。

我一愣，想了想才說「好啊」，然後轉身走進更衣室。換好衣服時，他在外面等我，我們一起走去盧德門圓環附近的一家咖啡館。

我們聊了麥德琳，聊了強暴案，還有派屈克即將展開的一件大毒品案。只差一步就會陷入沉默，我們都努力阻止它逼近。要是停止說話，暫停聲音，視線交會超過千分之一秒，誰知道會出什麼事。我會靠上前摸他臉，也許他會牽起我的手親一下，或許我們會一起站起來走出咖啡館，直接殺進他的公寓做愛做到天昏地暗，連停下來問我們怎麼會想停止這種關係都免了。我有點喘不過氣，我想裝作沒事，每半分鐘就喝一口水。他正滔滔不絕說到一件下禮拜要在諾丁漢開庭的槍枝官司趣聞，我的手機就響起。我們停下來看著對方，兩個禮拜前的爭執眼看一觸即發。

「妳不看嗎？」他問。

我遲疑了。如果是壞消息，我不想知道，難得我們聊得正開心。但若是有重要的事呢？也許跟瑪蒂達有關。我拿出手機一看。是卡爾的留言。

我媽邀我們去住幾天。這種情況下我想這樣安排也好。我會帶瑪蒂達一起去。禮拜日回來。

我眨眨眼，回他：學校怎麼辦？今天才禮拜四。

他沒馬上回，但我看到在手機上跳動的黑點，表示他正在輸入。來了。

一天沒去不會少塊肉。去找奶奶玩對她也好。

我火了，想回他卻又停住。回了也是白回。卡爾一旦做出類似的決定，就不會讓步。最後我回他：

你說得對。祝你們玩得愉快。等你回來我們再談。愛你們。

他回：知道了。週日晚上見。

我好像突然被人戳了胸口，一下子無法呼吸。我茫茫然盯著手機一會兒才關機。沒什麼好說的了。

我忙著傳訊息時，派屈克接了一通電話。前面我沒聽到，但關機之後我聽到他說的話，手機另一頭的喀答喀答聲填補了沉默。

「不，不是那樣的……是誤會，我很難過她這麼覺得……」他繃著臉，盯著牆上的一點，但我往後看時，發現牆上空無一物。「絕對是誤會……對，你知道不可能會……不不不，不是那樣的……好，我會跟她談，把誤會澄清。」

他沒說再見就掛上電話，咬著下顎。

「都還好嗎？」我問。

他看我的樣子好像離我很遠，之後才回過神。「嗯，還好。我有個當事人氣炸了，我建議她認罪，她很火大。妳也知道的。總之，妳都還好？不會又是之前那種簡訊吧？」

「不是，是我先生。我已經一陣子沒收到那種留言了。其實從我們上次談過之後就沒了。」

「那就好。抱歉我沒有……幫上忙。」他小心翼翼地說。

「沒關係。我只是嚇到了。」我說。

「那是當然的。艾莉森，我們可以再試試看嗎？無論如何？」

一時之間我陷入兩難。我想像著卡爾和瑪蒂達，他們兩人的臉靠在一起。我很刻意很小心地把他們在腦中收得愈來愈小，摺進一個我塞在最遠處角落的小盒子裡。我把手伸向派屈克，他抓住我的手。

「你下午有工作嗎？」我問。

「沒有了。」他把我拉近。

14

「別走。」派屈克抓著我的手說。

「我得走了。我不想冒險。」

「冒什麼險？妳不是說他們不在家？」他坐起來抓住我的另一隻手。我掙脫開。

「我還是先走比較好。明天我們隨時可以見面。」

「我明天可能要忙。」他語氣不悅。

親了他並跟他道別之後，我從床上站起來。「看你。」我不想走，但已經快十一點了。我從下午兩點進了派屈克住的公寓之後，除了去尿尿，派屈克每隔幾小時去廚房拿葡萄酒和伊比利亞火腿之外，兩人就一直待在床上。我走去鏡子前撥撥頭髮，擦掉卡在眼底細紋裡的睫毛膏。

「逗妳的，我當然有空。何不到妳家，妳煮晚餐給我吃？」他說。

我扭過頭，對這個提議感到吃驚。他從沒對我的私生活表示過興趣，把我劃分得一清二楚，就像我對待我的家庭一樣。他甚至沒評論過我的妊娠紋——我身爲母親的證據。

「到我家？吃晚餐？」我驚訝到只能重複他的話。

「對啊。我爲妳下過廚，這次該妳了。如果妳家沒人，那又何妨？」

我想得到一百個理由，卻不知從何說起。一是他跟卡爾的痕跡同時存在，完全並列在一起。派屈克用我們的盤子吃飯、拿我們的杯子喝水……他會看到瑪蒂達的照片，還有我跟卡爾的結婚照，同時間我們還能觸摸對方。這個念頭讓我起了一陣雞皮疙瘩，汗毛直豎。我轉回去面對鏡子，東摸西摸拖延時間。

「我不確定這樣好不好。」最後我說，意識到自己的答案很薄弱。

「怎麼會不好。你看過我在家的樣子，我也想看妳在家的樣子。我想更加認識妳，艾莉森，全部的妳。老天，我甚至不知道妳會不會做菜。我們已經在一起超過一年，妳甚至沒煮過蛋給我吃。」他爬下床走過來抱住我。

「我不確定水煮蛋跟我們有很大的關係。」我說。

「如果我想呢？」

他跟我頭靠頭，下巴靠在我的肩上，透過鏡子朝著我笑，那種誘惑如此強烈。他溫暖的眼神跟卡爾對我的輕蔑視線形成強烈對比，讓我無法抗拒。我很樂意爲不嫌棄我煮的菜的人下廚。

「只要他們眞的不在家。明天我再跟你確認好嗎？」

他把我轉過來緊緊抱住。「當然好。告訴我時間和地點。還有，我什麼都吃。」

「我不是很會做菜，所以別太興奮。」

「這留給我來評分。」他親了我，我也親了他，眼看兩人又要躺回床上，我趕緊打住。

「我要回家了。明天再打給你。」

「迫不及待。」他又親了我一次，但這次沒再留我。

我回到家時，屋子裡空蕩蕩。從瑪蒂達出生以來，這是我第一次獨自在家。我把外套丟在樓梯扶手上，把拉桿包放門邊，走上樓去換衣服。我走進瑪蒂達的房間，坐在她的小床上。她沒帶粉紅大象一起去，那是她出生一週我買給她的禮物，從此她就跟它形影不離。直到現在，依然是。仔細一看，我發現上面的毛都扁掉了，填充物也變得凹凸不平。我拿起來一聞，那股酸臭味幾乎讓我想吐，像壞掉的牛奶。我很想趁瑪蒂達不在家時把它丟進洗衣機洗，但又忍住衝動。我已經覺得脆弱不堪，不想再趁她不在時自作聰明亂碰她的玩具。我把粉紅大象放回她的枕頭上。

我把屋子裡的窗簾全部拉上，關上燈，檢查後門是否鎖上。那通常是卡爾的工作。我覺得坐立難安，在房間裡飄來飄去，好像找不到煞車。但帶派屈克來家裡的念頭太讓我興奮。我希望他喜歡這裡，透過架上的書更了解我。我重排了幾本書，把《暮光之城》系列移到後面，把狄亞茲、佩勒卡諾斯，還有英國小說家芭芭拉·范拿下愛倫坡獎的《黑暗深處的眼睛》移到前面。我看了一會兒我跟卡爾的結婚照——還可以，我不介意，雖然我的下巴有更漂亮的角度。

瑪蒂達夾在我跟卡爾中間笑咪咪的照片抓住我的視線，我把它從架上拿下來凝視片刻。我們看起來是那麼的快樂，驕傲的爸媽，比現在年輕很多。我把房子打掃了一遍，把瑪蒂達的照片都收起來，堆在客廳的壁櫥上。我希望派屈克看到我的眞實模樣，但不是全部的我。還不到時候。或許有那麼一天，但時候未到。這已經跨出很大一步，誰知道這一步會通向哪裡，如果會的話。

已經十二點多，該睡了。我四肢大張躺在床墊中間。我睡得很熟，因爲不用避開卡爾，七點鬧鐘響起才醒來。

起床我第一件事先留言給卡爾。想你們。你們好嗎？抱。

他過了一會兒才回。我們都好。今天要去海邊，明天去城堡。

簡潔的回應讓我心裡一震，但是是開心的一震。看來他不打算提早回家給我驚喜。我回他：玩得開心。然後就把他拋到腦後。但對瑪蒂達卻沒辦法。我想起自己把她的照片收起來，有個東西哽住我的喉嚨，然後堵住我的胸口。她不該遭受這種對待，我沒有權利這樣對她，假裝她不存在。我拿起電話打給卡爾，好想跟她說說話。他沒接。我一打再打，他還是沒接。

我們出門了。我跟妳說了。妳想怎樣？卡爾回我。

我想跟瑪蒂達說說話。

他回：沒時間，而且那只會害她難過。別只想到自己。

我想再打一次，非要他讓她聽電話不可，但沒錯，我不想害她難過。我知道她跟爸爸和奶奶去玩會很開心。最好還是別因爲她不在家就小題大作，我相信他們禮拜日就會回來，到時我就能抱著她，問她都做了些什麼事。我用力抹抹臉，試圖推開心中的罪惡感。我得去法院一趟，還得計畫晚餐。

公車開向霍本，往老貝利的方向前進時，我想著晚餐的事。派屈克上次爲我煮了羊肉，所以羊肉不行。我瘋狂Google，拚命尋找在我的廚藝範圍內，又能讓派屈克印象深刻甚至挑逗他的料理。傳達員叫了三次，我才知道輪到我了。而替同事提出的保釋申請不算是我最好的表現，雖然最後還是過了，我甚至還記得要尊稱法官一聲「大人」。我很高興今天又來到老貝利，程序一下就跑完，我把文件丟回事務所，拿了下週官司的文件，剩下的時間還夠我計畫和準備晚餐。

我搭皮卡迪利線到霍洛威路站，然後走去維特羅斯超市購物。平常負責採買的是卡爾。他會專業地在走道間快速穿梭，拿著仔細規畫過的購買清單，把調味料和玉米片的距離縮到最短。同樣的事我要花三倍的時間。我先去買肉，看著不同部位的肉塊，滲出的血讓我想起跟麥德琳的午餐。但那一餐很美味，給了我一些靈感。最後我挑了兩塊包裝好的牛排，再走回蔬果區買蘆筍和草莓。當季蔬果，應該很不錯。我走回冷凍區買冷凍薯條。因爲不記得家裡有沒有美乃滋，也一起買了美乃滋。最後我又回到冷凍區買罐裝巧克力慕絲。我無法想像派屈克連甜點都想要我親手做。

我一打開門，派屈克就說：「妳不該那麼麻煩。」

「沒有啊。」

「看得出來。」他哈哈大笑，然後靠過來親我。經過上週末的教訓，我再也不爲誰精心打扮了，只會產生反效果。學生時代我最棒的性愛經驗也沒講究穿著，只穿了件破褲，甚至沒刮腿毛。硬把自己塞進卡爾嗤之以鼻的那件洋裝之前，我就應該想到這件事才對。所以現在我才會穿著運動褲和舊T恤，沒穿胸罩，露出一邊肩膀。不過老實說，我花了點時間在臉上，動用我大部分的化妝品畫了一個容光煥發的裸妝。

派屈克把我推進門並緊緊關上門。他猛抓我的T恤領口，接縫啪一聲裂開。他把衣服碎片丟在地上，把我的臉轉去面牆再拉下我的運動褲，一手大力按住我的背，一手解開他的拉鍊。他往手上啐了一口，摩擦過後才進入我的身體，不顧我一開始痛得倒抽一口氣。過程一下就結束了。他退出去，把我轉過來吻我。

「我已經忍了一整天。」最後他說。

我上氣不接下氣，不確定該作何感想，但什麼都沒說，意識到褲子落在腳踝邊。我把底褲連同運動褲拉上來，並撿起T恤的碎片，沒辦法補了。

「我以為你是來吃晚餐的。」我說。

「是啊。還有飯後活動，以及飯前。」

「我去換件上衣。」我說。緩緩挪步時踩到一個尖尖的東西，我撿起來。是我打掃時漏掉的樂高積木。我看著它，想到了小蒂。在女兒住的家中扮演情婦的角色讓我愈來愈不自在。派屈克試圖要反客為主，取得主控權。

「不要，我喜歡妳這樣。」他又把我的運動褲脫掉，但沒碰我的底褲。

「裸體主廚？有點老套，你確定？」我把他推開，但把運動褲留在地上。

「來點老套又何妨。來吧，一起喝一杯。」他拿出我到現在才發現的一瓶酒遞給我。

我拿著酒帶他走進廚房，盡量不去理會沒穿衣服的尷尬彆扭。瑪蒂達出生之後，我就不在家裡裸體了。畢竟家裡有小孩再加上歲月的摧殘，總之後來我在家走來走去一定會穿上邋遢的睡衣和某年聖誕節我從卡爾那裡偷來的大件刷毛外套。廚房裡開著燈，我很擔心鄰居會看到這個香豔刺激的畫面。雖然這裡是倫敦，鄰居之間很少交談。但要是有人哪天早上剛好碰到卡爾，把看到的好戲告訴他呢？卡爾會在乎嗎？我從爐子上拿了件圍裙穿上。

「雞肉？」派屈克問。

「牛排。我不想燙到自己。」我一本正經地說，同時走去拉下窗簾。通常我們不會拉窗簾，積了很久的灰塵和飛蛾屍體從皺褶裡翩翩飄落，但至少我安全了。

忙著拉窗簾時，我聽見派屈克翻抽屜的聲音。我轉過身就看見他抓著開瓶器揮舞，而且已經開了一瓶葡萄酒。我從碗櫃裡拿出酒杯遞給他，讓他倒酒。

「乾杯，」他說，跟我碰杯。「我們吃什麼？除了牛排？」

「生菜沙拉和烤薯條。就跟你說我不太會做菜。」

「一定很美味。」他很有禮貌，我不得不承認。當他想要展現風度的時候。

他逛去客廳，我打開烤箱，把薯條放在托盤上。他走回來時，手上拿著結婚照。

「所以這就是妳丈夫？」

「對，顯然是。」空氣中有股剛剛還沒有的緊繃氣氛。我們互看片刻，之後他把照片拿回客廳。我聽到他喀一聲把照片放回架上。

「你一開始就知道我結婚了。」我說。

「對。」

「是你說不該管你跟其他人在一起。我不想再吵一次，但還是得提醒你。」

他嘆了口氣。「好吧，那件事就別提了。抱歉我破壞了氣氛。別想了。眼不見爲淨，對吧？」

他說得容易。我心裡這麼想，但嘴巴沒說。我把薯條放進烤箱，切掉蘆筍的頭。

紅酒。牛排。更多紅酒。烤太焦的薯條推到一邊。更多紅酒。我們一起躺在沙發上，餵彼此吃巧克力慕絲。他輕輕把我推到地上，慢慢地往我的下半身移動。我試著放鬆，卻強烈意識到他把慕絲塗滿我全身可能會把地毯弄髒，到時候我該怎麼跟卡爾解釋。

「嘿，放輕鬆，我知道妳會喜歡的。」他抬起頭說。他滿臉都是巧克力，我只想大笑，本想忍住卻還是噗嗤笑出來。他露出微笑。

「這就對了。」他說，語氣開心，然後繼續原來做的事。

我閉上眼睛，想讓自己完全投入。但粗糙的地毯扎著我的背，慕絲弄得我的肚子好癢。我打開眼睛張望，看見電視和ＤＶＤ在角落裡亮著紅光。我不想把他推開，我知道是我的問題，不是他。但我實在無法投入。我推推他的頭。

「我實在沒心情，」我說。「對不起……我沒辦法放鬆。」

他在我上方咧著嘴笑。「我會讓妳放鬆的，只要妳願意。」他又低下頭，但我再次推推他的頭。他抓住我的手，一邊一隻，固定住之後，他把我的手臂往下壓，因爲太大力，弄痛了我的手和肩膀。我扭來扭去想要掙脫，但他把身體壓在我的腿上，我動彈不得。他用頭、牙齒和舌頭推著我，把我弄痛。我奮力移動手腳卻沒辦法，他還是不肯停。

他舉起頭，說：「我會讓妳很舒服的。」

「停下來！」我大喊，用力扭開身體，但還是沒用。他愈舔愈大力，然後放開我的右手，好把手硬塞進我的體內。這次甚至更痛。

「停下來！」我大喊，刹時把沙發、地毯和巧克力拋到腦後，硬是奮力翻身滾到旁邊，不小心撞到咖啡桌的桌腳。我好不容易站起來，大腿和肩膀都撞到好痛。他也站了起來。一瞬間我以爲他會再度抓住我，但他卻舉起雙手表示投降並往後退。

「抱歉，艾莉森，抱歉。我以爲妳會喜歡，」他說。

「你錯了。」我拿起丟在扶手椅上的披肩披在身上，打開燈，評估房間受損的程度。地毯上有條長長的咖啡色污漬。我一屁股坐在沙發上。

「對不起，」我說。「我不是故意這樣緊張兮兮。也許是因爲在這裡，在我家……」

「妳沒有必要道歉。妳說停我就應該停的，是我沒控制好自己，」他說。他在我旁邊坐下，伸出手。我猶豫片刻才漫不經心地抓住。「但妳以前從沒阻止過我。」

「以前我從沒想要阻止你。但今天就是感覺不對。」我說。

「對不起。」他又說。我們手牽手坐了一會兒。

我的手機從廚房裡嗶一聲，打破沉默。

「我最好看一下是誰。說不定……」話還沒說完我就起身去拿手機。是留言。未知號碼。正適合爲今晚劃下句點。

妳這個噁心的蕩婦。

好極了。我把手機拿給派屈克。他接過去看了留言。

「天啊，妳不會把這種鬼話當真吧？」他說。

「什麼意思？我能怎麼樣？我煩死了。」我說。

他又看了一次就把留言刪掉，然後幫我關機，把手機放在咖啡桌上。

「今天晚上可以不要想這件事嗎？無論是誰留的都不重要，都沒有意義，只會讓人頭痛。」

我在他對面的扶手椅上坐下來，用披肩蓋住腿，開始覺得冷。

「怎麼會沒有意義，一定有什麼，我沒辦法不管它。」

「妳可以，只要妳決定別管它，」他說。「無論對方是誰，他們就是想激怒妳。別讓他們得逞。」

「你好像在跟被霸凌的小孩說話。」我說。

「是又怎樣？我不想毀了今晚。」

「誰說毀了？」我又看了看髒掉的地毯。

「都沒差，除非妳讓它毀了。我跟妳道歉了，我只是有點失控。」

「這算什麼理由。」

「卻是我最好的理由。」他站起來，然後屈膝跪在我旁邊抱住我，最後我還是投入他的懷抱。一瞬間氣氛緊繃，但我受不了再吵個沒完。最後他確實及時踩了煞車，或許是我太忐忑不安。

「我們重新開始好嗎？我再去拿些酒。」

他走進廚房。我重新打開手機，看到卡爾傳來瑪蒂達跟奶奶一起烤蛋糕的照片。瑪蒂達看起來好開心，雙手都是麵粉，嘴巴一圈巧克力。對她的想念將我淹沒，強烈的渴望消退之後，我覺得悵然若失，一切美好純淨的事物都離我而去。我幾乎一絲不掛坐在客廳裡，在小蒂玩耍看電視的房間裡，等著一個不懂「不就是不」的男人回來繼續騷擾我。如果我是我的姊妹淘，此時此刻就會對我自己大吼：妳這個賤人，別再那麼自私愚蠢了！我該一起玩巧克力大戰的對象，只有我的女兒。我的胸口像被堵住，下巴繃緊，淚水奪眶而出。

派屈克拿著兩杯紅酒走回來，在我旁邊的沙發上坐下。我起身走向椅子。

「搞什麼，艾莉森，我都說對不起了。」他將紅酒一飲而盡。

「不是那個。」我說。

「別跟我說妳又有罪惡感了。」

「派屈克，那種感覺很複雜。」我說。他走出房間，抓著一瓶酒走回來並把酒杯斟滿，酒灑了出去，把地毯弄得更髒。

我喝著酒。兩人之間的沉默延長。我彷彿從遠處看著我們，縮在角落裡目睹兩人對彼此變得陌生。派屈克深吸一口氣。

「想來根菸嗎？我有菸。」他說。

「不用了，我沒事。」

漫長的停頓。

「我還是走好了。」

我把身上的毯子拉得更緊。

「怎樣？」他問。「妳要我留下來嗎？」

「派屈克……」

「妳平常喜歡來硬的。」他說，語氣不悅。

「我想是因為在家的關係，」我說。「對不起。我不是故意要掃興。」

他伸手過來觸碰我的膝蓋。我忍住不躲開。

「這對妳顯然太勉強。我要走了。」他站起來。「對不起，艾莉森。我不該來的。這是妳家、妳女兒的家，我不屬於這裡。」

我跟著他走去撿四散的衣服，都拿齊了之後，他穿上衣服。我站在客廳中間看著他，緊緊抓著身上的毯子。我拚命忍住眼淚，喉嚨愈來愈緊，嘴唇在顫抖。我希望他走，也希望他留下來。但只要我開口，淚水就會潰堤，我就會哭到停不下來。

他已經穿好衣服，套上外套，綁好鞋帶。他抓著手提袋靠過來親我的額頭。

「我再打給妳。」

14

就這樣，他走了。他打開門又關上門時，一陣冷風灌進來。我一直站在原地。喉嚨哽住的感覺消失之後，我又給自己多倒了些酒。後來我關掉樓下的燈，去放洗澡水。我覺得手黏黏的，腳好冰。我泡在浴缸裡很久，頭浸到水裡，耳朵都是水，除了中央暖氣系統晚上自動關閉、管線鏗鏘響的聲音之外，什麼都聽不到。等我坐起來時，水都涼了，我的手指泡到發青又起皺。我的手機在樓下響了又響，但我爬上床縮成一團，頭濕濕的躺在枕頭上。

我以爲我會失眠，但睡意很快襲來，一波一波重壓住我。我的手機響個不停，但那聲音像催眠曲穿過我的腦海。我不知道它響了幾次，但我毫無感覺。派屈克和卡爾隨著手機鈴聲的節奏在我的夢中悄悄逼近。

15

卡爾和瑪蒂達禮拜天到家。瑪蒂達像貝類緊緊黏著我，拿她週末畫的圖給我看。卡爾一臉冷淡，只對直接的問句有反應，而且答案都很短。家裡一塵不染。我下了很多工夫，這兩天我一個人把每個檯面擦到幾乎穿洞，把小蒂的照片全部歸位。我還煮了雞肉和焗烤通心麵，她一下就吃光光。我沒提醒不久前她還短暫考慮過吃素，只慶幸她很快就忘了。卡爾也吃了一些，但只顧著把食物送進嘴巴，看都不看一眼。我多半也食不知味，但至少他沒挑剔我煮的菜。

飯後我幫瑪蒂達洗了澡、唸故事給她聽。卡爾吃完飯就一屁股坐在客廳沙發上打開他的筆電。我問他想不想陪瑪蒂達，他咕噥一聲但沒轉過頭。我想那應該是不要。瑪蒂達依偎在我身上，讓我幫她梳頭和吹頭，還不到八點半就睡著了。我也想上床睡覺，迴避我跟卡爾之間隱隱逼近的沉默拉鋸。

我站在樓上鼓起勇氣，然後下樓到客廳在他對面坐下。「所以你們週末玩得很開心。」我說。地毯上的咖啡色污漬已經很淡，禮拜六我花了很多時間刷洗，用碧蓮去漬劑一層又一層抹去星期五晚上留下的所有痕跡。我努力不去看殘留的影子，但其實卡爾完全把我當空氣，根本用不著擔心。

「週末開心嗎？」我又問，因爲他完全沒反應。

「什麼？哦，嗯。出去走走還不錯。」他說，眼睛仍盯著筆電。我想把筆電給砸了。

「你傳給我的照片很溫馨。」我決定不要因此打退堂鼓。

「嗯，嗯。」他說。螢幕上的東西想必很吸引人。

「卡爾，看著我好嗎？」

「我正在努力工……」他說，但我把筆電從他手中搶過來。他伸手要搶回去，但我合上筆電，放到我後面的架子上。

「把電腦還我。」他說，一臉憤怒，但至少終於看著我了。

「不要。我們得談一談。」

「不需要。把電腦還我。」他站起來，繞過去走向架子去拿筆電，但我動作比他更快。我抓起筆電夾在手臂下。他要就得跟我打一架。

「別逼我動手。」他說，顯然是認眞的，因爲他抓住我的手用力扳開。

「你在幹什麼？」我往後退，用手肘把他推開。

「電腦還我！」他當著我的面大喊。

「還你就還你。」我手一扭，把筆電狠狠放開。筆電滑過地毯，撞上牆壁。卡爾衝上前焦急地撿起來，然後抱著筆電坐回沙發，重新開機。

我捲起套頭毛衣的袖子，看見手臂上的紅印子。「你把我抓到都瘀血了。」我說，但他沒抬頭。

「卡爾，媽的你弄傷我了。你看著我！」他的動作太讓我震驚，我已經不管會不會惹怒他。

最後他終於看著我，說：「是妳先把我的電腦搶走。」

「我們需要談一談，但你就是不肯。你從來沒弄傷過我，而且還一副不在乎的樣子。」我不想哭卻哭了出來，開始大吼大叫，語無倫次。

「我不知道要說什麼。」他說。

「你要跟我分手？要跟我離婚嗎？」我泣不成聲。

「艾莉森，我……」或許他正要說什麼，卻又停住，兩眼盯著門。我停止啜泣，等著他接下去說。後來我知道他為什麼停了。只見門漸漸打開，門後傳來微弱的哭聲。他走過去打開門，我看見瑪蒂達抓著粉紅大象站在那裡，卡爾的臉垮下來。他把她抱起來，瑪蒂達趴在他的肩上放聲大哭。

等她終於平靜下來，可以說話時，她問：「你們要離婚嗎？」

「沒有。」我們異口同聲。

「我聽到你們在吵架。我下樓就聽到媽咪說離婚。我討厭你們吵架。求求你們不要吵了。」她又哭了出來。

我覺得好像有隻手伸進我的肚子，抓住我的五臟六腑慢慢慢慢地扭轉。我的胸口好痛，有團寒意從那裡蔓延開來。卡爾也一臉難過，冷漠的表情轉成對瑪蒂達的擔憂。他讓她坐在他腿上，然後蹲下來，把她抱緊。

「卡爾，我們得談一談。看看這對瑪蒂達、對我們一家人的影響。」我在哀求他，但無所謂了，我非想辦法打破僵局不可。

他坐回椅子，瑪蒂達靠在他身上，他臉上的表情我無法參透——挫敗嗎？或許，但也可能只是累了。

「好，會的，待會。」他動了動膝蓋，讓自己跟瑪蒂達面對面。「小蒂，寶貝，對不起讓妳聽到我們吵架。現在媽咪和爸比處得不太好，但這不表示我們要離婚，我們只是在吵架。妳知道就像妳在學校跟好朋友蘇菲吵架一樣？」

他不斷跟瑪蒂達說話，但我聽不進去，那些話從頭到尾自我耳邊飄過。

「……但我們會解決我們之間的問題，因為我們是妳的媽咪和爸比，而且我們很愛妳。」他把我拉過去。

我點頭稱是，走過去蹲在他們旁邊。我抱住瑪蒂達，避免碰到卡爾卻還是碰到了他。他沒有躲開，我想這是一個好的開始。

「沒錯，寶貝，我們真的很愛妳。」我說。

等她平靜下來之後，我們陪她回房間，直到她睡著、呼吸變沉才走出去。卡爾先下樓，我慢慢跟在後面，希望他不會再躲著我。

「你知道這件事爲什麼那麼重要了，卡爾。爲了瑪蒂達，不只是我們而已。爲了她，我們要想個辦法。你不認爲嗎？」我問。

他的眼神帶有敵意，或者只是防備。他在衡量我的誠意，我懂他的意思。

「上週末的事我很抱歉，我是說出遊那次。我不是故意要喝那麼醉，甚至根本不知道發生了什麼事。」

「妳從來都不知道……」他聲音細小，但我聽得很清楚。

「拜託饒了我吧。我在努力了。我眞的很抱歉，我會盡我最大的努力。」

「那樣不夠。妳說過很多次了。」他把頭靠在沙發上，閉上眼睛，一臉挫敗。

「再給我一次機會。爲了瑪蒂達，我們得想辦法。」我說。

他嘆了口氣，張開眼睛，從回到家之後他這是第一次直視我的雙眼。事實上，是從把我丟在布萊頓之後。我們互看片刻，但他先垂下眼睛。

「我累了，艾莉森。我厭倦了吵吵鬧鬧的生活。我想要生活恢復平靜。我想要好好工作、照顧女兒，不要再有這些……火爆場面。」我說。

「我也想要這樣，一直以來都是。」我說。

「我知道妳是這麼想的。」他的語氣幾乎算得上和善。「但現在我不相信妳的話。妳不知道自己想要什麼，只會毀了我們的關係。」

他不可能是那個意思，因爲我知道他不可能知道派屈克的事。但我的心還是一震，覺得舌頭又厚又乾。接著，我的腎上腺素突然飆升。

「不只是我的問題。你已經疏遠我至少兩年了，尤其是去年夏天之後。不想上床的人是你，你已經表明過很多次。」

「看吧，艾莉森，我就是指這個。爲什麼要說上床？我們之間應該是做愛。我不是跟我老婆上床。」他歪著頭，一副不解我說話這麼會這麼矬、這麼粗俗。

「上床還是做愛，隨便你怎麼說，總之兩年前是你先對我冷淡的。你很清楚是你。你說你壓力大，然後就不碰我了，這不能怪在我頭上。」

「婚姻又不只是性，艾莉森，是一個整體。我們是這趟旅行的夥伴，艾莉森，我們要一起爲女兒打造最好的生活。」他微笑著說，我還以爲他會拍拍我的頭。

「能不能別再艾莉森來艾莉森去了？拜託，我受夠了。」

「不要大小聲。妳會吵醒瑪蒂達。」

我壓抑住想尖叫的衝動，往椅子的扶手大力一搥。好痛。我抱著手，他又跟我視線交會，那一刻我以爲我們會噗哧大笑，此情此景的荒謬可笑會趕走所有敵意。畢竟是我們啊，我跟卡爾。我們共同度過青春歲月，共同經歷過一切。但那一刻稍縱即逝，他繃起臉。

「我們會再試著補救看看，艾莉森，爲了瑪蒂達。但妳面對這整件事一定要比之前成熟很多。無論順境或逆境，記得嗎？」

逆境，逆到底了。我還是想笑，但現在不適合，卡爾沒那個心情。他把自己五官訓練出一種我好陌生的表情。後來我想通了，那是治療師卡爾，眉頭深深糾結，卻是一臉誠懇。我豁然開朗了，但壓下心裡的想法。開始廢話連篇或許是他，但執迷不悟的人卻是我。跟人上床的是我（沒錯，就是上床）。我提醒自己，一切都是爲了瑪蒂達。爲了她，我要變成更好的人、更好的母親、更好的妻子。

「當然記得。無論順境或逆境。我們可以的，我答應你。」我說。

這次他不再反駁。過了一會兒他對我伸出手，我抓住他的手。他的手冰冰的，我知道自己的手熱熱的，都是汗，但他沒收回去也沒緊緊抓住我的手。只是這樣就夠了。

我睡睡醒醒，意識到卡爾在床上的另一邊避著我。我們之間的鴻溝橫著一條搖搖欲墜的橋，隨時會垮。星期一早上我六點就醒了，早早就出發去事務所——再吵下去我會受不了。我在桌上留了紙條，說我去上班了，底下潦草寫著 love you。You 是瑪蒂達還是卡爾還是他們兩個，我也不知道，只好讓他們自己決定。公車很空，街道冷清，一下就到了艦隊街。聖殿區也空蕩蕩，只有幾盞燈指出最賣命工作的律師。

走過一棟棟陰暗的建築物，我想起自己的實習歲月。記得當時帶我的律師是個工作狂，每天都七點之前就坐在辦公桌前，晚上也是最後一個離開事務所。另一個律師剛好相反，他常被人發現在辦公桌下過夜，總是第一個吆喝大家喝通宵、泡夜總會。十五年前，我太單純天眞，只看到他們兩人之間的巨大差異，沒發現他們的共同點。現在我懂了，他們都在逃避家庭，就像我現在這樣。一個拖著我去喝個爛醉；一個對我和我喝酒的習慣難掩輕蔑，即使把我爲他準備的文件幾乎一字不改（而且不支薪）地送出去。從他們身上我學會了對付宿醉和寫訴狀的方法，或許也潛移默化吸收到如何搞砸自己的人生。或許這就是律師的宿命，幫人辯護時頭頭是道、所向披靡，出了刑法以外的世界就只會到處碰壁，窒礙難行。

到了事務所前，我把這些思緒推開。再怎麼樣怨天尤人，我的婚姻還是一樣觸了礁。卡爾無法正眼看我，我漸漸覺得他自稱的完美主義好累人。他或許比我更會照顧瑪蒂達，但他也有更多時間練習。畢竟我在外面賺錢養家時，他能在家照顧小孩。我愈想愈生氣，種種念頭在我腦中轉到失控。我推門走進事務所再走進辦公室，瑪蒂達在桌上的照片裡對我笑。我到現在還沒去買新相框，罪惡感刺痛了我，把我拉出憤怒的迴圈。「糟糕的母親」這念頭再次襲來。我癱在椅子上，把臉埋在手裡。

過了一會兒，我聽到門邊有人咳嗽的聲音，轉過頭就看見是助理馬克。

「你今天好早。」我說。

「是啊。這禮拜事情很多。爲了熟悉辦公室的新檔案系統，想說今天早點進來。妳呢？」他問。

「睡不著，所以就來做點文書工作，總是有事得做。」

「確實。這裡又多了一件。」他拿出手上的文件。「星期五送來的。」

「那天我不在，」我多此一舉地說。他當然知道。我看了看文件。是麥德琳的兒子詹姆斯的檢訊筆錄。標示的日期是上禮拜四。

「他們何時公布的？」我問。

馬克聳聳肩。「不知道。禮拜五大概六點左右跟著最後一批郵件一起送來的。我只知道這些。那我去忙了。」

「好，當然，謝謝。」

翻閱之前，我打電話問派屈克這份筆錄是何時提交的，還有他對詹姆斯出面作證的看法。還沒八點，我不確定他會不會接，但鈴響第三聲他就接起電話。

「都還好嗎？」

「嗯，都好。我想問你……」

「星期五是怎麼回事？對不起，我很混帳。也許是因爲在妳家太焦慮。」他說。

我吃了一驚。沒想到他會跟我道歉，還眞心誠意承認自己錯了。

「其實我不是要找你談這個，但還是謝謝你。你覺得焦慮我很抱歉。」我說。

「那天晚上很美好，晚餐很棒。但我很該死，對不起。妳原諒我了嗎？」

「我？當然，那還用說。」我知道他想得寸進尺，但他確實及時打住。再說我也不像平常跟他在一起時那樣放鬆。他說得沒錯，平常我喜歡來硬的。「別放在心上。其實我想跟你討論詹姆斯的筆錄。他們眞的打算叫她兒子出庭指控她？」

「我跟皇家檢察署的檢察官很快聊過這個案子，我不認爲他們眞的想這麼做。但詹姆斯跟他們的夫妻關係密切相關。」

「想必是。她已經可以見他了嗎？」我說完就馬上翻開文件，找到保釋條件，重新複習一次。她當然還不能見他——不得與檢方證人接觸。無論對方是誰。

「總之，妳先看筆錄，我認爲不無幫助，」他接著說。「我還是認爲用妳從她那裡得到的說法可以把罪減爲誤殺。」

「我會的。星期五晚上你怎麼沒說？」

「抱歉，我完全沒想到這件事，畢竟我有其他事要忙，記得吧？」

當然記得。其中有些甚至很好玩。「也是。」

停頓延長。我正要說些什麼填補空白，派屈克就搶先一步。

「艾莉森，我知道我說過了，但我眞的很抱歉。是我沒拿捏好，妳拒絕的時候我就應該馬上停止。」

我正要開口，他又接著說。

「下次不會了。」

「下次？」我說。

「對。我想更了解妳，看到妳更多不同的面貌，那也讓我更了解自己。上週末我一直在想這件事。這些年來我玩世不恭，一直不願意定下來，現在也許我不該再逃避了。我一直想著妳。」

「是嗎？」

「對，是眞的。我想我們之間不同於一般。晚點我們再好好談，好嗎？現在我得去法院了。」他掛上電話。

我盯著面前的手機看，彷彿這樣就能看穿派屈克剛剛透露的想法。不同於一般？我的臉頰發燙，突然間覺得胸口一陣暖熱，直到現實撲向我。對，要不是我有丈夫有小孩這個「小小的不便」……派屈克更改了我們之間的約定，提出一個本來完全不在考慮範圍內的未來。如果他的話可信，如果那不是爲了減輕他的罪惡感……我又瞥見瑪蒂達的照片，胸口一緊。派屈克怎麼想不重要，我跟卡爾無論如何都得想想辦法。

我回頭去看詹姆斯的筆錄。

我叫詹姆斯．亞瑟．史密斯，今年十四歲，是肯特郡的皇后寄宿學校的九年級生，一年多前入學。在這之前我讀的是家裡附近（克拉普漢）的學校，跟爸媽住在家裡，但我父親經常出差。

放假我都會回家。學校除了期中放假一週之外，學期中我們還可以選一個週末回家。雖然九月五日才剛開學，我還是決定九月十五日那週末回家，因爲有個小學同學要開派對。星期五我晚上才到家。我媽煮了飯，我們在家吃晚餐。爸去工作，很晚才到家。後來我先睡了，但聽到他們在吵架。爸大吼大叫，媽在哭。最後我睡著了，沒下樓去看發生了什麼事，因爲爸不喜歡我這麼做。

星期六我很晚才起床，自己吃了早餐，因爲爸媽都不在。廚房一角有一堆碎玻璃，看起來有人把它掃成一堆。我猜是酒瓶。前一晚我沒聽到酒瓶打破的聲音，所以不知道是怎麼回事。我看看四周有沒有血跡，但沒看到。於是我把碎玻璃包進報紙丟進垃圾桶，心想這樣他們回家沒看到，心情就不會受影響。我把早餐收拾乾淨，上樓換衣服和寫功課。

那天早上爸媽大概十一點到家。我不知道他們去了哪裡也沒問。他們吵架過後最好不要問東問西。我下樓跟他們說話。媽有點提心吊膽，看起來好像哭過，爸沒說很多話。我們一起吃午餐，氣氛還可以。媽做了焗烤土司，因爲她知道那是我的最愛。

星期六晚上我們去一家牛排館吃晚餐。他們不跟對方交談，但都有跟我說話。我不確定爸是不是在生氣，但我很小心避免說錯話。我喝可樂，他們叫了兩瓶酒。我記得爸還叫了威士忌，他通常都會。吃完我就搭地鐵去參加派對了，因爲就在巴爾漢站而已，但回家時改搭Uber，媽已經在我的手機上設定好。派對還ＯＫ，雖然有酒，但我沒喝。我不喜歡喝酒之後的感覺，而且人喝酒好像就會發脾氣。我十一點前回到家，因爲家裡門禁是十一點。爸媽都還沒睡。我猜爸喝多了，因爲他站起來時搖搖晃晃，而且臉很紅，眼睛也紅紅、水水的。他心情很差，但我不知道原因。我一進門，他就衝過來大吼，說我太晚了，即使我確定自己沒超過門禁時間。他把我推向門，門砰一聲關上，然後他開始打我的頭和身體。媽在他後面尖叫，把他拉開。我彎身蹲在地上，不是因爲被他打倒，而是爲了保護自己。我用手抱住頭。

他踢了我的腿兩下就停下來，我想是因爲他累了，而不是因爲不想再傷害我。他的臉變得更紅，發出呼呼呼的喘氣聲，張開嘴大吼。最後他說：「滾出我的視線！我不想再看到你！」我跑上樓，拉椅子抵在門把下面擋住，用羽絨被把自己包起來，坐在地上聽他是不是在打媽媽，卻什麼都聽不到。後來我就睡著了。

我想過打電話報警，但每次那樣都只會讓情況更糟。就我所知，之前警察來過兩次，因爲爸媽吵架，但他們從沒逮捕過爸，而且他之後都會想辦法把媽傷得更慘。確切的時間我想不起來。只記得一次是三年前，另一次是去年聖誕節，因爲爸不喜歡媽挑我的禮物比挑他的用心。

隔天早上媽很早就來敲門叫我起床。我躺在地上睡著了。打開門時，我看見她還穿著昨晚的衣服，衣服很皺，她好像穿著衣服睡覺，而且身上有種怪味。她沒說話，只比出「噓」的手勢，然後就走進我房間幫我整理行李。後來換我接手，因爲她不知道我想帶什麼。她坐在床上，我換好衣服就跟她一起下樓。經過他們房間時，我聽到爸打呼的聲音。她打開前門，我們站在外面時，她給了我五十英鎊，還小聲地說：「我沒事，你快回學校。晚上我再打給你。」我親親她，跟她道別，那是我最後一次看到她。雖然說要打給我，但她後來沒打。我打給她都轉進語音信箱。禮拜一放學後，舍監才告訴我出了什麼事。

我愛我爸，但我不喜歡他生氣，還有對我跟媽媽大吼大叫。我知道自己不是他想要的那種兒子，因爲我常生病，他喜歡的是那種熱愛足球和橄欖球，還有夏天熱愛板球的那種兒子。這些球類運動我雖然喜歡，但不到熱愛的程度，而且從沒進過一流甚至二流的球隊。他以前都說我很可悲，還說這樣比有個女兒還糟。那個禮拜六不是他第一次揍我，但肯定是最慘的一次。

我很慶幸能回學校，因爲我不想再聽他們吵架了。我很擔心我不在家時，沒人照顧媽媽，但她說要是我待在家看到這一切，她會更難過。

爸死了之後，我就沒再看過媽。我知道她不能見我，我在學校也都還好。大家都對我很好。

我希望他們幾年前就分開。我覺得他們討厭對方，卻不知道他們爲什麼還要在一起。或許他們離婚，情況就會好一點。我從來就不希望他們離婚，但如果離婚，或許爸今天就還活著，媽也不會在牢裡。

我放下筆錄，最後一段話在我腦中縈繞不去。我再次看著瑪蒂達的照片。我跟卡爾還不至於殺了對方，但我們之間的問題已經大到無法逃避。我強自壓下心裡的恐懼，不讓自己失速墜入離婚分居、爭奪監護權和財產的深淵，努力擬出我能夠採取的實際步驟。或許該是我拿出勇氣、打破僵局的時候了。現在地價上漲，我們的房子肯定值一點錢。我們可以賣掉房子，平分獲利，然後我去遠一點的地方買或租間公寓。如果只有我和瑪蒂達，房子應該不用太大或太豪華。而我跟卡爾的關係不能一直這樣下去。跟派屈克共度的未來潛入我腦海，但我打發掉這樣的想法。無論未來如何，我都得先處理我跟卡爾的問題。

我把這些想法暫擱一邊，重讀詹姆斯的筆錄並記下所有相關的細節。再跟麥德琳見一次面，我們的答辯就算準備完成。下午我打電話給派屈克跟他說我對這份筆錄的看法，我們談了一下，他的聲音很溫暖，好像很高興聽到我的聲音。之後我收起起訴書回家。這案子雖然進展緩慢，但或許我正在朝著目標前進。

16

隔天兩點我抵達法蘭欣的家。她第一次看到我露出開心的表情，甚至要上前親我，後來才又想起這是工作，不是朋友來訪。麥德琳就沒顧忌那麼多。她從客廳的沙發上跳起來給我一個溫暖的擁抱。我提議到廚房去談，這樣我比較方便把資料攤開，於是我們移往廚房。

「妳拿到詹姆斯的筆錄了嗎？」

「拿到了。」麥德琳的語氣很平，一開始的熱情消散。

「雖然是檢訊筆錄，但我認爲那符合妳描述的案發背景，對我們是有利的。檢方如果不找他作證，我也不認爲他們會，可以由我們來找他。」我用鼓勵的語氣說。

「因爲我描述的是事實，所以當然符合。」她說。有一瞬間她彷彿在責備我竟然認爲這種事還需要確認，但她臉上並沒有生氣的表情。

「當然，我只是說從這個案子的角度來看……」

「我知道，艾莉森。別擔心。但讀到他對我們吵架的感覺，我心裡還是很難受。」她低頭注視桌子片刻才又擠出笑容。「但確實對我們有利，妳說得對。」

「所以現在我們手上有對妳有利的精神評估報告、妳的醫生和朋友的證詞，還有詹姆斯的筆錄。另外也有證明過去事件的病歷，全都拼湊在一起。」我說，一樣語帶鼓勵。

「但那天晚上沒有目擊證人。星期天家裡沒有別人。還是得要他們相信我才行，對吧？」她問。

「對。但就像我說的，其他證據都跟案發事件的背景相符，讓妳的行爲有脈絡可循。」我說。

「我懂了。我可以再看一次我的陳述嗎？」

「當然。」我把文件拿出來給她。她靠上前開始讀，我讀著另一份副本。上面的內容我已經倒背如流。我把她在賈斯伯酒吧斷斷續續告訴我的事整理成篇，那跟我們初次見面時她遮遮掩掩的說法已經截然不同。我讀過太多遍，都已經滾瓜爛熟。他們夫妻早期的關係；暴力如何慢慢地、不知不覺地展開。大傷小傷，言語侮辱，破壞，吐口水，把她抓傷，扯她頭髮，牽動她最敏感的神經，踐踏她的尊嚴。用化妝品遮住發黑的眼睛，謊稱自己不小心撞到車門。她對朋友、醫生、詹姆斯班上的其他家長編造的說詞。還有這些年她如何保護詹姆斯，讓他免受父親的怒火波及，獨自一人承擔痛苦。

我再也保護不了詹姆斯。他已經長得好高，比我還高，跟艾德溫差不多高了。艾德溫不知如何面對家裡有另一個男人的事實。今年五月初有一次詹姆斯頂撞他，爲了什麼事我忘了。詹姆斯跑了出去，艾德倫把氣出在我身上，打我耳光還怪我讓詹姆斯跟他作對，說他不聽話，應該給他一點教訓。我以爲我好不容易說服他，讓他消氣，還說詹姆斯當然很尊敬他。沒想到當晚詹姆斯回到家時，艾德溫把他打倒在地，還踢了他兩下。我把他拉開，但知道這種事遲早會再重演。我幾乎整個暑假都把詹姆斯送去上運動夏令營，秋天他回到家時，我以爲一切都會沒事，至少能撐久一點。但那個週末詹姆斯堅持要回家參加派對。我一再勸阻，他也不肯聽。

後來艾德溫說他要出差，我才稍微放寬心，豈料出差卻在最後一刻取消。星期四我告訴他詹姆斯週末要回家，他很生氣，說家裡不是該死的托兒所。他是這麼說的：「妳幹麼沒事找事？家裡不是他媽的托兒所。我花錢讓他去上寄宿學校，不是要他動不動就跑回家。」我拚命安撫他，但他聽不進去。「媽的我明天要出門。」他說。

星期五晚上詹姆斯大約七點到家。艾德溫確實出門了，我如釋重負。我爲詹姆斯做了漁夫派，我們一起吃晚餐和看電視。詹姆斯十點半左右上床睡覺，我看了一部電影。艾德溫回來時差不多已經十二點。他喝醉了，一聞到漁夫派的味道他就大發雷霆，罵我故意把家裡弄那麼臭。他衝去廚房。我跟上去，不知道他要做什麼。一進廚房他就從角落拿起漁夫派丟我。我一閃，漁夫派撞上牆壁。雖然沒碎掉，但剩下的都掉在地上。艾德溫抓住我把我往下壓，拖我到地上的漁夫派前，把我的臉推向食物，弄得我滿嘴滿臉都是，連鼻子裡都是蛋、醬汁和煙燻黑線鱈，呼吸很困難。那味道很噁心，讓我想吐。我奮力掙脫，但他更大力壓住我，我呼吸愈來愈困難，脖子和肩膀都好痛。就在我覺得自己快要窒息的時候，他放開了我。我坐起來，但他怒吼著叫我全部吃完。他說：「把妳弄的骯髒東西清乾淨，他媽的賤人！」我彎下身開始吃。艾德溫這樣的時候，跟他吵也沒用，你只能聽他的。

麥德琳在這裡停住，我看到她手中抓的那一頁。當初在酒吧聽她說到這裡時，我也停了下來。在我眼中她是優雅的化身。每次看到她，她總是完美無瑕。派屈克也跟我說過，連在監獄裡她都很注重自己的外表。我實在無法想像她跪在地上吃被砸爛的漁夫派。她嘆了口氣，繼續讀。我也一樣。

我盡可能把殘渣吃完，但還是剩下一些。艾德溫朝我的背部一踢。「還剩一點，妳最好把它舔乾淨。」我開始舔地板，覺得噁心想吐，也對自己的樣子感到羞恥，又怕詹姆斯會下樓看到這一切。艾德溫走到旁邊，接著玻璃在我耳邊轟然碎裂，一塊碎片飛過來打中我的臉，刺痛了我，葡萄酒濺得滿地都是。「我想妳會需要來杯酒搭配晚餐。」他咯咯笑著說。我不敢轉頭或停下來，很怕他會把我按進碎玻璃裡。他的笑聲愈來愈歇斯底里，最後聽起來像是在哭，但我不敢轉頭確認。他又踢了我背部一腳才離開廚房爬上樓。我聽到他一路走到二樓，門砰一聲關上，然後一片安靜。我坐在廚房地板上等了大概半小時，確認他不會再下樓。後來我把廚房收拾乾淨，把碎玻璃堆在一角，抹淨紅酒和漁夫派的痕跡。上樓時我從欄杆之間看到我們的房門關著，於是就想我還是睡沙發好了。

隔天早上艾德溫很早就把我叫醒，大概七點。他跟昨晚判若兩人。「我打呼吵得妳睡不著？所以妳才到樓下睡？」他問。他說我們應該出去吃早餐。我說好，很快梳洗更衣，免得他改變主意。雖然不喜歡沒說一聲就把詹姆斯丟在家，但別提醒艾德溫他在家似乎比較好。我們搭計程車去沃爾斯利一家艾德溫喜歡的餐廳。他叫了一份英式早餐，還幫我點了炒蛋和燻鮭魚。我不是很餓，但還是努力吃完，雖然魚腥味讓我有點反胃。艾德溫很親切體貼，說了很多笑話，我慢慢放鬆下來。

吃完早餐我們搭計程車回家，到家時約十一點。詹姆斯一定早就起床，因爲廚房地上的碎玻璃都清走了。我們夫妻吵架留下的殘骸還得由兒子來打掃，我覺得很難過也很內疚，應該是我保護他，而不是他保護我，還幫我收拾碎片免得又惹艾德溫生氣。但艾德溫很平靜。詹姆斯下樓來跟我們聊天，聊他參加的體育活動和上課的狀況。我做了焗烤土司，其實氣氛還可以。我不再那麼提心吊膽。

下午我們各忙各的。詹姆斯做功課，我讀了藝廊下次展覽的資料。艾德溫下午都在書房裡，我盡量不打擾到他。晚餐我訂了一間我知道艾德溫喜歡的餐廳。我們點了牛排和紅酒，後來艾德溫還點了一杯威士忌。他之前或許就喝了些酒，但我不確定。他紅酒也喝得比我多很多。

吃完飯詹姆斯去巴爾漢參加派對，我跟艾德溫先回家。他又喝了些威士忌，開始對詹姆斯出門的事生氣，說他應該待在家才對。都怪我多嘴，我說我以爲他不喜歡詹姆斯在家，艾德溫因爲我回嘴而甩了我兩巴掌。他在家裡走來走去，等詹姆斯回家。十一點詹姆斯一打開門，艾德溫就衝過去揍他。他倒在地上，艾德溫一再踢他的上半身。我大聲尖叫，奮力把他拉開。詹姆斯跑上樓，艾德溫怒吼：「媽的我要殺了他！我受夠了！」他衝進客廳又喝了些威士忌，我坐在樓梯上不敢出聲。後來艾德溫的怒火逐漸消退，最後躺在沙發上睡著了。

「我眞的能擺脫謀殺罪名嗎？」麥德琳停下來問。

「我不知道。這取決於很多事。最好的結果是檢方接受妳的說法。我們會把我們這邊的精神評估報告呈上去，他們也會找精神科醫師幫妳評估。就算檢方不接受，我們仍然可以在陪審團面前提出同樣的主張，結果如何都有可能，」我說。「但發生了這麼多事，絕對值得一試。」

她起身走到房間的另一邊。「但那些都是眞的。我不知道還能怎麼辦，那是我唯一的出路。」她抓著雙手，彎身蹲下來靠著牆。我看到另一個跟她重疊的身影，俯身舔著地上的食物。我繼續往下讀。

那天我整晚沒睡，一直想著這一切。我知道我得採取行動，但不知道該怎麼辦。天一亮我就把詹姆斯叫醒，催他回學校。我知道不能再讓他受到傷害。後來我去沖澡更衣。艾德溫很晚才起床，整天沒跟我說話。他把自己關在書房裡，我不知道他在做什麼。我不敢出門，因爲不知道他想要我做什麼。我在廚房裡等他，還煮了湯免得他肚子餓。他大概六點下樓，又開始喝酒。我也喝了一點，好讓自己平靜下來。他在旁邊讓我害怕得全身發抖。他問詹姆斯在哪，我說他回學校了。他聽了很不高興，因爲詹姆斯沒跟他說再見就走了。他打了我的肚子兩下就停住。「妳讓他跟我做對，害我永遠失去了兒子，」他說。「我要讓妳也嚐嚐這種滋味。」

這句話讓我心裡有個東西啪一聲斷掉。「你休想再威脅我兒子。」我說。他哈哈大笑。「不然妳要怎樣，麥德琳，不然妳要怎樣？」他往我的一邊腦袋揮拳，我倒在地上，他踢了我的肚子兩下。「妳阻止不了我，」他說。「我可以殺了你們母子，隨時都可以。」我沒回答。他又喝了更多酒，然後上樓回房間。我聽到他在樓上踱步，後來又安靜下來。我再也忍無可忍。他常對我施暴，一次比一次嚴重，他不可能停止的。連詹姆斯他都不放過，還威脅要殺了他。我眞的相信他會想辦法殺了我們，想到他接下來要做的事我就害怕。我覺得自己別無選擇。我太怕他了。我上樓去看他是不是睡著了，然後拿起切肉刀捅他一次又一次。我不知道自己哪來的力氣。我要確認他眞的死了，這樣他就不能再傷害我們。我好像著了魔，一直刺一直刺。大大小小的傷，好多好多血，我滿手滿臉都是，但還是停不下來。

「麥德琳，妳還好嗎？」我問。她仍坐在地上，但已經不再啜泣。

「嗯，應該吧，」她說。

「我無法保證陪審團會接受妳的說法。但我認爲妳說的事爲失控殺人提供了充分的辯護理由，足以把謀殺罪減爲誤殺。我們必須證明妳害怕遭受暴力對待，妳當然有絕對的理由感到害怕，不只害怕自己受傷，還有詹姆斯。另外，艾德溫威脅要殺了你們母子。我相信我們有足夠的證據拿到陪審團面前，證明妳是因爲不堪虐待、害怕他再施暴才失控殺人。我們握有對我們有利的精神評估報告，妳在裡頭說出了眞相，上面證明妳有創傷後壓力症候群和憂鬱症。我們也有艾德溫對妳施暴的所有證據，還有詹姆斯的筆錄。我們一定要大膽一試，妳不認爲嗎？」說到最後我站起來，語氣慷慨激昂，無法忍受看到她自我放棄。

「我不知道，艾莉森，我眞的不知道。妳這麼相信我，這對我來說意義重大。但我不確定，要再想一想，如果可以的話。我也想跟派屈克談一談，如果他不這麼想，我可能就會認罪。」她起身走過來抱住我，我也抱抱她，幾乎要落淚。我難以想像她經歷的事。她展現的強大力量我永遠望塵莫及。我們站在原地又擁抱了一會兒才分開。她走去流理台洗杯子，我把文件收回袋子，然後看了看手機。

十通未接來電、五通留言。怎麼回事？天啊，是瑪蒂達。一定是。

結果不是。

第一通留言是派屈克。打給我。

第二通，派屈克。拜託打給我。

第三通，派屈克。全是天大的誤會。打給我。

第四通，派屈克。拜託打給我。我求妳。

第五通，助理馬克。請妳立刻打回事務所。

我跑到外面打回事務所。

「妳絕不能告訴任何人，」馬克說。「別跟委託人說。派屈克被警察找去問話。」

我怔住，完全說不出話。

「克蘿伊說他還沒被指控，但警方找他去問話也宣讀了他的權利。」

「他們……克蘿伊有沒有說爲什麼？」我想到派屈克的留言和他說的「誤會」，心裡一沉。

「她說話很小心，但我想是有人控告他。」

「什麼罪名？」我問。

「對方是個女人，我只知道這樣。」

馬克說我明天沒案子，確認我明天放假之後他就掛上電話。

我走回屋內之後，麥德琳問我：「都還好嗎？」

「不，我是說，沒事，當然。只是有個同事出了點事。」我很意外自己口齒還很清晰有條理，即使腦袋裡天旋地轉。「抱歉，但我得走了。」

「沒關係，」她說。「希望都沒事。」

「我相信會的，」我說，希望眞是如此。我愈想愈慌，嘴上跟麥德琳道別，但眼睛已經看不到她的臉，耳朵也聽不進她的聲音。我麻木地穿過畢肯斯菲爾的街道，無力應付叫計程車的複雜流程。我坐在火車月台上看一輛又一輛火車經過。過了很久天空開始飄雨，我沒看目的地就跳上下一輛靠站的火車。我不在乎。天色已暗，派屈克的留言和我可以回他的留言在我腦中同聲齊響。打給我去你的我沒有你有嗎不是我打給我去你的你沒有你有嗎不是我我沒有我沒有我有嗎？去你的？寫了又刪，刪了又寫，但都沒送出。我知道我應該跟他通話，但我不知道要說什麼。我打過一次，但直接轉答錄機，我還沒想到能說什麼，手機就沒電了。

回到家，我直接走去浴室，沒理卡爾也沒理瑪蒂達。我站在蓮蓬頭下，直到水變涼爲止。卡爾好像說了什麼，但話語跟水一起沖下排水管。後來我爬上床，希望無論夜晚會帶來什麼噩夢，明天都不會到來。

17

但星期三還是來了。

瑪蒂達跳到我身上。

我不理她。

卡爾搖搖我的肩膀。

我不理他。

我的手機沒嗶也沒響。

就算有，我也不理。

我用羽絨被把自己緊緊包起來，頭埋進枕頭裡。明天還是準時到來，一切都沒改變，也沒消失。昨天跟助理馬克的對話片段在我腦中迴盪。沒被控告。只是找他去問話。那代表這還不是眞。

後來我回想起那個禮拜五晚上在我家發生的事。「停下來，」我說。「停下來。」

但他的確停了下來。到最後。他不是強暴犯，他是派屈克。

但要是他沒停呢？

要是那一次他沒停呢？

不可能是眞的。不可能是派屈克。

我不想相信。

我不知道要相信什麼。

「艾莉森，妳得接這通電話，是事務所打來的。」卡爾說，把電話塞進我的繭裡。我想叫他走開，但又不行，逃不掉了。我展開身體，拿起話筒。

「喂？」我覺得舌頭又厚又重。

「喂，律師，抱歉打擾你。我知道昨天我們確認過妳今天沒工作，但我想跟妳報告最新發展。」馬克說。

「最新發展？」

「對。我們剛跟桑德斯事務所的克蘿伊聯絡過。她證實派屈克今天早上七點已經被保釋，他一個禮拜就得回去，對方考慮要控告他強暴。這期間他當然暫時被停職，所以克蘿伊接手了他的案子。她希望妳晚一點打給電話給她，跟她討論那起謀殺案。」

「知道了，好。」我坐起來找筆，不得不恢復正常，但只是暫時的，不多久我又癱回床上。「強暴。你確定嗎？」

「很遺憾，恐怕是。」

「你知道對方是誰嗎？」我頓住，又想了想。「抱歉，我不應該問的。」

「是。我們也只知道這些，目前沒有更多資訊。克蘿伊說妳可以打手機給她，或她辦公室電話。是我會早點打，她現在有點混亂。」

馬克掛上電話。我看著手中的話筒，試圖理解那些話如何穿過空氣傳進我耳中。

「強暴？」卡爾說。

我嚇了一跳，沒發現他還在房間裡。

「只是一件案子，」我說。「下禮拜的一起官司。」

「喔。」他沒走出房間，反而靠過來打量我。

「妳臉色不太好，有點發青。又宿醉了嗎？」

「沒有，昨晚我在工作。我不知道，我吐了兩次。今天我放假。」光是保持語氣正常就花了我好大的力氣，我全身顫抖得可比喀拉喀托火山，海嘯等級的淚水隨時會爆發，要是讓他看見我簡直不知該如何是好。

「吐？天啊，希望妳不是感染了諾羅病毒。我要禁止瑪蒂達靠近妳。」他倉皇溜走。

「妳需要什麼嗎？」

「不用了。」我說。意思是要。我想要時間倒轉，想要這一切都沒有發生。這有如一個噩夢，我彷彿困在流沙裡動彈不得。

我躲回羽絨被裡，閉上眼睛。

那天後來我一直癱在床上。卡爾回到家時對我很好，幫我弄了湯和麵包，還端來床上給我。我吃完之後他把托盤收走，我躺回床上，閉上眼睛。過了一會兒他走回來，坐在我旁邊的床上看電腦。我很感激他沒說話，讓我安靜休息。但一整晚，派屈克灰沉充血的臉都潛伏在我腦後。我又打了一次電話給他，手抖得太厲害，幾乎撥不出號碼，但他的手機還是關機。

八點他終於留言給我。手機嗶一聲時我嚇了一跳，但卡爾全心投入工作，沒發現我的反應。

她說謊，艾莉森。那不是眞的。

我刪掉留言，然後回他：

我不知道要怎麼想。

他秒回：請相信我。妳了解我，我不會做那種事。至少給我解釋的機會。

我也刪了這則留言，並想了想怎麼回他。

我會聽你解釋，但我不能保證任何事。明天見面再談。

停頓許久之後他回：謝謝妳。

我關掉手機，再度躲進羽絨被，跟外在世界完全隔絕。

瑪蒂達進來房間看我，因爲卡爾已經確定我沒事，至少沒吐。我從被子裡鑽出來，她躺在我旁邊，讓我抱了很久。我的脖子感覺到她溫熱的呼吸，也聞到她清新的髮香，胸口不再那麼痛，肋骨不再像被鋼鐵緊緊勒住。我跟卡爾隔著瑪蒂達視線交會，他對我笑，幾個月來我第一次看到他對我露出眞心的笑容。他坐在我們旁邊，甚至一度把手放在我的手臂上。勒住我肋骨的力量又更放鬆，我吁了口氣。

「艾莉森，我得出去一下。妳可以嗎？」

「嗯，我差不多好了。」

「那就好，我會先哄瑪蒂達上床睡覺。妳會聽媽咪的話，對吧？」

瑪蒂達點點頭，顯然也累了。卡爾把她抱起來。

「我要去見那個想不開的患者，他狀況還是不佳，」他說。「但不會太晚。」

我不是不在乎，只是沒力氣在乎。只要瑪蒂達可以我就ＯＫ。「沒問題。我們可以的。」

卡爾帶瑪蒂達回房間。他唱歌哄她入睡時，我又躲回被窩。

隔天早上吃完早餐我就出發去事務所。我跟卡爾和瑪蒂達一起走到街尾，看到公車來就跟他們揮手道別，先去搭車。到了事務所，馬克俐落地交代我工作，交給我一連串新檔案。裡頭不只有麥德琳的案子，還有即將到來的強暴案和拖了好幾個月的詐欺案。離開庭的時間愈來愈近。看著檔案，我心想到時候就輕鬆多了，有三個月時間不在艦隊街，只要在奇切斯特巷道活動，幾乎可以過朝九晚五的正常生活，我就能接送瑪蒂達上下學。我想了想，然後打電話給馬克。

「可以分給我更多詐欺案嗎？或是調查工作？可以掌握時間的感覺還不錯。」

他說他會試試看。我笑了笑，這就是我要的答案。或許我甚至應該考慮調到皇家檢察署。如果我的工作更簡單直接，也許我會比較穩定。如果我比較穩定，就更能掌握好我的工作，這樣我也能把心思放在瑪蒂達和卡爾身上，卡爾也不會再對我生氣。

派屈克在中午左右打來。我注視手機片刻才接起。

「派屈克？」我說。「我一直在找你。」

「我知道，」他說。「對不起，這很……艱難。我們可以碰面嗎？」

我停了很久才回答。我心裡有部分想見他，確認他不是千夫所指的渣男，但也有一部分想落荒而逃。可是，我們的關係非比尋常……

「好。約哪裡？」

他說了一家滑鐵盧附近、位在卡特路上的咖啡館。我說好，不在艦隊街附近讓我鬆了口氣，但沒表現出來。我走路過河，愈接近目的地腳步愈慢。

他坐在咖啡館後面，兩手抓著馬克杯。我走上前時，他點頭跟我打招呼，起身對我伸出手。我頓了一下，但還是讓他抱住我。身體的碰觸提醒我面前的人是他，是派屈克，我的朋友、同事和情人。我也舉起手抱住他，感覺到他猛吸一口氣，啜泣了一、兩聲，淚水淌下我的脖子。我輕輕拍他，感覺到他身體繃得很緊。最後他放開手，我們面對面坐下。他又抓住杯子，但沒喝，只是盯著杯子看。沉默延伸，我如坐針氈。

「派屈克，你得跟我說話。」我們倆同時開口。

「聽我說，我想試著跟妳解釋。事情不是妳想的那樣。她想誣賴我，好讓自己全身而退。」他說。

我張開嘴想回應，卻說不出話。

「我是說眞的，艾莉森。妳一定要了解。」他的語氣透著一絲恐慌。

「我爲什麼一定要了解？」我好不容易才說出口。

「因爲妳怎麼想對我很重要。其他人怎麼想我不在乎，但我在乎妳。」

我沉默了一會兒，想拿出更多決心。我得開始把點連成線，拼湊出事實。

「你交保了。」我說。

「對。」

「對方還沒提告？」我問。

「我一個禮拜後要回警局報到。下禮拜一。我猜他們現在正在查看證據。他們說會速戰速決。」他說。

「爲什麼會速戰速決？」點在頁面上亂跳，我知道這樣問毫無頭緒，卻忍不住重複他的話。

「因爲牽扯到的人。」他說。

「什麼意思？是誰？」

他把臉埋進手裡。

「告訴我發生了什麼事。」我的聲音更加堅定。

「很難，眞的很難。」他抬起頭，但沒有看我。我看到他蒼白的臉和眼袋。派對上的靈魂人物失去了光芒。

「派屈克，你得解釋給我聽。你嚇到我了。」

他深呼吸一口氣。「OK。事情發生在禮拜一。」

「禮拜一什麼時候？」

「傍晚，」他說。「我就是那時候被逮捕的。」

我試圖釐清時間順序。我知道我們禮拜一早上通過電話談麥德琳的案子，下午又通了一次電話。

「但是我們三點半、四點左右通過電話，時間怎麼拼湊得起來？」我問。「那時候你在跟我通電話。」

「對。但中午我跟人出去吃午餐。那時候我就醉了，妳聽不出來？」

17

我輕輕搖頭。派屈克的酒量一向不錯。

「後來我們愈喝愈多。超過應該的量。」

「你跟誰一起吃午餐？」我故意一字一字地問。

他沒回答。

「你跟誰一起吃午餐，派屈克？我猜那就是指控你的人？」

他往後一癱，看起來好像一下變成六十歲，疲憊，黯淡，憔悴。他把雙手攤開放在桌上，泡在溢出的茶水裡排成扇形。

「拜託你。」我說。

「妳要發誓不能洩漏出去。我只有跟克蘿伊說。」

「我答應你。拜託你告訴我。」

「凱洛琳．奈皮耶。我就是跟她一起吃午餐。凱洛琳．奈皮耶。沒錯，指控我的人就是她。」

我把頭一仰，無法呼吸，趕緊深呼吸、憋住再吐氣。幹。

「大律師凱洛琳．奈皮耶？」

「對。」

「但是她結婚了，嫁給那個記者……」我說。凱洛琳．奈皮耶是個傳奇人物，是有史以來披上絲袍*，同時又能維持婚姻並生養三個孩子的最年輕女性之一。

「他爲了一個實習生離開她，她很傷心。我們喝得爛醉好嗎？那天我們剛好都在盧頓的法院，快中午一起搭火車回來。我邀她一起吃午餐，她說好。後來我們愈喝愈多——她的婚姻觸礁，完全豁出去。後來我們走到克勒肯威爾，翻過圍牆到其中一片花園。之前我們也去過，妳跟我，記得嗎？我以爲沒人會看到。」

「你以爲沒人會看到什麼？」我雙手冰冷，把他喚回的記憶推開。很特別，當時他說，我差點信了他的話。

「我們。我們在做的事。」

「什麼事？」我問，語氣平靜，跟手一樣冰冷。

「妳想要我講明嗎？」他看起來快哭了，下巴在顫抖。

「我想你最好說清楚。」

「那裡感覺很隱密又很暗。我們在餐廳就開始接吻，到酒吧也是。後來翻過圍牆，她覺得很好玩，周圍又很安靜，我知道她跟我一樣想……」

「想什麼？」

「得了，艾莉森，我們在打砲，在公園長椅上。何必要逼我說出口？」

「爲什麼你不想說出口？」

「因爲妳又會開始吃醋，而我現在實在沒力氣處理妳的情緒。」

他的話像一群蒼蠅密密麻麻停在我身上，我撥也撥不開。

「你現在最該擔心的不是這個吧。」我說，努力平復心情。

「對不起，我不是那個意思。我腦袋一團亂，我沒那個意思。」他靠回椅子。「後來我們被逮捕了，艾莉森。有人看到我們在做的事就打電話報警。」

他停住，我覺得應該說些什麼，卻說不出口。

「他們把我們抓到最近的看守所，等我們清醒過來。星期二早上，警察警告我們犯了妨害風化罪，我接受，但她沒有。她一清醒過來就跟他們說她喝太多，無法同意這項指控。她說她知道自己親了我，但一進花園她就不再覺得好玩，也不想再繼續，但我卻強迫她跟我發生性行爲。她說她試著拒絕我，但她喝得太醉。無論如何，她都保證能匿名。我的名字很快就會登上各大媒體，她卻會受到保護。」

我啞口無言。觸碰、拉扯、摸索，那些感覺我全都知道。我去過那裡，知道那座花園，那裡的杜鵑花、長椅、空氣中的落葉氣味。當時我靠在長椅上，手底下的木頭粗粗的，派屈克強硬進入我的體內，過程一下就結束。

「妳不說些什麼嗎，艾莉森？」

「我不知道該怎麼想。那是很嚴重的指控，她不可能是捏造的。」我說。

譯註——

* 英國辯護律師的最高級別。

「所以是我說謊？謝了，艾莉森，」他怒火一閃，但不久又說：「聽我說，我懂，我知道很難接受。但她只想到自己，從客觀角度來看，這一招眞的很聰明。我敢打賭他們不會起訴我，不可能有足夠的證據告得上法庭。說不定她會因爲良心不安而撤銷告訴，但因爲是這種案子，她可以永久匿名，永遠不會曝光。對她來說是無論如何都是穩贏。」

我張口結舌看著派屈克，再度想起那天晚上他在我家不肯停下來的情景。我不得不接受，他是有可能犯下強暴案的，但我還是猶豫了。他的說法荒謬至極，不可能是眞的，卻又不無道理。雖然是走投無路下想出的解釋，但還是有道理。

「你眞的認爲……」我說。

「沒錯，艾莉森，我眞的這麼認爲，」他說，靠上前跟我拉近距離。從我進來之後，他的臉第一次有了光采，黯淡的臉終於緩緩爬上色彩。「完全解釋得通。她徹底想過自己的處境，卻沒想到我。反正她認爲我不會被起訴。看看現有的證據，根本不可能在法庭上證明那是強暴。她喝了整天的酒，醉成那樣，身上也沒有被強迫的痕跡，目擊證人也沒說她拒絕……」

「好好好，我懂了，我了解你要表達的。但她這樣還是在冒險，他們最後可能指控她浪費警力或更嚴重的罪名。」

「大律師凱洛琳．奈皮耶？誰會這樣懷疑她？沒人會不相信她的話。我的最大希望是：他們承認證據不足，她撤銷指控，事情在鬧得更大之前就落幕。我很確定結果就是這樣。但我知道誰聽到這件事都會說，無風不起浪……」他一頓。「妳相信我嗎？」

我覺得天旋地轉。

我知道派屈克的爲人。我也聽說過凱洛琳．奈皮耶的爲人。

若非事實，她絕不會說出口，何必自找麻煩？我也打過幾場由她擔任原告律師的強暴案。凱洛琳很清楚提出控訴是怎麼回事，還有中間來回試探、你來我往、隱私遭人踐踏的過程。想到她得經歷的事，我不由同情起她。沒有人會捏造這種事。

「拜託妳說說話，艾莉森，說什麼都好。」

但從另一方面來看……她現在顯然一團亂。人一團亂的時候，確實會做出蠢事。婚姻破裂，飲酒過量，跟人激戰時被活逮。活逮。

「看得出來有模糊空間，」我說。「但你的立場很不利。」我甚至沒興趣責備他跟人打砲，我想我們已經過了那個階段。

「這完全不該發生的，」他說，「就算沒有這件事。我知道妳會不高興，我也不想傷害妳，一點都不想。妳是我生命中最美好的事。」

我的心猛地一跳，但後來現實漸漸浮現。我已婚，有個女兒。我跟派屈克之間即使風風雨雨，卻沒有我會稱之爲「有意義」的關係。他在這段關係裡滿足欲望，我也是，即使方式不同。我把這段關係當作慰藉和避風港，享受被人渴望而不是推開的感覺。但「生命中最美好的事」？絕不可能是派屈克，只有瑪蒂達才是。我看著他，彷彿有一條巨大的鴻溝在我們之間拉開，一個無法跨越的深淵。他也不再像原來的他，小了一號，滿臉鬍碴，眼看就要身敗名裂。不幸的話，他會從此失去自由，葬送前程。我想同情他的處境，但想到凱洛琳可能承受的痛苦我就無法忍受。

「艾莉森，求求妳說妳會支持我，現在我真的需要朋友。」他說。

我猶豫片刻才伸手去握他的手，並忍住把手抽回來的衝動，然後起身走出門。

回事務所的路上，我買了菸並走到一扇門前抽菸。是因爲壓力，我給自己找藉口。如果我會自己去買菸，那就是現在了。但煙飄上我的鼻子，刺得我噴淚。突然間，菸聞起來和嚐起來的感覺全都讓我反感。我把整包菸捏皺，丟進最近的垃圾桶。

回到事務所，我看了幾小時的資料，到了三點我告訴馬克我要回家了。我留言給卡爾說我會去接瑪蒂達，他很高興，說這樣他就能多排一個病患。之後我把手機關機，不想再收到不明號碼的恐嚇簡訊。我搭地鐵到霍洛威路，又去維特羅斯超市購物，但這次速戰速決，俐落地在走道之間穿梭。這次不要牛排，不要誘人的生菜沙拉，只要平實的家庭料理：漁夫派和千層麵的食材，還有我可以跟瑪蒂達一起做的巧克力蛋糕，跟她和奶奶做的蛋糕盡量相似。

瑪蒂達看到我去接她很開心。我跟在門口等的媽媽閒聊，感覺放鬆又愉快，想不起來自己以前爲什麼那麼討厭她們，覺得她們很可怕。她們其實都很親切，有個戴眼鏡、穿寬鬆套頭毛衣的可愛媽媽說她女兒莎瑪很喜歡跟瑪蒂達一起玩，也許我們哪天可以安排玩耍日。一聊才發現我們都討厭游泳課，她聽到我對課後才藝班老師安德森太太的印象還哈哈大笑。

她按住我的手臂，說：「我不知道妳是怎麼辦到的，又要工作又要照顧瑪蒂達。」她語氣坦率，表情眞誠，我頭一次聽到這種老掉牙的話卻沒皺起眉頭。

我不由哽咽，只好咳幾聲清清喉嚨，然後說：「不容易，但還好有卡爾。」

「她是個可愛的小女孩。」這位媽媽說。

「謝謝妳。」我發自內心地說。

小朋友開始從校舍源源湧出，我們各自分頭去找自己的小孩，但離開之前她說：「對了，我叫蕾妮亞，很高興跟妳聊天。」

「我是艾莉森。我也是。」

「我們有些媽媽過幾週要聚餐，妳會想來嗎？」她問。

我的第一直覺是不要，但有個東西悄悄潛入我心裡，像嚴寒中迸出的細小綠芽。已經好久……

「好啊，我很樂意。我知道自己不常出現……」我說。

「所以才更要來啊。我們很期待認識妳，」她說。「我好像有妳的電子信箱，我會把妳加入邀請名單。」

「謝謝。妳人眞好。」我是眞心的。她的率眞讓我心裡的某部分融化。

「妳有用 Whats APP 嗎？妳知道上面有個班級群組。」

我搖搖頭，笑了笑，冰霜再度凍結。沒幾天我就刪了那個應用程式，隨時有人在抱怨少隻襪子和回家作業，讓我很想死。

「不能怪妳，超煩的。」她說，冰霜再度融化。

「隨時都有通知，有點疲勞轟炸。」我說。她哈哈笑。

「我把通知關掉了，」她說。「別跟其他人說。」

我幾乎想上前擁抱她。感覺這是幾個月以來我第一次有個正常的對話。我浪費太多時間爲蠢男人痛苦、擔心校門口的政治。再也不會了。

我跟瑪蒂達手牽手走回家。我烤漁夫派時，她在一旁畫小狗、寫一頭大象的故事。寫完功課，我讓她玩了一下 iPad。我煮了雞蛋，打算排在派上面。我把雞蛋放在水龍頭底下剝殼，本來想切成四等分，但後來想起婆婆三年前聖誕節送過我一個切蛋器。那時候瑪蒂達還在托兒所，我們每天都得幫她準備午餐。我拆開禮物的盒子，裡頭有切蛋器、恐龍造型三明治壓模和小巧可愛的水果塑膠盒，想傳達的訊息再明顯不過。那時我硬是擠出微笑，把盒子原封不動收到儲藏室的櫥櫃後方。

我走進儲藏室，只希望它還塞在清潔用品和塑膠袋後面。我把東西拖出來。有了，我一直以來躲避的家庭生活。盒子上積了一層灰塵，但裡頭的午餐盒小用具都完好如新。我拿出切蛋器，拆開包裝拿進廚房。

「妳在幹麼，媽咪？」瑪蒂達抓著iPad抬頭問。

「這是切蛋器，」我說。「我要把蛋切成一片片，然後放在漁夫派上。」

「耶，我喜歡蛋蛋。我可以幫忙嗎？」

「當然可以。我先來研究要怎麼用。」

我們一起站在砧板前，白色小器具就放在我們面前。我拿起一顆水煮蛋放在切蛋器底部，然後把上半部的鋼絲往下壓。乍看之下好像什麼都沒發生，雞蛋還是一樣圓滾滾，但我一拿起來，它就散成平整的薄片，露出金黃色的蛋黃。

「好酷喔！」瑪蒂達說，我點頭附和。難以相信我之前怎麼會那麼抗拒。

「剩下的可以給我切嗎？」她問，我又點頭並移到旁邊讓她試。她又切了三顆蛋，每次雞蛋都看似完好無缺，之後才散成一片片。我們把其他的料排好，放進烤箱烤到上面的馬鈴薯變成金黃色——凹凹凸凸的薯泥，美味的白醬，最棒的是飄散在空中的煙燻魚香。

大功告成之後，我把它拿出來放涼，然後打開手機，我想知道卡爾是不是快到家了。他應該會對我刮目相看吧，我想。功課做完，晚餐也煮好了。瑪蒂達在廚房玩iPad，我走進客廳，肩膀繃緊，準備面對更多留言——匿名的恐嚇簡訊，或是派屈克的留言。但什麼都沒有。我如釋重負，肩膀放鬆下來，坐在沙發上查看信箱，同樣沒什麼重要或嚇人的信，只有平常的工作瑣事。我閉上眼睛往後一靠，很慶幸今天晚上沒被毀了。手機嗶了一聲，有通語音留言。我又繃緊神經，但發現是卡爾傳來的。我大概八點到家，妳們先吃晚餐，不用等我。待會見。

我回廚房煮了些冷凍青豆。瑪蒂達跟我一起在餐桌上吃了漁夫派，我把剩下的用保鮮膜包好留給卡爾回家吃。瑪蒂達跟我聊了她跟朋友玩的遊戲，我跟她說有個媽媽邀我跟她們一起聚餐，她聽了很高興。我表現得很好，聲音輕柔，有說有笑，絲毫看不出心底的陰影。但陰影還是在。派屈克的處境在我們的閒聊中穿梭來去。

瑪蒂達上床睡覺之後，我也爬上床。或許還很早，但我又冷又累。震驚的心情過了，不真實感也是，但無論我做的事多有居家感、多讓人安心，那種情緒還是跟了我一整天。我知道自己在哪裡：在我的床上，我的房子裡，我女兒在隔壁入睡，丈夫隨時會到家。聽到卡爾轉動鑰匙的那一刻，我鬆了口氣——我們一家三口終於回到同一個屋簷下。

「抱歉我耽擱了，」卡爾說，在我旁邊的床上坐下。「漁夫派聞起來很香。」

我對他微笑，他下樓拿吃的，回來時我正在看手機。沒有留言。他把晚餐拿上樓吃，我把手機調成靜音。

「想看電視嗎？」他問。「新的影集？」

我很驚訝也很開心。上一次我們相處融洽，就是一起看影集《火線重案組》的時候。

「好啊。你想看什麼？」

「來點北歐黑色影集？我去拿我的筆電。」

我們靠著枕頭坐在一起，籠罩在筆電投射出的白光裡。這系列上了字幕，所以我得集中精神看，但我很快就陷入劇情。一集看完我們二話不說繼續看下集。看完已經快十二點，我沒力再看一集，但他無所謂。於是我們靠著彼此躺在一起，暫時把爭執拋到一邊。

「我喜歡這樣的夜晚，安安靜靜，就我們倆。」他說。我伸手抱住他，沒說話，他應該知道這就表示我也這麼想。

星期五平靜地過去。兩件保釋申請、一件到貝爾馬許的刑事法院提堂審訊。四點左右我沒喝酒就直接回家，中間只進辦公室拿禮拜一要用的文件。克蘿伊跟我簡短通過電話討論麥德琳的案子。我差點要問派屈克狀況如何，但話到嘴邊又吞回去，她沒發現我頓了一下。

晚上一樣安靜度過。瑪蒂達早早就上床，我們又看了幾集影集。或許一切都會安然度過。儘管內心感到懷疑，我也不讓自己另做他想。

18

卡爾這週末多半要工作，所以星期六早上由我帶瑪蒂達去游泳。其實沒我想像的那麼難熬，有很多椅子讓家長坐著看小孩游泳，大家也都很友善。星期天早上天氣晴朗，所以我們去了漢普斯特德公園，瑪蒂達還爬了肯伍德府柵門附近的大橡樹。我拍了她像猴子抓著低處樹幹的照片。樹葉如今都掉光光，她踢著樹下的一堆堆落葉。

「我喜歡跟妳一起爬樹，」她說。「爸比都不讓我爬高高。」

一瞬間我想是不是應該阻止她，但她好開心，我不忍心掃她的興。

「要小心別掉下來喔，」我說。「我們可不希望爸比生氣。」

她咯咯笑，我壓下一閃而逝的罪惡感。我們爬上坡走到右邊的咖啡攤，今天竟然有開。我點了咖啡牛奶，瑪蒂達在熱巧克力和冰淇淋之間猶豫不決。

「今天吃冰淇淋太冷了。」我說，她想了想。

「什麼時候吃冰淇淋都不會太冷。」她說。櫃台後面的老闆娘哈哈笑，把兩球巧克力冰淇淋挖進甜筒裡拿給她。我們走回橡樹那頭，我笑她吃得滿臉都是，抽了張面紙幫她擦了擦臉。她開始繞圈圈跑，忽近又忽遠，還拉著我一起轉圈，然後抓起葉子灑向空中。我也學她灑葉子，她跳起來抓住。

「閉上眼睛。」她說。

「幹麼？」

「我想玩躲貓貓。我躲起來，妳來找我。」

「ＯＫ。」我說，舉手遮住眼睛。

「不可以偷看喔。妳要數到一百。」

「一百太久了，寶貝。可以五十就好嗎？」

「爸比都數到一百。這樣不公平，數到五十我還沒躲好。」她說。我遲疑片刻，不願意破壞我們之間的默契。

「那七十五呢？」我問。

「一百。拜託啦，媽——咪——」她嗲聲撒嬌，我不忍心拒絕。

「好吧，那就一百，可是不能跑太遠喔。」我說。

「好。妳要答應我不能偷看。」

「我答應妳。一、二、三……」我開始數。

瑪蒂達笑呵呵，抓住我的腿給我一個擁抱。我聽到她踩著葉子跑開的聲音。

「二十三、二十四……」

「妳還在數嗎，媽咪？我聽不到。」她邊跑邊笑，我聽到她在我後面某個地方。我想應該不用很久就能找到她。

「三十一、三十二！」我大聲數。

她的腳步聲愈來愈遠，沙沙聲愈來愈小，已經聽不到她的喘息聲。

四十八、四十九。我偷看四周一眼。

「媽咪！我看到妳偷看！」我聽得到但看不見她，趕緊遮住眼睛。

其他腳步聲從我身旁沙沙掠過，有小孩，有大人，還有一隻狗。他們也在笑。

五十六、五十七。

我覺得無聊，已經好久沒有數到一百，比我想像的還要久。我不想閉著眼睛站在原地，擋去陽光、藍天和瑪蒂達的臉龐。

但我答應她了。

六十七、六十八。

聲音接近又遠去，我只聽到足球和肉餡餅幾個字。更遠處有喃喃聲，更多笑聲。遠處忽然一聲叫喊，我頭上的枝幹迎風吱嘎作響。

八十一，八十二。

我的其他感官變得敏銳。秋意將我圍繞。火堆的隱約氣味，腐爛樹葉的霉味，頭上有飛機嗡嗡掠過，轉向北倫敦朝機場前進。機上空氣污濁，瀰漫著汗水味和腳臭味，還有廁所飄出的阿摩尼亞味。乘客望著窗外，細數底下的地標——溫布利球場、肯伍德府、漢普斯特德公園，還有底下的一大片樹木綠地，但距離太遠，看不到移動的人影和在國會山上奔跑的小狗。

九十九、一百。

「躲好了嗎，我來囉！」我大喊。

我張開眼睛四下張望。沒看到她。我繞著樹木走，記住剛剛我數到一百的地方，把它當作中心點開始往外找。我走到樹後面，看會不會瞥見瑪蒂達的銀綠色外套。沒有。我朝對角線走繼續找，想到她那麼會躲不由發笑。

「妳太會躲了，瑪蒂達，我找不到。」我說，卻只聽見風呼呼吹過樹間。我的脈搏加快，這遊戲讓我的腎上腺素開始狂飆。一棵又一棵樹，全都合而爲一，手腳朝我伸過來。說不定我抓到她了，其中一棵說。不，是我，另一棵說。彷佛有一張臉從樹幹裡盯著我瞧，另一棵斜眼瞄我。我深呼吸，然後停下來四處張望。樹不是活的，至少不是我想的那樣。它們不是把瑪蒂達活吞的邪惡力量。

但我找不到她。

「瑪蒂達，瑪蒂達！」我喊。「出來吧。妳贏了。」

沒回答。沒有金髮小女孩從灌木後面跑向我。我轉過身一直繞圈圈，呼吸加速，喉嚨束緊。

「瑪蒂達，瑪蒂達！」

穿跑步裝的男人走過來。

「妳在找一隻狗嗎？那邊有一隻可卡犬。」他指了指。「牠好像迷路了。」

「不是狗，是我的女兒，我們剛剛在玩躲貓貓。」我吃力地說，整個人驚慌失措，恐懼貫穿全身。

「她長什麼樣子？」

「大概這麼高，」我比著我的腰。「金褐色頭髮。她一定在附近，我只閉上眼睛數到一百。」

男人開始繞著樹跑，大喊瑪蒂達的名字。另外幾個慢跑者加入。有兩個遛狗的女人看到這場騷動，問我發生了什麼事。我試著解釋。

「不到兩分鐘，我閉上眼睛才不到兩分鐘。她很想要我照她的方式玩，我不該聽她的。」

「別擔心，親愛的，我們會找到她的。我猜她跑去肯伍德府了，」其中一個女人說。

「瑪蒂達對吧？」

她們穿過鐵門走進肯伍德府，我聽到她們喊著她的名字。慢跑者在我左邊大喊。更多人加入，跑步的、遛狗的，還有兩個修女跟一個穿厚底運動鞋、眼線又黑又濃的年輕女孩。大家分頭去找，撥開樹枝，放聲大喊。我困在中間，在我最後一次看到她的地方，那時她抱了我一下就跑走了。我從口袋拿出手機，開始留言給卡爾。

我找不到瑪蒂達。

我看著這行字，吞下從喉嚨湧上來的膽汁，然後把留言刪掉。她一定很快就會回來，沒必要驚動他。

一輛載著兩名公園巡邏員的小車經過。他們一看到騷動就停下車去找其中一個搜尋者說話，對方指著我。我跑向他們，看到他們令人安心的綠色制服差點哭出來。他們聽我說完就用無線電聯絡某個人。我繞著圈圈轉，尋找著她的痕跡。有個男人按住我的手引起我的注意，我差點一拳打過去。

「我得去找她，放開我。」

「請妳清楚形容她穿的衣服。」他說，頭靠我很近。他應該是想安撫我，但他擋住我，妨礙我繼續找。

「我說過了。藍色牛仔褲，粉紅色運動鞋，綠銀色外套。」

「什麼樣的銀綠色？」

「什麼意思？對不起，對不起，我知道你們必須問清楚。下半部綠色，上半部銀色，連帽是銀色的。」我說，拉住心裡的恐懼，他媽的不折不扣的恐懼，害怕我的女兒簡化成她穿的衣服清單。

幾分鐘過去。我不知道該留在原地還是走進肯伍德府，只能在周邊圍牆的灌木叢衝來衝去。我恨不得樹枝劃過皮膚、樹葉打在臉上，但要是我走開，她回來就找不到我了。這是我最後一次看到她的地方。也許她跑到陰暗的小徑上迷了路，畢竟這裡的路都長得一樣，不久你就會被濃密的灌木叢圍繞。我自己就曾經爲了找古老的決鬥場、找那間冰窖而迷路。冰窖……

「她會不會跑到冰窖那裡去了？說不定她被困在某個地方？」我對旁邊的巡邏員說。他正在講無線電，但還是轉過頭聽我說。

「警察巡邏車過來了。我們每個可能的地方都會找。」

「警察」二字像一拳打在我身上。沒人叫我別慌，叫我別亂想，她一下就會出現。他們反而叫了警察，組成搜尋隊伍。膽汁又湧上我的喉嚨，又酸又刺。

接著警察到了，這次有三個，兩個年輕一個老的。她一頭灰色短髮，圓圓的臉讓人放心，但看那一雙發亮的眼睛我就知道什麼都逃不過她的眼睛。

「我是漢普斯特德警局的莫瑞警探。妳說妳女兒失蹤了。她今年幾歲？」她站上前問，身邊跟著兩名年輕警員。

「六歲。我們正在玩躲貓貓，我閉上了眼睛。」我說。

「確切的時間有多久？」

「我數到一百，速度不快不慢，應該不到兩分鐘。」我說。

「所以她離開妳的視線大概兩分鐘？」

「大概。」

「妳不知道她往哪裡去？」

「我們正在玩躲貓貓，我答應她不能偷看。她很堅持要有足夠的時間讓她躲好。我偷看了一下，但被她逮到。」我努力不讓自己失控，卻無法阻止聲音變得像在哭號。我想仰頭大哭，直到瑪蒂達安全回到我懷抱。

「這一帶她熟嗎？」警察的話敲醒我。我用袖子抹去臉上的鼻涕。

「我們會來這裡玩，但不是很常。我是說，她知道這裡，但我不認為她認得路。」

莫瑞警探在筆記本上寫下我說的話。

「那麼妳最後看到妳女兒是什麼時候？」她又問。

「我不知道，我沒看錶，數到一百我就開始找她，找不到她就開始大喊她的名字，然後那個男人也開始幫我找，之後所有……」我愈說愈快，開始口齒不清，但這只是浪費時間，我們應該去前面後面的林子翻遍每片樹叢每棵樹直到……

「我們得知道她消失了多久。妳可以說得更清楚嗎？」警探問，語氣和善而堅定。

「大概十五分鐘？」我大概說了個數字。

她跟著其他警察走向警車，其中一個坐進駕駛座講無線電。我正要走過去，他們就講完甩上車門。其中一個跑進肯伍德府，一邊喊著瑪蒂達的名字，另一個跑下我後面的山丘，同樣喊著名字。搜尋隊加強火力，路人都被吸引過來，就像鐵屑遇到磁鐵。他們的語氣愈來愈急。我仍然站在中心點無法動彈，搜尋隊在我周圍不斷轉來轉去，弄得我頭好暈，隨時都會癱倒在地上。

莫瑞警探走回來。她伸手搭住我的肩，輕輕按著我，讓我蹲下來。

「妳臉色很差，深呼吸幾次。」她說。

我試了但沒辦法，胸口太緊。

「我們已經出動人力。我相信她只是走失了，這年紀的孩子常這樣。」她說。

「她以前從沒這樣過。」我說。

「我相信等她知道自己引起這麼大的風波，以後絕不會再這樣。」

我知道她說這些話是想安撫我，但她的眼神在我肩膀上飄來飄去，留意現場狀況。

「她跟誰住在一起？」她問。

「我和她父親，就我們三個。」

「家裡都還好？有什麼問題嗎？」她問。

「沒有，沒有。問這個要做什麼？」

「只是確認孩子的父親有沒有問題。」她說，但其實是個問句。

「什麼意……喔，妳是說他會不會把她抓走？不會，不可能的。」我愣了一愣才問：

「妳剛剛不是說她只是走失了嗎？」

「我們得考慮所有可能，」她說。「孩子的父親在哪裡？」

「他是心理治療師，今天整天都跟患者在一起。」

「如果妳告訴我們住址，我們可以派人接他過來。」她的語氣隨興。她愈平靜就愈讓我害怕，話語背後的深意我難以參透。「診所的住址是？」

我告訴她住址，脫口而出一串數字和文字的組合。瑪蒂達的名字在我周圍迴盪，我伸長脖子傾聽著回應，什麼都好，只要能給我一絲希望。有個小女孩跟著她母親從我面前的小徑跑過去，我差點要追上去抓住她，確認她不是瑪蒂達，雖然我明知道她不是，因爲她穿著粉紅色外套，一頭金髮綁成辮子貼在頭皮上。

叫喊聲變近，或許他們找到了什麼。我的心臟快從嘴裡跳出來，只見警察抓著一樣東西從肯伍德府跑出來。一瞬間我以爲是她，瑪蒂達，我女兒、我的寶貝回到我身邊了。但愈看愈不對勁，她在他手中軟趴趴，扭曲成奇怪的角度。發現那是她的外套而不是她的屍體，我才放下一顆心。我跑上去，心又立刻糾成一團，接著開始發慌，喘不過氣。當警察把虛飄飄的外套拿給我時，一聲或許是我發出的尖叫聲響起。銀綠色的外套，我把它搶過來揣在胸前，警察用我再清楚不過的凝重表情看著彼此。

那位女警伸手要拿走我手中的外套，我抓住不放，但她執意要拿回去。

「我們找人需要這件外套，」她說。「很快就能還給妳。」

「我不懂，她應該穿著這件外套才對。你們在哪裡找到的？」我看著找到外套的警察。他遲疑片刻，彷彿在搜尋正確的用語。

「那邊過去的灌木叢下，」他指著肯伍德府的方向。

「她爲什麼會脫掉外套？」我問。「今天很冷。」

「也許是跑來跑去找妳，因爲太熱才脫掉，」他說。「這件外套很顯眼。」

我全身血液凍結。時間分秒流逝，我完全知道他的意思。我聽過所有的都市傳說，歹徒在百貨公司擄走小孩，剃掉他們的頭髮，換掉他們的衣服。我知道沒什麼比丟掉外套、讓她穿上不一樣的衣服，趁沒人發現異狀之前把她從公園抓走更容易的事。我閉上眼睛那麼久，等於是把瑪蒂達直接奉送給他們。

腎上腺素在我體內奔竄，我的心跳快到要破胸而出，抽搐的雙手緊抓住小蒂的外套。內心深處，罪惡感來勢洶洶。全都是我的錯，都是我的錯，我做錯了事，卻讓她付出代價。我這個糟糕的媽媽把她弄丟了，說不定再也找不回來。我腿一軟，跪在地上，想到我做的一切和來不及做的一切就痛苦無比。我再也無法聽到她的笑聲、幫她梳頭髮、陪她走路去上學或帶她去游泳。天啊，游泳。肯伍德底下的池塘。我差點喊出聲但又打住。警察知道，他們正在那裡搜尋。即使我沒有向神禱告，我也知道自己不配得到無論來自上天或任何地方的幫助，但我還是在心裡討價還價：我發誓我會放棄一切，爲了她好好努力。只要再給我一次機會看到她、擁抱她，我絕不會再那麼自私。我會珍惜每個時光，不再只想著自己，一開始就應該這樣。

搜尋行動繼續。我杵在我最後看到她的地方，已經搞不清楚她消失了多久。我的時間感變得很奇怪，快跟慢全都合成腦中的漩渦。

「艾莉森，艾莉森！怎麼回事？」

卡爾來了。警察把他從診所接來了。

「瑪蒂達不見了。我們正在玩躲貓貓，然後她就不見了。」我又哭了起來，伸手去抓他，希望得到他的擁抱，聽到他說不會有事的，她隨時都回到我們身邊。

但卡爾卻抓住我的肩膀把我往後推。「我跟妳說過要小心，妳完全不可信任。」他氣炸了，我看得出來。「妳跟他們說過妳的工作嗎？或許是妳的當事人？」

莫瑞警探馬上轉向我，問：「妳做什麼工作？」

「我是刑事律師，多半代表被告，但我眞的不認爲……」我說。

「而你是心理治療師，」她看著卡爾說。「有沒有可能你的患者……？」

「我沒有患者會做出這種事。」他說，用鄙夷的眼神看著我。

莫瑞警探仔細打量我又轉回去看卡爾。有個警察走過來對她比了個手勢，他們走到旁邊交換數語。他又走回車上使用無線電。

「我們在呼叫直升機，」她說。「有時會有幫助。」

我之前是害怕，現在變成極度恐慌。

「最近妳有沒有可能惹到哪個當事人？」她問。

「我想沒有，不可能的。」我答。

「那麼你呢，先生？」她問卡爾。

「當然沒有。我不敢相信妳會浪費時間問這些。你們應該去找人，而不是打探我們的事。」他怒火騰騰。我吸氣又吐氣，不敢站起來，怕自己會暈過去。

「我們會盡一切努力，」莫瑞警探說，努力穩住場面。

「艾莉森，妳怎麼能把我們的女兒弄丟！」他彎身對著我大吼。我抓住頭，前後搖晃著身體。

「都是妳的錯，妳這個愚蠢的賤人！妳毀了我們的婚姻，還弄丟了我們的女兒。去死吧！」他站起來往前衝，但又轉過頭。

「我女兒在那裡？」他問莫瑞警探，接著也傾身對她大吼。「媽的她在哪裡？」

「先生，我要請你冷靜下來，」她說，非但沒有退縮，還挺身面對他的怒火。「我了解現在你們情緒很激動，可是……」

「情緒很激動？我太太笨到把我們的女兒弄丟，妳覺得我們只是情緒激動？」他擺出要揍人的架勢，我看著他，屏住呼吸。要是我現在出聲，讓他注意到我，那麼他一定會因爲襲擊警察和其他罪名被抓。

莫瑞警探寸步不移，一瞬間他們兩人就站在原地瞪著對方。最後卡爾放下手，臉一垮。

「抱歉，我很抱歉，」他說，再度走開又回頭，然後舉起腳踢我。

「妳這個賤人！」他怒吼。

我往後跳躲開，他差點失去平衡，搖搖晃晃找回重心。我已經整個人嚇呆，看著他氣到臉色發紫。我知道自己應該害怕，實際上卻完全無感，心裡已經沒有力氣害怕。我活該被踢，那樣我反而會好過一點，但那都不重要了。現在唯一重要的是瑪蒂達，還有她在我心裡留下的缺口。我不懂卡爾現在怎麼還有心力管其他事。

「不要看我，」他說。「媽的妳看什麼看。」他站在我前面，抓住我的肩膀開始搖我，一次比一次大力。「妳這個沒用的賤人，」他說，但說出的話都模糊不清。莫瑞警探走向他，露出擔憂的神情，但她還沒制止他，他就停下來蹲坐在地上，手抓著我的肩膀開始啜泣。「她在哪裡，艾莉森，她在哪裡？」

「我不知道，」我說。「我不知道。」

我們一起坐在地上，同病相憐。他傷心地啜泣，鼻涕淚水滿面，伸手亂擦一通。我想抱住他，安慰他不會有事的，但我知道沒辦法。我把手伸向他時，他立刻縮起來，差點又失去平衡。我用力想著要說什麼才不會更糟，但什麼也想不到。

我右後方傳來叫喊聲，還有跑步聲。一開始我沒理會，但聲音愈來愈大。我轉頭去看，是剛剛找到外套的那個警察，但這次他手上抱的東西會動，還踢來踢去。一線希望點亮我漆黑的心。

「媽咪！」瑪蒂達喊，我跑過去跟他們會合，抓住她，把她緊緊抱住。

「媽咪！」她又喊我，能聽到她的聲音、聞到她的髮香讓我開心不已。她捲成一團，安全地把頭抵在我的下巴底下。我的胸口不痛了，空虛被填滿。

卡爾跑過來，把她從我懷裡抱走。我不想放手，但我知道不得不。他抱著她好久好久。瑪蒂達開始在他懷中扭來扭去，不一會兒他把她放下，她又跑回我身邊。我坐在地上，讓她抱著我坐在我腿上，臉貼著我的臉。

「妳好冰。」我說，現在才發現她有多冷。

「我找妳找得好熱，就把外套脫下來，」她說。「外套不知道到哪去了？」

「別擔心，小可愛，我們找到外套了。」我環顧四周，看到莫瑞警探抓著外套站在遠一點的地方，但眼睛仍密切注意周遭的狀況。我對她揮揮手，指著她手中的外套。莫瑞警探把外套拿給我們並蹲下來。

「她跑到肯伍德府那裡，」她對我說。「當時她表情有點痛苦，看起來很冷，有個民眾去跟職員通報。他們顯然聽到我們大喊名字找人的聲音，所以……」

「能找到她太好了，」我說。「謝謝妳。」

「很高興是個快樂結局。」莫瑞蹲下來。「瑪蒂達，妳可以告訴我發生了什麼事嗎？妳怎麼會迷路呢？」

「我們在玩躲貓貓，我跑去那裡的樹林，然後就迷路了。我愈跑愈熱，所以就脫掉外套。後來我跑上去那棟大房子，警察就來了。」瑪蒂達一口氣說完。

「妳在樹林裡有沒有跟哪一個大人說過話？」

「沒有。媽咪說不能跟陌生人說話。」

「很有道理。妳好乖。」莫瑞說。

我雖然已經幫她穿上外套，瑪蒂達還是靠在我身上渾身發抖。

「妳還需要再問她更多問題嗎？」我說。「因爲我想快點帶她回家。」

莫瑞警探點點頭。「好。細節我們都問過了。這禮拜我們或許會登門拜訪，如果妳給我電話，去之前我一定會事先通知。」

我把電話給她之後就抱著瑪蒂達站起來。卡爾在附近某處徘徊，迴避我的眼神。

「我們該回家了。」我對他說。

他聳聳肩，走到我旁邊。我們走回車上開車回家，他坐在副駕駛座上一語不發。

到家之後，我幫瑪蒂達放了洗澡水。雖然才四點，感覺卻好像已經離家很久。我幫她洗澡時，卡爾待在樓下。我不想讓瑪蒂達離開我的視線。她開開心心，沒有情緒緊繃的跡象，還潑著水玩，用我幫她製造的泡泡做了假髮和鬍子。她身上沒有傷痕，沒有任何痕跡證明她說的話不是事實。

「妳眞的沒跟任何人說話？」我問她。

「就跟妳說沒有啊。」她沉到水底下，我不想再逼問她。

洗完澡她穿上睡衣和帽T，我們一起下樓。卡爾坐在餐桌前看著遠方。瑪蒂達爬到他腿上，他抱抱她就把她推下去。

「去抱妳媽。」他說。

我不懂。平常他很愛抱她親她，完全不容我介入。我知道他還心有餘悸，但這樣沒道理啊。我在他旁邊坐下來。

「瑪蒂達，」我說，「我跟爸比需要談一談，妳要不要去看電視？」

「好。」她走去客廳。不多久，電視的聲音響起，有個尖銳的聲音在背景嘰嘰喳喳。

「卡爾，你有必要氣到現在嗎？她已經平安回家了，這才是最重要的事，不是嗎？」

他茫然地看著我。片刻之後他清清喉嚨。

「我一直在想，事情有多大可能會是另一種結局，」他說。「結局可能很慘，只是因爲我們今天運氣好。但這對我來說是最後一根稻草。」他把椅子往後一推，站了起來。

「我已經忍耐了妳喝酒、妳的工作時間，還有妳不屑我的工作、完全不肯支持我很久了。這些我都可以忍受，即使經過布萊頓那件事。」

我在他的連番抨擊下低下頭。

「但妳這麼不小心、這麼沒用，竟然把自己女兒搞丟……我再也忍無可忍。」

他沒有大呼小叫，也沒有必要。這些話宛如強酸把我的皮一層層剝下來。

接著他搖搖頭。「妳知道最難以忍受的是什麼？就是她回來之後還跑去找妳。即使妳這麼爛，她還是比較愛妳。這點我完全無法忍受。是妳讓她跟我對立，我知道。我氣到現在甚至無法看著她。」

「不是她的錯，卡爾，那樣不公平。」

「沒有一樣是公平的。沒有一樣是。」他奪門而出，砰砰砰跑上樓。我聽到他打開抽屜又關上，然後又砰砰砰跑下樓。

我步上走廊，看到他一手從壁櫥拖下旅行袋，一手抓著睡袋。

「你要去哪裡？」我問。

「去睡治療室，今天晚上先這樣，我不想跟妳待在同一個屋簷下。雖然不放心把瑪蒂達交給妳，但我別無選擇，今晚只能這樣。但我對天發誓，如果瑪蒂達怎麼了，哪怕只是小指微微擦傷，我他媽的都會殺了妳。」

說完他就走了，輕輕關上身後的門。我呆立在走廊片刻，被他的怒火和我們之間再也回不去的體認給淹沒。全都完了。全都因我而起。

瑪蒂達從客廳走出來。「爸比呢？」她問，我硬是吞下淚水才回答：

「他得去工作一下，小乖乖，他很快就回來了，」我說，多希望是眞的。我跟她一起坐在沙發上看電視。後來我煮了晚餐，在我們房間哄她睡覺，不是爲了她，而是爲了我。我翻了好久都睡不著，下午的恐懼在我腦中轉個不停，直到聽到她的呼吸聲，我的心情才平靜下來。我把手輕輕放在她的手上。

19

瑪蒂達睡得又香又沉，街上常響起的汽車防盜器或後院的狐狸嗥叫聲都沒把她吵醒。但狐狸叫聲卻在五點左右把我嚇得從床上驚醒。我的心臟狂跳，脖子和胸前都是汗，之後就睡不著了。

鬧鐘響起之後，我下樓去做早餐。幸好今天早上的聽證會是十點半，但我還得去找助理討論我手上的案子，之後才能找卡爾談。他一定很快就會回家，一定會的……我看著瑪蒂達吃炒蛋，在她臉上看到了我的下巴、卡爾的額頭。她抬起頭。

「媽咪，妳爲什麼盯著我看？」

「抱歉，小寶貝。我只是在想我好愛妳。」

我走過去緊緊抱住她。

「爸比今天晚上會回家嗎？」她問。

「我不確定。」

她刷完牙，我也換好衣服之後，我陪她走路去上學。她開開心心跑進去，我跟認識的家長揮揮手就走去地鐵站。我坐上車，靠著車廂牆壁閉上眼睛。爲了瑪蒂達我極力控制情緒，現在她去上學了，我任由自己沉入悲傷的深淵，再也不用保持笑臉和開朗的語氣。我隨著車廂一起晃動，站穩腳，跟著鐵軌上的金屬輪子的節奏擺動。

一路到貝爾馬許我都低著頭，不看人也不跟人眼神接觸。進了法院我很快換裝，避免跟任何人交談。第一件事是先去代表事務所的羅伯申請假釋，然後是幾個月前結束的一件官司的判決。判決前的調查報告已經延了三次，每次都不是因爲我的當事人。

「會很久嗎？他跟我媽在一起，但她還是得出門。」她說，手抓著廉價電子菸，不敢讓警衛發現。

我茫然地看著她。「誰跟妳媽在一起？」

「當然是我兒子，不然還有誰？」她惱怒的語氣劃破我腦中的迷霧。

「抱歉，當然。對不起，我今天早上有點累。」

「我們不都是嗎，親愛的，我們不都是嗎？」她的語氣多多少少軟化。

「希望很快。妳前面沒有太多案子，」我說。「而且我們至少拿到了判決前報告。」

「妳想能過關嗎？」

「應該可以，資料很完整。妳已經找好工作，也搬回妳母親家。應該可以的。」

謝天謝地，果真如此。我不需要多說一句，法官就接受了報告中的建議。社區服務二十四個月——這次我的當事人很幸運，但喝酒打人實在不像她會做的事。受害者是酒吧裡的某個女孩，起因是她多看了幾眼我當事人那時的男友，身上就留下至少要兩年才會消失的傷痕，但幸好她沒來判決現場抗議。那種事我今天實在應付不來。

我盡快趕回市區。聽證會解決了，我終於可以想想接下來要怎麼辦。也許卡爾經過一晚已經冷靜下來，雖然我很懷疑。想到其中的不確定性，我的腸胃絞成一團。我拿出手機開機，希望卡爾留了言給我——我們談一談。只要能打破僵局，讓時間重返還可以挽回的時候。但什麼都沒有。我打給他，手機響了但沒人接。我再打一次，鈴響兩聲後斷掉。這就表示他正看著手機。我留言給他。

對不起，卡爾。拜託跟我談一談。抱。

我看著簡訊傳送出去，突然心情一振，因為點點在動就表示他可能正在回我。但還是沒有。沒有回覆，沒有嗶聲。我再試一次。

拜託你打給我。求求你。

這次連點點都沒有。我把手機放回袋子，一路上靠著牆壁閉上眼睛，想到在前方等著我的改變就覺得虛脫。

回到事務所，我把文件交給馬克。他一臉同情，正要開口跟我說話，我就趕緊退出助理辦公室，但還是太遲。

「妳跟他談過了嗎？」他問。

「情況很複雜。」我極力迴避他。

「我覺得他很想找妳談，打了兩次電話來問妳進來了沒。」

「眞的？」我的心情一振。「那他爲什麼不打我的手機？」

「他顯然試過了，但沒接通。」

我拿出手機直接再打給卡爾，同樣響了幾聲就轉進語音信箱。

「他沒接。」我都快哭了。

「是嗎，他留了三次留言給你。我相信妳一定很快就能聯絡上他。」

馬克拿給我一堆便利貼。我翻了翻——

給艾莉森的留言：派屈克早上十點三十七分打來，請回電。

我揉成一團丟進門邊的垃圾桶。是派屈克，不是卡爾。當然了，馬克指的當然是他。

我心中的一線希望熄滅，肩膀一沉。

「嗯，我相信會的。」我說完就離開助理辦公室，走進自己的辦公室，關上門將現實隔絕在外。昨晚我雖然有睡，找回瑪蒂達的欣慰更勝卡爾出門對我的打擊，但該來的今天還是逃不了。他走了，我無論如何都得面對這件事。

兩點半我離開事務所，還跟馬克說我暫時得待在倫敦，直到我跟卡爾安排好接送瑪蒂達的時間。既然行事曆上沒事，我打算放兩、三天假，除非有急件。之前我還很有信心，但現在樂觀逐漸離我遠去，我只希望卡爾消氣之後會願意跟我談。記得我在某個地方讀過，關鍵在於調解衝突。畢竟我們都是瑪蒂達的父母，多年來都一起分擔責任，我不相信他會拒絕跟我好好談一談。

我準時趕到校門口，跟其他來接送的爸媽聊天。鐘聲一響，小朋友湧出校門，被各自的家長接走。瑪蒂達不在第一或第二批學生中，甚至沒跟最後一個男生一起出來。那個男孩每次都很晚才慢吞吞走出來，套頭毛衣一半拖在地上，課本從髒兮兮的塑膠袋裡露出來。大家都走了，遊樂場空蕩蕩，彷彿昨日再現。一瞬間同樣的恐懼撲向我——有人偷走了瑪蒂達，不肯把她送回來。但看著安全的校園，我很快回過神。她不會在這裡走失的。但另一種莫名的恐懼從我心中升起，比之前更明確、更具體。

我走進傳達室，等櫃台人員注意到我。後面有個年輕女人正在整理檔案，我說了幾次「不好意思」，她才發現我。

「需要幫忙嗎？」她問。

「我來接瑪蒂達。二年級的瑪蒂達·貝利。」

「她還沒出來嗎？」

「還沒。我只是想確認她是不是還在教室裡。我可以進去嗎？」我問。

「我問問看。」她拿起一張名單，手指往下滑，約在四分之三的地方停住，然後撥電話。「我找瑪蒂達．貝利……媽媽來了，她在那裡嗎？」

停頓。我聽到電話另一端的聲音，但聽不清楚對方說什麼。

「好，謝了，我會轉告媽媽。」她掛上電話，轉向我。「她爸更早之前來把她接走了？妳不知道嗎？」

「我……我一定是忘了，抱歉。」我覺得胸口像被人踢了一下，但仍努力穩住聲音。「那我最好回家看看。」我對她微笑，但她已經回過身去繼續歸檔。

我快步走回家，心跳聲在耳中鼓譟。卡爾只是很有效率罷了。是我想太多，以爲他早點去接瑪蒂達是爲了不讓我接到她。我又加快腳步，阻止在腦中轉個不停的念頭，只想快點到家。

當我開門走進去時，片刻間一切如常。瑪蒂達跑過來抱我，我們坐在樓梯口，她告訴我她今天做了什麼，她朋友聽到她昨天跟警察伯伯說話有多佩服。我們聊著天，我正要跟她一起走進廚房拿水果給她吃，卡爾就突然出現在我面前，表情嚴肅。

「瑪蒂達，回妳房間。」他說。

「媽咪要拿點心給我吃。」

「我給妳一顆柳橙，妳上樓回房間吃好嗎？」我站在走廊上，等他走進廚房又走出來。他拿給瑪蒂達一個盤子，她伸手接住。

「這什麼？」她問。「長得好怪喔。」

「柳橙，」他說。「妳現在可以上樓了嗎？」他背對從門上的窗戶灑進來的陽光，看上去比平常更高大、更威嚴。

「長得不像柳橙，是紅色的。」

「那是血橙，有機的，對身體很好。上樓回妳房間吃。」他指著房間說。

這次她放開我的膝蓋，任性地嘆口氣，大聲踩著步伐爬上樓，清楚表達她的不甘願。

「艾莉森，請妳過來這裡，有些事我們得談一談。」

我想叫他滾一邊，少在那裡囂張，但耍狠的心情一下就過了。我起身跟著他走進客廳，把顫抖的手插進長褲口袋藏起來。我坐在沙發上，等著他也坐下，但他卻走到另一邊的壁爐前站著，擺了個姿勢。我等他先開口，但他不發一語。沉默愈來愈壓迫。要是我的心臟跳得更大力，他肯定會聽見。

「卡爾，我……」我再也忍受不了沉默，但我一開口他也同時開口，蓋過我的支支吾吾。

「艾莉森，我想了一整夜，還有今天一整天。妳要我忍受的事太多，我再也受不了了。」

「什麼意思？」我可憐兮兮地問。

「拜託妳別說話。這已經夠難了，但我得說出心裡的想法。這已經超出我的負荷。」

我點點頭，不敢出聲，發現自己用手遮住嘴，卻不記得自己做了這個動作。

「我要跟妳離婚，艾莉森，沒有回頭路了。今天我跟律師談過，我一定會贏。我可以以妳行爲不合常理爲由訴請離婚。妳知道妳讓我過的是什麼樣的生活，尤其是這一、兩年。」

「我……」

「先讓我說完。這對我來說很困難，妳最起碼能做的事，就是聽我說完。」

我隨時會爆炸，辯護、指控、道歉，還有傷心痛苦的話在我心裡翻騰扭攪，要是不從我嘴裡說出去，就會從我的頭頂噴出去。儘管如此我還是點頭、沉默。這是我起碼能做的事。

「我希望妳搬出去，從今天開始。妳顯然得開始打包妳的東西，但我要妳現在先收一袋行李帶走。從妳的行爲來看，我要爭取瑪蒂達的主要監護權不會有問題。還有，當初我把我的遺散費拿來買這棟房子，所以我比妳更有資格住在這裡。」

我目瞪口呆。話語不見了，我腦中只剩下嘶嘶沸騰的聲音，無法處理他說的話。

「但妳有權利得到這房子的一部分資產，這我不會吝嗇，畢竟妳也需要地方住。但因爲這裡是瑪蒂達的家，而負責照顧她的人是我，所以房子屬於我也很合理。我說的話妳了解嗎？」

答。

我臉上一定寫滿了困惑不解。我吞吞口水，吸氣吐氣。他一直看著我，像在等我回答。

「你要我搬出去？」最後我說。

「我是這麼說的，對。」

「你要爭取瑪蒂達的監護權？」

「當然。難道妳想說妳有能力照顧她？妳連自己都照顧不好了。」他的語氣裡只有輕蔑，甚至沒有憤怒。

「可是，可是她愛我。她需要我。」我哭著說，淚水滑下臉龐。

「OK，艾莉森，看來我還是得把話講明。」卡爾坐在扶手椅邊緣，傾身靠向咖啡几。我以爲他跟我一樣高度會好一點，但他愈靠近我反而愈嚇人。「我要從哪裡說起？」他深呼吸一口氣就開始說。

喝酒——打勾。

沒時間陪她——打勾。

抽菸——打勾。

只顧自己，週末和晚上常要工作——打勾。

感情上也一樣自私——打勾。

我被一長串罪狀壓垮。種種理由躍上腦海：我得回去工作是因爲他失業在家；辯護律師就是會在最後一刻接下工作，熬夜準備官司；面對當事人的壓力和經常出包的刑事司法系統，你不得不偶爾跟懂得其中甘苦的同事喝酒抒壓，免得把殘酷骯髒的社會黑暗面帶回家。但我還沒來得及開口，他又接著說。

「艾莉森，妳或許會說爲了妳的事業，這些都無可避免，但妳也可以加入皇家檢察署或去當法律顧問。妳明明可以把事情變簡單，但是不行，妳對戴假髮披長袍站在眾人面前得到的矚目上癮了。妳喜歡成爲目光焦點。想想妳主導對話、得意地談論工作的模樣。想想妳接到生平第一樁謀殺案跟人炫耀的樣子。」卡爾愈說愈快，累積多年的怨懟一股腦兒宣洩而出。

「卡爾，聽我說……」

「妳閉嘴可以嗎？妳只會一直說一直說，現在換我說了！」他咆哮。

我舉起雙手，縮回椅子，把腳塞進底下，試著把自己變得愈來愈小。

「這些原本都無所謂的，妳知道，要不是會影響到瑪蒂達，其實都無所謂。妳是個不及格的母親，從沒把她擺在第一位，從不帶她去游泳也不管她上學需要什麼。妳甚至連準時去接她放學都做不到，昨天還差點把她弄丟。」他說。

「可是我愛她，」我氣若游絲地說。「我愛她。這難道沒有意義嗎？」

「妳連照顧她都做不好，還談什麼意義。這樣一定會害了她，我絕不會再讓那種事發生。打從一開始我就應該看清妳不適合當母親。幸好我發現妳是這種人之後就避免我們再生一個。」

我沉默片刻，他說的話猛撲而來。然後我問：「你說『避免我們』是什麼意思？那是什麼意思？」

「當然是指我去做了結紮手術。我不打算再冒一次險，也不指望妳會好好吃避孕藥。」他看著我，好像我瘋了才會另作他想。

「你……你去做了結紮手術？什麼時候？爲什麼沒告訴我？我還以爲……」我結結巴巴地說。

「我們有了瑪蒂達之後沒過多久，」他說。「而且我毫不後悔，艾莉森。我很快就發現妳照顧不好她，兩個更不可能。好了，現在妳要做正確的事：和平理性地離開。週末妳可以陪她，但我要確認妳有好好照顧她。」

「你不能這樣做，卡爾，我不會讓你這樣對我。」他說的話讓我震驚不已，現在我終於找到力氣反駁。

「我沒有要叫妳選擇，艾莉森，我只是告知妳現在的狀況。每種行爲都有後果。就是這樣。」我從沒看過他這樣，既平靜又憤怒，頭跟著說出的話一點一點。我現在顯然說什麼都沒用。

「你想要我怎麼做？」我問。

他滿意地點點頭，終於在椅子上坐下。「我現在要帶瑪蒂達出去吃飯。我們出去的時候，妳就收好東西離開。我會告訴她妳出門去工作了。」

「我可以跟她道別嗎？」

「我不認爲這有什麼好處。妳現在情緒很激動，我不想害她難過。妳週末就可以見到她，過兩天我們再安排時間。」

「那我的東西怎麼辦？」我問，雖然我根本不在乎。

「總是會整理好的。妳週末就可以來拿更多東西。每種行爲都有後果，記住這句話。這一切都是妳自找的。」

他全都想好了。我上樓收了一箱衣服，胡亂把東西往裡頭塞，強迫自己思考工作需要哪些東西，然後抓起乾淨的領圈和白色襯衫。至少長袍都在事務所，所以我不用拖著它們跑來跑去。我聽到前門打開又關上的聲音，瑪蒂達的聲音隨著腳步聲遠去而變小。我環顧房間，突然意識到這是我最後一次待在「我們的」房間裡。卡爾總愛把我擠到床邊，横在中間睡成大字形。現在整張床都是他的了，他想怎麼睡都行。一瞬間，事實的重量像一記直拳打中我，重擊一般鋪天蓋地而來，壓得我喘不過氣，不得不在床邊坐下來。我再也不會睡在這裡，再也不會感覺到卡爾的溫度貼著我。但我強自鎮定，繼續收東西。

我叫了計程車，拖著行李箱到樓下等。柯芬園附近有家旅館，我打算去住那裡。在我拚命把家庭、工作和派屈克塞進同一個小空間之前，我也曾經有過朋友，但感覺上我已經好久沒跟校門口或事務所以外的人說話。我腦中閃過打給蕾妮亞的念頭，但我們才聊過兩次天，還不夠熟，我實在無法帶著行李和破碎的婚姻突然跑去找她。

計程車來了，我硬把自己拉上去。車子往前開時，我望著窗外。房子、女兒、丈夫，一切都從我指間溜走。還有情人，雖然那似乎已經不重要了。進了旅館登記完後，因為電梯故障，我只好拖著行李箱一階一階爬上三樓。空氣中有油炸食物的味道，床頭板有塊地方黏黏的。我連衣服都沒脫就鑽進被窩，盯著牆壁看了感覺有好幾個鐘頭那麼久才睡著。睡夢中，瑪蒂達一直跑在我面前，我怎麼抓也抓不住。

20

我在凌晨三點醒來，覺得好冷，冷氣太強，毯子也掉了。我去上了廁所，脫掉長褲和襯衫，關掉冷氣再鑽進被窩，想繼續睡卻又睡不著，太多思緒在腦袋裡追逐。我從袋子裡拿出手機開機，很懊惱自己之前那麼抗拒社群媒體。或許這就是臉書之類網站發揮功效的時候。我可以貼個狀態更新，含糊其辭地說自己心情低落，世界各地的朋友就會來給我拍拍打氣。我打開網站，差點就要註冊，但想到一切只是徒勞就又打住。現在的我如此空虛，卻想從過去的人那裡撈取一絲安慰，想想實在讓人提不起勁。

正在看臉書時，有幾則簡訊傳來。我突然有股想全部刪掉的衝動，但還是去看了，心裡仍有部分期望著卡爾會反悔、留言跟我說拜託妳回家吧，親愛的，我們都很想妳。

但我知道太遲了，不可能了。全搞砸了，而且多半都是我的錯。我直直躺在床上盯著天花板。角落的煙霧警報器閃著紅燈，另一邊的出口標誌也閃著強光。該是誠實面對自己的時候了。我愛瑪蒂達，一直都是，但我從一開始就在跟母職掙扎。生完小孩沒多久我就回去工作，或許我應該多嘗試一段時間。卡爾是失業了沒錯，所以我需要去賺錢，但我們應該過得去才對？如果我在家，說不定就會花更多心思在他身上，他也不會對我反感，讓我覺得自己被嫌棄，以至於派屈克走進我的生命時，我剛好強烈渴望關愛和碰觸，所以就讓他上了我的床，甚至潛入我的心……要是，要是，要是……太多的變數，全都指向同一個結論：要是我沒那麼自私，少為自己、多為女兒著想，今天就不會走到這個地步。

我的腳不冰了，但肚子上仍然盤據著一股寒意，讓我有種事情只會更加惡化的預感。我抱著枕頭縮成一團，用意念將它驅散，最後終於又睡著，瑪蒂達的夢境卻比之前更加鮮明。

手機鈴聲把我吵醒。我睡得很沉，一開始迷迷糊糊，以為自己在家，還伸手去抓話筒，卻發現該放電話的地方空空的。鈴聲停了又響，我在枕頭底下摸到手機，撐起身體坐起來查看銀幕。是派屈克。

「艾莉森，是妳嗎？」他說。

我一時說不出話。

「艾莉森，妳在嗎？聽得到嗎？」

「我在，聽得到。」

停頓延長。接著他說：「發生了一些事。」

「什麼意思？發生什麼事？」

「他們對我提告。昨晚警察來把我帶回警局，然後他們就指控我強暴。現在我被保釋了，有個攝影師守在我家外面，事情遲早會上報。」

「天啊，派屈克。你不是說不會嗎？」我的下巴繃緊。

「我是這麼想的。我們可以見面嗎？拜託妳。我現在眞的需要一些支持，需要看到一張友善的臉。」

我想拒絕，也應該拒絕。我應該盡快跟他撇清關係。

「好，」我說。「我可以見你。你在哪裡？」

「妳家轉角的酒吧，有餐廳那家，」他說。「我跑來這裡，希望能跟妳說說話。」

他的身影穿過我的腦海。我想像他在拱門附近的商店走來走去，進廉價餐廳喝咖啡，在小酒館外面徘徊等它開門。我甩開腦中的畫面。

「情況有點複雜，」我說。「我現在不在家。你得來柯芬園找我。我們四十五分鐘後在德勞涅見。」

「不要那裡，艾莉森，那太……我寧願去低調一點的地方。」

也是，但我沒說出口，也不確定自己怎麼會提議那裡，除了那是我第一個想到的地方。

「我在哈伊霍本街的威瑟斯本等妳。妳知道那家？我現在就去搭地鐵。」他說。

我知道，說了好就掛斷。那裡似乎是適當的選擇。我們當初就是在國王道的威瑟斯本開始的，所以何不在也在同一家店結束。這種循環幾乎讓人感到開心。幾乎。

我梳了頭髮，很快從行李箱拉出牛仔褲和寬大的套頭毛衣穿上。我還找到一條圍巾，在脖子上繞了兩圈遮住半張臉。走進酒吧時，毛衣袖子落下來蓋住我的手，我把手藏在裡頭取暖。派屈克站在後門，滿臉鬍碴。他靠上前像要親我，但我躲了開。他伸手抓住我的肩膀又放下時，我也不爲所動。我們面對面站著，但我沒直視他的眼睛。

「妳想進去坐坐嗎？空位很多。」他說。

我聳聳肩，跟著他走進去。

「坐這裡。」我說，走去角落的座位。

「想喝什麼？」他問，同樣太過稀鬆平常。

「隨便。水，什麼都好。」他去拿飲料時，我抓著毛衣袖口磨損的毛線。

「你的保釋條件是什麼？」他回來之後我問。

「不得與原告證人聯絡、在家居住、每週回報。我還繳了五萬英鎊的保證金。」

「天啊，他們是玩眞的。」

「對，沒錯。」他給自己叫了一杯啤酒，一口氣就喝掉三分之一。

「對方有什麼證據嗎？」我問。

「我不知道。事發經過我跟妳說了，但這次他們對我的態度變了。比方沒等我去警局報到，而是昨晚直接來逮捕我。所有一切都怪怪的，我不知道是怎麼回事。」他說話時一直看手機。

「你爲什麼一直看手機？」

「我在看新聞有沒有報導。」

「嗯。」我從口袋拿出手機。有兩則有關工作的留言，一通事務所的寶琳的語音留言。

派屈克開始說話，但我對他舉起手機。「我聽一下，她很少打給我，可能是重要的事。」他回頭喝啤酒。

我沒聽留言，直接回撥給她，她接起電話。

「喂，艾莉森，謝謝妳打來。我……」

「抱歉我沒聽留言，我想說直接聯絡比較好。都還好吧？」

「不，不好。妳聽了恐怕會有點吃驚。」

幾分鐘後，我對坐我對面的派屈克破口大罵：「你這個該死的混蛋！」

「妳在說什麼？」

「該死的混蛋。」

「艾莉森，妳先冷靜下來。怎麼了？」他又喝了一大口，啤酒幾乎見底。他需要喝酒壯膽。

「好，」我說。「凱洛琳·奈皮耶是個騙子；你被人誤會又太容易沖昏頭。這就是你的版本的事發經過？」

「對，就是這樣，我告訴過妳了。」

「那你要怎麼解釋週末又有人去報警，告你強暴？」

他臉上瞬間失去血色。「艾莉森，聽我解釋。那都是誤會。」

「我剛剛聽到的可不是這樣。你以爲我不會發現嗎？」

他的下巴在顫抖，淚水在眼中打轉。「我以爲不會眞的提告。」

「哪一個？大律師，還是實習生？」

他把臉埋進手裡，肩膀在啜泣聲中顫抖。「那全都是誤會。我以爲她想。整晚她都看起來躍躍欲試。」

我看著他，毫不掩飾眼神裡的極度輕蔑。我可以揍他一拳，可以揍自己一拳，既怒不可遏又悔恨莫及。我有多少次對實習生艾蕾希亞、對她聽派屈克笑話捧場的樣子、對她坐得離他太近而感冒？嫉妒蒙蔽了我的眼睛，害我看不清其中的眞相：其實是派屈克太自以爲是，不放過占她便宜的機會。但他不應該跟她牽扯不清的，更何況是做出上禮拜她聽說派屈克被捕之後對寶琳說出的那種事。

艾蕾希亞跟寶琳說，兩個月前她跟派屈克一起出去過。他們回到她的住處，一間位在霍洛威路的廉價合租公寓。兩人開始接吻，後來她決定不想再更進一步，但他不想停，所以就沒聽她的。她沒跟任何人說，因爲她知道他在事務所裡的地位，她還說接下來那週她就拿到了謀殺案，以此證明她的論點。她不想惹麻煩，也不認爲有人會相信她。但寶琳相信她。寶琳說，她們坐在一起哭，後來艾蕾希亞就打了電話報警。

我也相信她。我知道派屈克在我家時差一點就強暴了我，差一點就煞不住車。其他時候他也曾經越線，是我自己不願意看清事實。「妳喜歡來硬的」是他的口頭禪，我並不否認；一個膽小的安娜塔希婭遇見沒那麼威風的克里斯欽・格雷*。我一陣噁心，喉嚨一緊，但我只能靠自己了。我衝進廁所，甩上門，想吐的感覺過去了，但嘴巴有股酸腐味，我把那味道吐出來，用捲筒衛生紙擦嘴，又吐了幾次，直到味道消失才把頭往後靠，閉上眼睛。就算一直待在這裡，我還是得面對他。但只要再一次就到此爲止。

走回去時，我看到他還在哭，鼻涕流到上唇也不抹掉。

「我知道你的爲人。」我站在他旁邊，義憤填膺。「我知道你是什麼樣的人。我沒辦法再這樣下去。」

「如果知道我的爲人，妳就應該相信我不會做出那種事？請聽我解釋。」他泣不成聲。

「沒必要了，」我站著說。「派屈克，重點是，我知道你是什麼樣子。」

他淚流滿面，鼻涕和淚水流下脖子。酒吧裡雖然還很空，但我們引來酒保的注意。對

譯註——

* 暢銷羅曼史小說《格雷的五十道陰影》裡的男女主角。

方是個大鬍子，穿著格紋襯衫，正專心擦著手中的杯子。

「我該走了。」我說。

「對，走吧，回去妳那個幸福家庭，回去找妳的好老公。」他提高聲音，在憤怒和淚水之間打轉。他頓了頓，但最後悲傷還是得勝，因爲他把臉埋進手裡，但抬起頭時卻只射出怒火，充血的眼睛狠狠瞪著我。「妳滾回家去吧！」

我正要走出去，但心裡有個部分突然崩潰，伏在桌上靠向他。

「我已經沒有家了。我見不到女兒，我丈夫要跟我離婚。所以你知道嗎？我根本不在乎你。這是你的問題，是你自找的。我一開始就不該來見你。」

他的臉色已經夠灰沉，現在甚至更黯淡。「聽我說，艾莉森，對不起。我很抱歉。發生什麼事了？」

「昨天我陪瑪蒂達的時候，她不小心走失，卡爾對我大發雷霆。他其實沒有錯，這些年我是個差勁的母親，心不在焉。這段……這段關係沒有好處，我不該跟你糾纏不清的。我應該小心一點。我應該提醒艾蕾希亞小心一點。」怒火讓我的聲音愈來愈高。我氣他也氣自己，氣自己識人不清，沒看出他的眞面目。

「對不起，艾莉森。拜託妳坐下來好嗎？我們可以談一談嗎？」他說。

「沒什麼好談的，我受夠了。我要走了。拜託別再打電話給我，讓我靜一靜。」

派屈克沉默片刻，然後站起來跟我並肩。「艾莉森，求求妳。我們在一起很開心。我知道現在一團糟，但我們可以讓它變好的。」
「你被控強暴了兩個女人。」
「不是那樣的。」他語帶懇求。
「我知道你的爲人，派屈克，我知道。」
我一直強忍淚水，但現在再也忍不住。派屈克站得離我很近，太近了。我往後退，但他跟著我移動，想抓住我的肩膀。我被困在桌椅後面，他愈靠愈近。我不想要他碰我，但他不斷接近。
「都還好嗎？」酒保問。
派屈克看著他並拿起酒杯，湊進嘴巴才發現空了。他看看酒杯，再看看我和酒保，然後舉起杯子大力摔在桌上。杯子應聲碎裂，一片碎片劃過我的臉。酒保上前像要阻止派屈克打我，但他已經坐下來，雙手遮住臉，肩膀顫抖。
「先生，請你離開，不然我就要報警了。」酒保說。派屈克抬頭看他，開始大笑。我想走開，但我怕要是我先走出去，他就會跟上來。他又看了我一眼，然後起身走向我。酒保擋在他面前，但他推開他，手放我的下巴底下，靠過來吻我。
「我什麼都沒了，」他說。「什麼都沒了。」
我往後退，但他已經放手，把我推開，逕自走出酒吧。
我們默默站在原地，我跟酒保。我發現自己的臉濕濕的，伸手去抹時還以爲是淚水。

酒保走去吧台抓了一把面紙回來，我擦擦臉和眼睛，還有派屈克印在我唇上的吻。

「妳還好嗎？」酒保問。我點點頭。「我是指妳的臉，在流血。」

我低頭看面紙，的確，上面沾了血。腎上腺素消退的同時，我感覺到傷口愈來愈刺。我又拿面紙按住臉。

「沒事的，」我說。「我要走了。」

「要我陪妳走一段嗎？他可能在外面等妳。」酒保問。我差點說好，但心裡很清楚派屈克不會等我。他走了。我搖搖頭，走了出去。

我經過霍本地鐵站，走回飯店，一路上把頭壓低，免得遇到認識的人。車站對面立著一塊新聞看板。

「王牌律師被控強暴」幾個大字引人注目。我拿了一份報紙，頭版登出一張派屈克的模糊照片，照片中的他舉起一隻手試圖遮住臉。我看了一下就丟進下一個垃圾桶。我知道的夠多了。

回飯店之後，我一整天都坐在房間裡打電話給卡爾，但他關機了。大約五點時手機響起，我精神一振，尤其是當瑪蒂達接聽的那一刻。她的「喂」離話筒太近，聽在我耳中美妙無比，但卡爾隨即搶走電話並掛斷。她的聲音仍在我的耳中縈繞不去。

21

星期三一早馬克就打電話問我能不能跑一趟內倫敦刑事法院，代表某件偷竊案提出答辯。那原本是聖克的案子，但他負責的一件官司超出時間，他趕不過去。我巴不得能出去透透氣，即使內倫敦離派屈克的公寓有點近，我還是答應了，總不能一直推掉工作。我沖澡換裝，手機響也不去管。等電梯時，我瞄了一眼螢幕看是誰打來的。

克蘿伊，而且連續三通。我把拉桿包拖出電梯，覺得筋疲力盡。有完沒完。要煩的事已經夠多了，卡爾對我做的事、對瑪蒂達的想念，實在沒有多餘的空間再分給派屈克。

「是我。」我說，好不容易拖著拉桿包走出飯店大廳，步上街道。時間還早，我決定用走的。

「大事不好了。」她說。

「什麼？」我還在思考路線，不知道走路過去夠不夠時間。

「是派屈克。」她說，聲音漸小。

我豎起防衛。「我不想談那個，」我說。「不想跟那件事扯上關係。」

「艾莉森，請聽我說。他死了，派屈克昨天下午跳下霍本地鐵站的月台。」

我停住。走在後面的人撞上我，邊罵邊轉向繞開。有個人踢到我的拉桿包。我一動不動站在人行道中間，努力理解她說的話。

「派屈克死了，艾莉森。他留言跟我說對不起，我不知道爲什麼。」

「妳確定嗎？」我問。

「確定。他姊姊昨晚從他的隨身物品、皮夾和戒指確認是他。他所剩的不多。事情很快就會上報。」她連珠砲似的說著，我卻連一個字都聽不進去。「艾莉森，艾莉森？妳還在聽嗎？」

我拿開手機，切斷電話，不懂這是怎麼回事。又有人撞上我，這次更大力，我踉踉蹌蹌撲向一家三明治店旁邊的牆壁。

「妳還好嗎？」有個女人問。

我一時答不出來，話語和淚水混在一起哽住喉嚨。她伸手碰我的肩膀，像要抓住我。我在靠得更近之前掙開她的手。

「我沒事，謝謝，沒事。」我開始邁步，後面拖著公事袋。

「妳確定嗎？」她問，但聲音隨著我走遠而變小，腳跟喀喀踩地的聲音蓋過她的關心問候。我的腳步自成一個節奏，去法院，去法院。我吸吸鼻子，用袖子擦去淚水，收起悲傷。

時間不早了，我沒力氣走路，只好去搭地鐵。我轉身朝堤岸站走去，站在月台上等貝克盧線的地鐵進站。車子一進站，我就被它吸引過去，愈靠愈近，直到有人大喊一聲並抓住我的手。我躲開，幾乎一路跑到月台的另一頭，派屈克、車輪、鐵軌和金屬輾過血肉的畫面在我腦中跳躍。他們可以找回他全部的屍骨？還是他留下的碎屑仍有一些黏在霍本地鐵站——對老鼠來說，這比平常的麥當勞和肯德基殘渣要美味多了。我甩甩頭讓腦袋清醒，但來不及上車，只能後退一步看車開走。

下一班車很快就進站，這次我做好了準備，暫時把血肉模糊和派屈克的事拋開。一路到象堡站我都倚在牆邊，盯著眼前地圖上的站名。倫敦橋。我不要想起倫敦橋，以及才不久前派屈克為我做晚餐、我們一起度過美好的夜晚。我打起精神走進法院。

更衣室很多人。我發誓我走進去時，房間突然安靜下來。但那很可能是我的神經劈啪響得太大聲，害我聽不到其他聲音。事務所的羅伯也在，他走向我，按住我的肩膀。

「可怕的消息，艾莉森，我想妳聽說了。」他低聲說。

我點頭。

「我知道妳幫他做很多事……」

我全身僵硬，強自鎮定，兩眼盯著羅伯，但他的表情或語氣都不像在暗示什麼。他臉上只有悲傷，兩眼充血發紅。

「我實在不敢相信。」我說。

「我懂。艾莉森，我跟幾個人談過，聖克、事務所的一些人，還有派屈克的團隊。我們想今晚去酒吧，類似追思會。我知道《標準報》上寫的那些東西，可是……」

我再次點頭。「哪一間？」

「我們想去碼頭酒吧。妳可以來嗎？」

「盡量。」我說。

另一家事務所的律師走過來。「抱歉打擾，但你們是不是在談派屈克？派屈克．桑德斯？」

羅伯站到旁邊告訴他今晚的計畫，我趁機打開包包，戴上假髮披上長袍，對著鏡子把臉調整成專業表情。我拿起起訴文件，發現自己有準備等於沒準備。我雖然已經看過，但細節都忘了。確認姓名之後我就走進七號法庭，試圖集中精神。

幸好這是起訴書，而今天是答辯聽證會。被告一認罪，我立刻回過神，唸出皇家檢察署的案情摘要，希望沒人會問我額外的資訊。被告的說詞稚嫩又誠懇，不但有助於減輕罪刑，法官也同意參考判決前調查報告，「但我必須把話說在前面，凱特里奇先生，我還是會把所有選擇納入考量。」他說個沒完，直到法官說他聽的夠多了，幾乎可以馬上宣判，他才坐下來閉上嘴。

我在起訴書上寫下宣判日期並簽名。脫下長袍時，羅伯走進來，我們一起走去搭公車。他不停談著派屈克，那聲音讓我無力抗拒，只想躺在地上尖叫直到今天結束。

21

「我只希望那些指控是眞的，」羅伯說。「當然不是因爲我希望誰被強暴，而是因爲她們逼他走上絕路，要是全都是謊言，那未免……」我猛然驚醒，如果我不馬上下車逃走，我就會揍他或吐在他身上。我起身擠向前，拉著袋子跨過他的腳。我喃喃說著需要透透氣，到了滑鐵盧橋盡頭就下車。

我走回橋中央，站在橋上俯看河水，望著對岸的倫敦眼和西敏寺。倫敦最棒的景致，派屈克曾這麼說。我轉身，視線越過黑衣修士橋和更後面的倫敦塔橋。右邊過去一點就是派屈克的公寓，他應該在那裡才對，蒼白而卑微地證明自己的清白，而不是血肉模糊躺在某個停屍間。

我低頭繼續盯著河水，不懂旁邊怎麼沒有刻上撒馬利亞救助會電話的青銅匾額。是在別座橋上。但此刻那東西對我的幫助就像我對派屈克一樣——我不肯跟他說話，也不肯再聽他解釋。

有個男人停在我旁邊，我發現他盯著我看。我先是瞪他一眼，後來發現他是在擔心我。我站在這裡太久又目不轉睛盯著河水。

「不，不是那樣的。」我說，立刻低著頭走開。他的一個眼神就比我對派屈克表達的關心還多。走回事務所時，這個體悟讓我心情沉重。

走進辦公室時，我遇到寶琳。

「我叫艾蕾希亞休息幾天，」她說。「那絕對不是她的錯，但她很不好受。我們得留意她的狀況，鼓勵她去諮商。」

「這件事太可怕了。希望她都沒事。方便的話，請幫我轉達我的祝福，跟她說我完全支持她，好嗎？」

寶琳點點頭。「我會的。她很擔心妳會怎麼想。我向她保證妳會站在她那一邊，但她不是很確定。老實說，她似乎對妳有點敵意，但畢竟是非常時期。」

我彷彿被人一腳踢中肚子。我一直自以為跟她站在同一陣線，現在我明白自己有多無知，我的自私愚蠢又造成了什麼樣的傷害。接著，另一種想法浮現腦海。

「我了解她為什麼那樣想，但這幾天我學會了很多事。無論她需要什麼，我都願意幫忙，請務必讓她知道這一點。但是寶琳，有件事我很納悶。最近我常收到匿名簡訊，讓人不舒服的那種。妳想……」

寶琳過了很久才回答：「我不知道。從她說的一些話來看，我想不是沒有可能。可以的話，我會私下問她，只不過她現在狀況不佳。」

「當然。沒關係，不急，我只是希望別再收到簡訊了。」

「了解。」她說。

「謝了，寶琳。請告訴她我很樂意提供她想要或需要的任何協助。」我說。

「太好了，艾莉森。我想我們需要好好檢討事務所對實習生提供的支援——妳願意加入嗎？我可以來安排會議。」

「當然願意。我們可以做得比現在好很多。」

跟寶琳道別之後，我躲在辦公室裡能不出去就不出去，想到周圍那麼多人就感到壓迫，只覺得有東西在啃我的肚子，手也抖個不停。我拿起手機想重聽派屈克的語音留言，看能不能從他的語調裡找出他想不開的蛛絲馬跡。後來才想起我習慣把留言全都刪除。簡訊也是，即使是那些介於慾望和死亡的片刻之間、近似於愛的隻字片語。我記得他的力量、他留在我身上的痛，激情之後延續好幾個鐘頭的痛。他死了的這件事感覺太荒謬，但手機裡找不到他存在過的半點痕跡。沒有我們的合影，我們共享的記憶。我們從未擁有過巴黎，也從不配擁有巴黎。

有人敲門。是羅伯。對，我要去酒吧了，嗯，我這就來。不，我沒有進一步的消息，沒聽其他人說。他在門口擋住我片刻，伸手擁抱我。

「我知道你們很親近。」他說。

我放開他，對他皺起眉頭。

「不是那個意思。我不是指……但他給了妳一些不錯的工作。」

我點頭。確實。只剩下這些了。

我們是第一組到酒吧的人。兩人坐在羅伯預定的樓下一角，跟我拿到麥德琳的案子那晚是同一桌。那晚我跟派屈克激戰時打破了瑪蒂達的照片。該死，只是玻璃，不是鏡子。

不該發生那種事的。

我叫了一瓶店內指定紅酒，我們喝得很快。羅伯表情陰鬱，我知道我也是，我們都咬緊牙關抵擋著沉重的事實。事務所的其他人陸續走進來，助理、律師一個接一個點了廉價葡萄酒。現在不是在意酒好壞的時候，我們是把酒當醋在喝。我喝光一瓶，腳步還穩，口齒也還清晰。有些人聽說了新聞報導，消息像漣漪擴散開來。可憐的列車駕駛。可憐的女人。可憐的派屈克。

酒吧裡微光閃爍，濛濛的光反射在人們臉上。那就好像可以在室內抽菸的日子，頭上的燈泡發出的光穿透霧氣。我跟羅伯一起推擠上樓抽他的菸，兩人都找不到話說。回到樓下時，有人叫了一瓶威士忌——威雀，跟葡萄酒一樣是普通牌子。我喝了一杯又一杯，似乎不受影響。我環顧四周，光線移到人們的頭上，像水母在夜光下脈動。聖克轉向我，像有重要的事要說，卻又在昏暗中停住，嘴唇半張。克蘿伊從他旁邊走過去，我對她招手，她也揮揮手，走去桌子的另一邊坐下。我回頭去看聖克，但他已經閉上嘴巴，羅伯又幫我倒了一杯，所以我繼續喝，打消了說話的念頭。

微光仍在，還有這種場合難得的平靜。派屈克犯下的罪暫時被他自殺的事抵銷，奇怪的傳聞逐漸浮現：人格有缺陷，卻很討人喜歡。我們隨著共同的情緒形成的節奏搖擺，聊著派屈克在法庭上或跟當事人周旋的事，各家說法都不同，但最後都合而爲一。

「那幫黑道啊，上上下下都有他的名片——那是不利他的證據之一……」

「他在格林威治叫康納那傢伙滾的那一次，你們眞該看看法官的表情。」

「……有個當事人拿刀威脅他，記得嗎？他只是哈哈大笑，後來那傢伙就發現自己有多蠢，自動把刀收起來……」

另一個人加入了供應威士忌的行列，但這次是樂加維林，泥煤煙燻味很嗆喉。奮鬥故事一個接著一個，氣氛隨著夜晚延長而轉爲感傷。我起身去廁所，仍然相信自己還清醒，但腿差點軟掉，我半癱在羅伯的腿上。他扶住我，呵呵笑著推我起來。我小心翼翼走去女廁，但感覺好遠，比我之前想像的還要遠，周圍的牆壁在轉。一進廁所，我在馬桶上坐了一會兒，褲襪褪到腳踝，雙手抱頭，希望只要閉上眼睛，周圍就不會再轉個不停。

「艾莉森。艾莉森，妳在裡頭嗎？」

是克蘿伊。我叫醒自己，拉起褲襪，大聲喊：「對，我在裡面。出來了。」暫時離開人群讓我清醒了點。我的眼睛好痛，我拿掉隱形眼鏡，視線立刻糊掉，但眼睛不再刺痛。

克蘿伊在洗手台旁邊等我。她靠過來抱住我，我也抱住她，感覺有點彆扭。她身上的香水味又甜又膩，差點害我窒息。但習慣了那種刺鼻味道之後，我漸漸聞到底下她自己的味道。酸酸的汗味，好像兩天沒洗澡的味道。我輕輕抽身。天知道我自己現在是什麼味道。我從手提袋裡摸出眼鏡戴上。

「好可怕，太可怕了。」她說。

我點頭表示同感。

「至少他不用受苦了，」她說。「過程應該很快，只是可憐了那個駕駛……」

我努力不再去想像那個畫面。

「但是我們一定要勇敢走下去。他也會這樣希望。」

這我就沒那麼快點頭了。

「妳跟麥德琳說了嗎？」我問，口齒出乎意外地清晰。

「說了。她很難過。」克蘿伊對著鏡子補擦口紅，然後轉過來面對我，像要對我笑，結果卻變成苦笑，我看得出來她在強顏歡笑。我沒跟她說她的口紅沾到了牙齒。「她想盡快來找我們談一談。」

「好。」我說。

「我會請她來辦公室，或許在那之前我們可以討論一下。」她又擦擦鼻子。「天啊，我看起來好糟。」她用手指擦擦牙齒。

「很難接受……」我也照照鏡子，把眼鏡往上推，努力抹掉卡在毛孔和皺紋裡的殘粉。我的眼睛跟克蘿伊一樣紅，藍眼珠像蒙上一層濕濕的膜，頭髮貼在額頭上。我轉開水龍頭，用水潑臉，很想看看能不能把自己潑醒，擺脫額前那種悶悶的痛。

「太令人難過了……他還有大好前程、大好人生。唉，要是他更懂得控制自己就好了。致命傷。他是很好的老闆，我本來也快變成正式合夥人了。」

克蘿伊的悲傷、我的罪惡感，所有一切加起來的痛苦把我榨乾。沉重，艱難，我現在只想回家沖掉威士忌和香菸的味道，抱著瑪蒂達唸故事給她聽，呼吸她那溫暖清新，沒被悲傷、背叛和謊言汙染的氣息。但那是現在對我而言最遙不可及的事。我吞下哽住喉嚨的淚水，再次抱抱克蘿伊，屏住呼吸，免得又吸進太多她的可怕香水味。

「我還不知道完整的經過。」我說。

「得了，艾莉森。」她不需要再說更多。

我已經到了極限。「我差不多要走了，」我說。「好漫長的一天。」

她伸手抱住我，再次把我拉近並轉過去對著鏡子。

「我看起來眞他媽的糟透了，」她說。「尤其是站在妳旁邊。即使發生這些事，妳還是很美。」

我做了個鬼臉。我們顯然看的不是同一個倒影——我們明明看起來一樣累。「我好憔悴，」我說。「現在我們還能站著我都覺得神奇。」

「艾莉森，我說眞的。妳天生麗質，派屈克老是在稱讚妳有多美。」她把我拉得更近又鬆開手。「唉，現在都不重要了……明天辦公室見。」

我走出廁所，拿起包包。人走到只剩下個位數，羅伯和聖克撐著對方，一旁的馬克看起來清醒多了。我對他們揮揮手就走了，慢慢爬上樓，免得摔下去。走出酒吧時我很驚訝天色已經那麼暗，街燈在夜色中閃著橘光。但我看看手機，發現才快八點。

我一步一步爬上坡，後面拖著沉重的拉桿包。我努力走直，但我醉了，不該那麼醉的。找話安慰克蘿伊耗盡了我最後的一點自制力。街燈發出的光在我頭上飛舞，之前下過雨，黯淡的光影映照在濕答答的人行道上。回到飯店後，我衣服沒脫就鑽進被窩，想起我今天甚至還沒聯絡卡爾就昏睡過去。

22

隔天早上我十點抵達辦公室。克蘿伊帶我進派屈克的辦公室。

「妳想她應該認罪嗎？」克蘿伊直接切入正題。

「我認為那樣太快放棄了。我會希望她主張是誤殺，雖然我不認為檢方會樂見。不過我們還是應該致函向他們說明被告的抗辯陳述，看他們怎麼說。我知道麥德琳對於她兒子作證一事有些存疑。」

「對。」克蘿伊翻了翻她面前的文件，找到一份聲明並瀏覽一遍。她就坐在派屈克的位子上。平常很凌亂的辦公桌清空了，還撣過灰塵。他通常會把門窗的遮簾都拉下來，現在卻都拉開。這房間比我上次看到時明亮許多。

「妳相信她丈夫做的那些事嗎？」

「很可信。她身上有傷，醫生的聲明也相符。」

「我想派屈克的事讓她的心情大受影響。」克蘿伊揉揉眼睛，她的黑眼袋很明顯。我正要說她看起來好累，但想想還是算了，我自己也沒好到哪去。

「至少他留了備案。」她說。

「備案?」

「派屈克指定由我在突發狀況下接手他的案件。大概是一年前的事,爲了讓事務所組織井然。但我想誰都沒想到會有這一天。」她低下頭深深吸氣,再次揉揉眼睛。

「嗯,實在很難接受。」我說,意識到自己有多詞窮。

「上禮拜發生的事……」她再次深吸一口氣,抬起頭看我。「妳相信那些指控嗎?她們說他做的事?」

她的眼神突然變得銳利,我不知道正確答案是什麼,可是又……

「這種事……誰知道呢……」

克蘿伊對我搖頭。「得了,艾莉森,妳只能這麼說?我們都知道派屈克是什麼樣的人。」

我還是不確定她想要我說什麼。我無助地聳聳肩。

「我不認爲她們是揑造的,」克蘿伊說。「昨晚我想假裝一切沒事,我們只是在悼念一個死去的朋友。但今天早上醒來,我就知道不是那樣。」

我懂她的意思。昨晚熱熱鬧鬧,好友同事一起說說笑笑懷念他,我從別人口中描述的他,想起他曾經做過的事。

「我不知道。但妳也知道凱洛琳的名聲,我看不出她有必要揑造這種事,」我說。

「無論如何都不值得。」

我說話時一直低著頭，抓著手放在膝上。我不想害克蘿伊難過，但這就是我的看法。說完之後我抬頭看她。

「我同意妳說的，」她說。「我不希望這是真的，可是……還有他禮拜二下午跟我說的話。」

我甚至沒想過要問，在派屈克跳下地鐵之前她有沒有見過他。

「對不起，我一片混亂，早該問那之前妳有沒有見過他。」我說。

「禮拜二早上我聯絡不到他，」她說。「我不知道他在做什麼。」

我沒說話。跟我見面，被我拒絕，都是我不想說出口的事。

「我有幾個案子的事要問他，所以才急著找他，但後來都解決了。中午之前他進來辦公室。我們談了很久，把他的案子全都討論一遍，他跟我說了每個案子的最新進展。」克蘿伊潸然淚下，舉手抹去淚痕。

「我很遺憾，妳一定很難接受。」我說，不想打斷她說話的節奏。

「不是的，我很傻，一直想到他有多體貼、多面面俱到……」

「面面俱到？」

「他不想要他的任何一個當事人受影響，所以一定要把事情都交代清楚才跟我道別。他謝謝我對他的支持，謝謝我一直以來的幫忙。他想給我一個擁抱，之後就走了。離開之前他轉過頭，說一切都是他的錯，他一直都知道自己有多混帳，如今全世界都知道了。」克蘿伊忍住眼淚把話說完，最後終於崩潰，痛哭失聲。我想起最後一次見到派屈克的情景，想起他有多憔悴，而我又是怎麼拒絕了他。

「妳知道最糟的是什麼嗎，艾莉森？最糟最糟的事？」克蘿伊泣不成聲地說。

我搖搖頭。

「我當然不想相信凱洛琳．奈皮耶的話。我爲派屈克工作好多年了，他對我一直很紳士。但聽了她說的話……我對他的評價變低，他一定也感覺到了。我當時不肯擁抱他。我是他最後一個說話的人，最後一個他見到的朋友，而我卻不肯擁抱他。」

我低下頭，無法給她她想尋求的安慰。我也不肯抱他，對他的最後一吻冷漠以對。然而，是他自己站在地鐵月台上，是他自己決定要往下跳；是他自己決定要占年紀比他小一半的艾蕾希亞便宜，是他自己在凱洛琳說不的時候不理不睬。

「全是他造成的，克蘿伊，」我說。「這麼做的人是他。是他把一切拋開，不是妳，也不是凱洛琳．奈皮耶。」

「除非……」克蘿伊還沒說完就被打斷。

「什麼是他造成的？」說話的是麥德琳。克蘿伊跟我都嚇了一跳，趕緊恢復鎮定。

「嗨。」我說，起身走向她。我伸手跟她握手，她緊緊握住我的手。我帶麥德琳走進會議室，克蘿伊在後面連聲歡迎並請她入座。

「那對我們所有人都是很大的打擊，派屈克他……」我開始說。

「別說出來，」麥德琳打斷我。「我無法承受。我知道他們怎麼說他，但他對我很好。」我看著她，發現她的臉比平常更憔悴，眼睛也紅紅的。她、我和克蘿伊——派屈克的女人軍團，都在為他哭泣哀悼。可以這麼說。

「我知道。太可怕了。」

「眞的是自殺嗎？」

「他們是這麼說的，當然還沒驗屍，死因報告也還沒出來。」我說。

「我看到《標準晚報》的報導，但那些指控不可能是眞的吧？」她的聲音在顫抖，但底下有一絲尖銳，因為很細微，所以我不想多談。

「目前很多細節我還不清楚。」我說。

「妳一定多少有些概念。」她不肯死心。

「我眞的不知道，麥德琳。我跟大家一樣震驚。」我說。

她張開嘴又閉上。我受夠了她的質問。

「我們得討論妳的案子。」我說。

「我不在乎了。有什麼意義呢？」

「妳怎麼會不知道？想想派屈克在上面投入多少心血，他不會想看妳自我放棄的。」我說，開始感到不耐煩。如果我們其他人都能繼續往前走，麥德琳為什麼不行？她是我們之中認識他最短的，甚至還不算眞正認識他。

「大概吧。但少了他的支持，我撐不過去的。」麥德琳說，開始絞手。說實在的，她確實看起來心煩意亂，第一次衣著凌亂不整，穿著牛仔褲和皺巴巴的米白色襯衫，一邊領子還有污漬。

「我會在，克蘿伊也是。」我說。

「我不喜歡她。她中途才進來，不了解狀況。派屈克看過我在監獄最慘的樣子。」

一陣怒火向我襲來。憑什麼我要面對這種事。她的辯護律師還是我，事務律師也完全稱職，即使不是一開始的那一個。

「聽我說，麥德琳。我理解這對妳是個打擊，但我們得務實一點。這週末妳就要提出抗辯陳述，我是負責妳案子的主要律師。派屈克的死讓人很難過，但實際上並不會影響妳的事。」

「我不敢相信妳這麼無情。我還以爲就算其他人不懂，妳也能理解。」她說，似乎非把事情鬧大不可，甚至緊接就哭了出來，默默地淚如雨下，五官扭曲。我的怒火消散，被羞愧感取代。我應該更體諒她才對。

「抱歉。我也還在調適，畢竟那打擊太大了。」我說。

她坐得更直，似乎在努力平靜下來。「我也很抱歉。我這個樣子對事情毫無幫助。但我不想把什麼都搬上法庭，尤其是詹姆斯。爲了保護他，我願意做任何事，眞的。」

「或許不需要他出庭。檢方並非毫無可能接受誤殺的答辯。他們也會安排精神科醫生跟妳談，如果對方的結論跟我們一樣……要是不同，詹姆斯的說法就不那麼有爭議，」我說。「我們就不用讓他面對棘手的交叉詰問。」

「我希望他完全不必接受詰問，」她說，「不管是我們還是對方。我反對他出庭作證。」

我拿起筆記本翻閱，爭取一點時間思考接下來要說什麼。

「我知道他是檢方證人，但他的證詞對我們有利，可以支持妳描述的家庭暴力。當然，艾德溫在事發當天打了他也很關鍵。所以……」

「我不希望這樣，」她說。「那會毀了他，出庭指證自己的母親。」她搖著頭。「我辦不到。我不想要他做這件事。我不想要他說謊。」

「他說的是實話，不是嗎？」我問，在椅子上調整姿勢。我搞糊塗了。我目不轉睛看著她，她跟我相視片刻就低下頭，臉上表情有些改變。

「麥德琳。」

她深吸一口氣。「我不想要詹姆斯出庭作證。我要保護他，」她說。「我想我還是認罪好了。」

「ＯＫ，」我說。「這我理解。我只是要妳想一想。妳說妳想保護詹姆斯，這我懂。出庭令人生畏，尤其是對小孩。但是……」

「夠了，夠了！我已經決定了！」麥德琳大喊，猛然從椅子上站起來，轉身背對房間，望著窗外。克蘿伊走進來，但麥德琳毫無反應。

房間裡靜悄悄，我漸漸注意到街上的警笛聲、喇叭聲和飛機隆隆飛過的聲音。麥德琳一直望著窗外，視線越過窗框的污垢到底下的天花板，再到樓下的庭院。

「我很難過妳的心情受影響，」我說。「但這段時間我們一直在往不認罪的方向努力，也以此爲基礎來準備妳的答辯，所以詳細討論所有可能是必要的。我要確定妳理解這一點。」

她轉向我，滿臉通紅，飛快走向前，動作快到讓我反射性退縮，以爲她要出手打我。但她後退一步，重新坐下，終於開口時，聲音就像卡爾星期天對我的口氣一樣充滿輕蔑。

「我完全理解，」她說。「派屈克也是，但他已經不在了。」

我看著克蘿伊，她的表情跟我一樣困惑。

「派屈克是唯一能掌握這整個案子的人，沒有他就沒望了。所以妳說吧，把所有可能解釋給我聽，然後我就認罪，OK？」麥德琳說。

於是我從頭說起，跟她解釋若她承認犯下謀殺案，我就無法全力幫她減輕刑責，我能代表她表達的悔意就有限，我們也無法照當初想的把此案放進暴力關係的脈絡中，因爲我能在法庭上提出的論據就會受限。當我解釋著法律規則，詳細說明一切時，心思卻飄向別處。她說的話、想保護兒子的決心……派屈克在其中的角色，還有他堅持要我代表她，而不是找某個更有經驗的律師等等。有個「我懂了！」的想法蠢蠢欲動，但我心裡很大一部分不想知道也不想問。我只想要她說她了解我所說的一切，並在起訴書上簽名，表示她知道自己若是認罪，我們即使要爲她辯護也會綁手綁腳。另一種可能的辯護太過龐大，令人害怕。

身爲母親，我希望自己永遠不必面對這種局面。身爲母親面對另一個母親，我知道不多過問、放手讓麥德琳爲兒子犧牲才是最好的作法。但身爲她的辯護律師……我知道有什麼地方不對勁，有什麼我漏掉了，就在我的眼角之外。我不再跟她解釋減輕罪刑的限制，只想把心一橫。

「麥德琳，妳到底在保護妳兒子什麼？」她抬起頭，嚇了一跳。「妳眞的只是不想讓他出庭作證，還是不只如此？」

克蘿伊站在她後面，表情跟她一樣吃驚，她舉起手想要阻止我，但我繼續追問。

「派屈克的角色到底是什麼？這說不通，至少現在說不通。我想更了解我們現在到底在做什麼？」

麥德琳的臉靜止不動，眼中怒火熊熊，在其他故事裡我毫無疑問早就化爲石頭。但我看著她，眼睛跟她平視，不讓她的憤怒將我擊退。更難的我都熬過來了，卡爾、派屈克，所有一切。我不會被當事人打敗，即使我從頭到尾都被誤導。

「我要再問妳一個問題。妳給我的答案，會是我從妳口中得到的最後一個答案。之後我們就會照妳的意思進行。我要妳仔細想一想，還有其中代表的所有意涵。」我說，語氣冷靜。

她又瞪了我一會兒就垂下眼睛，點頭同意。

「是妳殺了艾德溫？」我問。「還是詹姆斯？」

沉默在房間裡延長，更甚於之前的沉默。我又聽到街上的車聲，這次更近，還有克蘿伊的呼吸、我的腳摩擦過地板，還有腿交叉又放下的褲襪摩擦聲。克蘿伊抓抓手臂，那聲音跟底下街道掠過的摩托車一樣大聲。只有麥德琳一動也不動，安靜到可以感覺到她毫無發出聲響或移動身體。我轉過頭，脖子關節的劈啪聲聽在我耳中大如槍響。我開始數拍，一、二、三，她還是不出聲。我想說話，但同時又想把說過的話吞回去，抓回來塞進我喉嚨。克蘿伊的腳動來動去，我聽得到她身上套裝的布料摩擦聲，有如撕魔鬼氈一般。我屏住呼吸。

周圍靜到快讓我窒息，但接著麥德琳抬起頭，目光再度轉向我。她直直看著我，這次是我不得不別開眼神，因爲身體一陣躁熱，只想逃出這裡，假裝我這輩子從沒見過她。她吸一口氣，我心跳加速，指甲扎進掌心。

「對，」她說。「沒錯，是詹姆斯刺死了艾德溫，他的父親。艾德溫已經數不清第幾次打我，也最後一次傷害詹姆斯。失控的是詹姆斯，不是我。身爲母親，妳建議我現在要怎麼做？」她聲音細小，卻如同尖聲叫喊破空而來。

22

砰的一聲打破沉默，整個建築應聲崩塌。克蘿伊移到桌前坐下來，我往後一靠，深吸一口氣。我一直在等這個答案。這是唯一說得通的解釋。

「我告訴了派屈克，」麥德琳說。「他來警局時我跟他說了。他知道。因爲如此，做筆錄時我才保持沉默。那時我們正在想要怎麼做才好。」

「派屈克打算要誤導法官？」克蘿伊問。

「他不這麼看。他知道我需要幫助。」

克蘿伊跟我交換眼神。看來派屈克惹上的麻煩遠比我們知道的還多。

「但我並不打算這麼做，」我說。「既然話已經說出口，就不能當作沒這回事，所以我們得討論所有的選擇。」

「那就告訴我吧，但我知道全都他媽的很爛。」麥德琳說。我一怔。她很少說髒話。

我努力集中精神，一一說給她聽。「妳可以認罪，如我之前解釋過的。那樣的話，減刑幅度就有限，妳會被判無期徒刑。妳也可以不認罪，雖然我們提不出其他抗辯理由，但我們可以檢驗檢方的說法。這表示他們會提出證據，設法說服法官相信妳有罪，而我能做的就只有指出他們犯的事實上的錯誤，無法向他們提出另一種說法或代表妳做出任何辯護。所以，如果檢方拼湊出的證據不夠有力，結果就可能是無罪開釋，但只是『可能』。或者，妳也可以不認罪，以我們之前討論的版本爲基礎提出答辯，只不過我跟克蘿伊就無法代表妳。再不然，妳可以同意我們把這個新證據加進來，那麼妳的答辯就會以凶手非妳本人、而是妳兒子爲主軸，變得更加完整，他也會受到盤問。陪審團不一定會相信妳，但那至少構成答辯的理由。」

我平靜而有條理地向她解釋，很慶幸自己在這種情況下還保有專業。但這案子的驚人發展赫然逼近我眼前，讓我的心臟揪成一團。

「換作是妳會怎麼做，艾莉森？」麥德琳問。「妳會怎麼做？」

我搖搖頭。「我不知道。我很抱歉，但我無法告訴妳要怎麼做，也不知道若是我會怎麼做。」

「克蘿伊呢？」她又問。但克蘿伊也搖搖頭。

麥德琳又沉默許久才開口。「妳提過誤殺的答辯，那會有什麼結果？」

再度停頓。克蘿伊跟我看著彼此，這是我們進行過最長的無聲交談。

「妳要在法庭上說出妳跟我們和精神科醫師說過的事。但妳剛剛說的話永遠不能再提。」我的腋下出了好多汗，房間裡的空氣變得又悶又熱。

「如果我這麼做，妳願意代表我嗎？」她問。「即使……」

我知道正確答案是什麼，也知道自己身爲律師肩負的責任。我知道要是我對她點頭，就違反了辯護律師這一行最基本的行爲規範。我不應該這樣干涉司法程序。但想到他們母子承受的暴力、恐懼、憤怒和心碎，想到從古至今許多男性一次又一次逃過懲罰……

「我們可以試試，」克蘿伊說。「看能不能不需要進入審判就說服對方接受這個理由。如果不行，而妳又想避免詹姆斯出庭作證的風險，那妳就得承認自己殺人，並接受隨之而來的後果。」

我知道克蘿伊跟我有同樣的感受。至少我們在同一條船上。

「這不是件簡單的事，」我說。「但我們會盡力把它處理好。」

之後不久麥德琳就走了。她看起來筋疲力盡，但眉宇之間已經不像進來時那麼緊繃。如今她把壓力交到我跟克蘿伊手中，由我們想出呈上法庭的最佳策略。

「眞是噩夢。」我對克蘿伊說。

「是啊。妳還眞的問了。有時候我覺得那是派屈克最厲害的一點。」

「什麼？」

「知道什麼事不問比較好。就像那句老話：絕對不問你不知道答案的問題。」

「或不想知道。」我說。

「沒錯。」

我把筆和筆記本收回包包並站起來。精神一鬆懈下來，我也覺得筋疲力盡，自身的問題又浮上腦海。

克蘿伊把文件收成一堆並用粉紅色袋子綁起來，然後發了一下呆。她拿起那堆紙，重重往桌角的一堆文件一放，然後又拿起另外一堆，看了看就大力推開，文件連同其他堆文件掉到地上。

她從身後架上拿起派屈克的一張畢業照，指了指照片，說：「看看他，妳看看他，手中握有一切，工作、事務所，但他還是不滿足，就是要跟人眉來眼去、亂搞、把人逼到極限。他原本可以擁有一切，卻把自己搞成另一個該死的強暴犯。」她把照片往對面牆壁一扔，照片彈回桌上又掉到地上那一疊散落的紙張上。

我對她說的話震驚無比，沒想到會從她口中聽到這些話，忍不住噗哧一笑，趕緊舉手遮住嘴巴，卻已經被她聽到。

「沒關係，笑吧，他媽的是很好笑。我是事務律師，妳是辯護律師，我們都正在努力爬上頂點，現在卻卡在這灘泥沼裡？他害我們要冒著葬送自己前途的危險，就因爲他接了這種案子。我眞是很氣。」

她繞到桌子旁邊撿起紙張，順一順再堆回去。接著她撿起那張照片。我以爲她要把它丟進廢紙簍，但她看了看，嘴角一斜，然後就把照片收進抽屜。我仍然一動不動站在門邊，不確定要怎麼辦。

「那麼，現在呢？」我問。

「繼續進行。我得聯絡一大堆當事人，告知他們的律師死了。我們也得想一想，既然麥德琳說出了祕密，接下來我們要怎麼幫她辯護。」

「不容易，」我說。「我但願……」

克蘿伊嘆了口氣。「妳做了正確的事，」她說。「她的說法顯然前後矛盾，遲早會站不住腳。無論打算怎麼做，我們都得知道事實，尤其派屈克不在了。不過，這確實讓我擔心起其他案子，不知道他在背後隱藏了多少事。」

「我也想著同一件事，」我說。「有得忙了。」

她聳肩點頭。我也聳了聳肩。儘管如此，空氣中有種同舟共濟的氣氛，我們漸漸形成一個團隊。我們之間有太多包袱，包括事務所的所有案子，想丟也丟不掉。

「我想我們可以的，」我說。「我們可以辦到的。但如果過得了關，如果我們眞能瞞天過海，誤導法庭……我不確定我還能繼續當辯護律師。」

克蘿伊想了想我說的話。「我相信這種事一直都有。」

我搖搖頭。「我沒有。律師是一件嚴肅的工作，雖然沒有醫生誓詞那種東西，但那很重要。如果做不到……如果我做了這件事，以後我就不想再當辯護律師。只能二擇一，妳了解嗎？」

她看起來好像要笑出來。「妳的標準很高。」她說。

「我知道，我知道，但我是認眞的，我已經違背太多承諾。雖然不知道能做什麼，但總會有辦法的。我只是沒辦法前一天在法庭上說謊，隔天回到法庭又像沒事一樣。」

她臉上的笑意慢慢消失，「我懂妳的意思。妳隨時可以來這裡當事務律師。」

這次換我笑出來。「天啊，妳眞是務實。」

「對，我不喜歡看到人才白白浪費掉，反正我也需要有人幫我處理這些事。如果妳不想出庭，我可以去。我已經拿到較高法院的出庭發言權，只是不常派上用場。反正呢，我們隨時能找事務所的人來幫忙。」

我愣了一愣，被這個想法打動，考慮著這種可能。規律上下班、在中倫敦有個辦公室、可預測性。

「妳知道嗎，這想法不錯，非常不錯。」

我們握握手，她把我拉過去抱住。

拉著我的拉桿包準備離開時，我說：「我們很快會再見面討論。告訴我妳需要我怎麼做。」

23

我走回事務所，在國王道上就發現拉桿包的輪子卡卡的，拖起來不太順。雖然可以拖，但很不靈活，而且愈來愈卡。我從人群中推擠而過，走到一家酒吧旁的門口，在那裡把箱子翻過來檢查。其中一個輪子卡了一大塊口香糖，一路往上絞進輪子裡。口香糖灰灰黏黏，看起來很噁心，裡頭還參雜了毛髮和菸灰。就算是狗屎都比較好辦，至少可以用水沖掉。我不知道要怎麼辦。印象中可以把衣服拿去冷凍，就能去除口香糖，但拉桿包又另當別論。這袋子不是太新，除此之外都很好。我拉上拉鍊，低聲咒罵幾句，繼續走回事務所，乾脆用提的，不再拉著走。

一進事務所我就躲進辦公室，把拉桿包丟在地上。我把裡頭的東西都拿出來，開始整理幾個禮拜前就該整理的紙張。一團亂。我一直拖著舊文件、判例、空菸盒到處跑，甚至還有一張三明治包裝紙，角落還卡著一片乾掉的萵苣。我把所有紙張丟進機密文件碎紙機，用我在辦公桌抽屜後面找到的螺絲起子去撥口香糖。口香糖還是動也不動，我一急之下乾脆用螺絲起子去敲，看能不能把它敲下來。剛開始還是沒用，後來整坨口香糖掉下來，螺絲起子從我手中飛走，輪子也從底座脫落。

我拿起拉桿包，試著拉拉看，雖然不平，但還滿順的。可以了。不完美不構成把它丟掉的理由。我放下包包，坐下來翻閱文件，看我為麥德琳的案子寫的筆記。克蘿伊說得沒錯，確實亂七八糟。她的說法前後矛盾，每次訪談她都很保留又很情緒化。但站在她的立場，我會有不同的作法嗎？我相信她說艾德溫打她是眞的，我也了解她想保護兒子的本能渴望。但這可能還不夠。無論如何詹姆斯都免不了麻煩。不管是她母親因為殺害父親被判無期徒刑，或是他自己接受審判，面對警察、法庭和社會服務，即使他才十四歲，還尚未成年。我想像他被交叉詰問，一再被說成捅死父親的凶手，一股欲嘔的感覺不由湧上喉嚨。即使麥德琳抗辯成功，被判誤殺，她還是得去坐牢，只是時間較短。無論是哪一種都不是好結局。

麥德琳用了「身為母親」這個字眼。這種話只要出現一向沒好事，通常是用來合理化某些特別保守或壓抑的思想。我一直避免把自己想成一個母親，但現在我刻意把自己放進那個角色裡。如果我是麥德琳，我會堅持說法，一直說謊，冒著被判無期徒刑的危險？我希望自己這麼想，卻發現自己對麥德琳感到生氣，無法諒解她沒為了保護兒子做得更多。

我進一步檢視自己的憤怒。或許我覺得她是個失敗的母親，那我自己呢？瑪蒂達出生後的每一天、每個月，我都是個失敗的母親，至少卡爾這麼認為。老實說，我自己也這麼認為。但有件事我很清楚，那就是我一直深愛小蒂，即使我常常做得不夠好。但我可以改變。我已經開始花更多時間陪她，爲她下廚，接她放學，而不是去喝酒麻痺痛苦的感覺。雖然事情被我搞得一塌胡塗，但或許還有救。瑪蒂達一定是愛我的，我也知道自己有多愛她；失去她的痛，不管我做什麼事都抹除不了。

那卡爾呢？他身爲父親的角色呢？他是他自以爲的好父親嗎？把我踢出去並不是對瑪蒂達最好的作法，他只是想把她占爲己有。我不再逃避，強迫自己回想他跟我說過的所有話、他試圖破壞我跟女兒的關係所做的事。他甚至剝奪了我給她弟弟妹妹的機會，讓我以爲我們再也生不出小孩，承受這過程中的難過失落。想到這裡我就怒不可遏。我想起麥德琳最初說起幾件丈夫對她的傷害，其中之一就是艾德溫瞞著她讓她吃下避孕藥。卡爾做的事也沒好多少。我跟她都任由丈夫否定我們，一個人背負婚姻失敗的所有責任，即使這個責任他們也有一份。

我不會讓卡爾把我趕出家門。目前爲止我都是個糟糕的母親，但之後會改變的。我一定要讓小蒂擁有她值得擁有的關愛，再也不讓她面對衝突和冷戰。我要勇敢面對他，爲女兒爭取最好的。

我離開事務所，跑去搭公車，把拉桿包留在辦公室。卡爾通常禮拜四沒有病患，所以很可能在家。瑪蒂達去上學了，這樣我們就能好好談一談，商量出解決的方法。到了安吉爾區開始塞車，我跳下車走進地鐵站。一旦決定要爲女兒奮戰，我就活過來了，所有的猶豫不決和擔心害怕都離我遠去。

出了拱門站我開始跑回家，我們的家，我的家。正要拿鑰匙開門進去時，我又停住。先讓卡爾知道我來了才不會太唐突，這樣才對。我要冷靜處理這件事。我按了門鈴，等他來開門。有幾分鐘靜悄悄，我又按了一次鈴才聽到沉重的腳步聲跑下樓。他打開門，看著我，不發一語。

「卡爾，我想跟你談一談，可以嗎？」我說。

還是沉默。

「我知道你在生氣，但一定有辦法解決。我不會任由你這麼做。」

長久的停頓之後他說：「妳一定是在說笑吧。」

「沒有，我不是。我或許不是你心目中的完美母親，但我可以做得更好。瑪蒂達愛我，你知道的。」我的聲音愈來愈大。卡爾示意我小聲一點，但我接著說：「你不能像這樣把我踢出去。之前我都默默接受，但現在不了。我不會任由你這樣拆散這個家。我們得談一談，看能做些什麼。」

他看看四周。我知道他在擔心左鄰右舍看到我站在門口對他大吼大叫會怎麼想。他挪動腳步，彷彿要把門關上，我很快把腳伸進去。

「如果你不想在門口吵，就讓我進去吧，因爲我哪兒都不會去。」我推擠進門。我用肩膀去推時，他往後站，把門放開。我從門口重重摔進去，跌在地上。他沒伸手扶我起來，反而用極盡輕蔑的眼神看著我。從前的卡爾已經蕩然無存。我從地上站起來，揉揉肩膀，站在走廊上。至少我進門了。

他看著我，說：「我想妳最好進來這裡。」他示意我走進客廳，彷彿我是陌生人，這裡也不是我們多年來做愛吵架的房子。我走在他後面，手掠過牆壁，回想起壁紙和灰泥的觸感、某次我把新五斗櫃拖進屋裡留下的凹洞，還有我粉刷失敗的樓梯扶手。他指著電視前的沙發，沒說話。我坐下來時，他走出去拿著筆電回來，再把筆電的接頭插進電視。

「開始之前想來杯茶嗎？」他問。「還是水？」

「不用了，謝謝，這樣就好。」

「妳確定？我還是倒杯水給妳吧。」卡爾走出去拿了一杯水回來。我接過來啜一口。電視螢幕亮起來。

「你在做什麼？」我問。「這些跟我們的事有什麼關係？」

他轉向我，表情悲傷。「我不想這麼做的，艾莉森，但妳讓我別無選擇。就像當初的結紮手術。」

「不想做什麼？」我問。

「看就知道了。」他說。

我看著螢幕，卻不知道自己在看什麼。電視螢幕播放的是他筆電上的東西。那是一部麥金塔，上面開了很多視窗，背景是瑪蒂達在花園裡玩耍的照片。我無法理解的是前面那個視窗裡的東西。

「卡爾，那是什麼？」我問，聲音洩露出恐慌。

「少來了，妳想呢？妳很清楚。」

他說得沒錯。我知道那是什麼，只是無法相信。那是家裡玄關的錄影，是我剛剛走進來的玄關。影片從接近樓梯口的一樓拍攝。

「我倒轉回去，免得妳漏掉什麼。」

我抬頭看卡爾，發現他正在得意地笑。

「妳何不描述一下妳看到什麼？我很想聽聽妳的看法。」

「不要。你知道我們在看什麼。」我終於脫口而出。

「艾莉森，告訴我那是什麼。」他的聲音滿懷惡意，讓我無法忍受。他按下暫停，移到我旁邊，然後抓住我的下巴緊緊扣住。他又讓影片播放了幾秒。螢幕上的兩個人貼在一起接吻，然後分開。

「這是誰，艾莉森？告訴我，我們在看的是誰？」他的手指勒緊，我想開口說話都難。他弄痛了我。

「是我，還有……派屈克。」

「誰是派屈克？」

「他是我的事務律師。」我說。

「他看起來可眞猴急呢。他不就是最近死掉的那個律師嗎？」

「對。你怎麼會知道？」

「妳會知道答案的。眞遺憾，我聽說他是個強暴犯。這妳知道嗎？」他問。

我想搖頭，但他緊緊掐著我。

他又開始說：「眞有意思，《標準晚報》倒是寫得很清楚。總之，繼續告訴我螢幕上發生了什麼事。何不形容一下妳穿的衣服？」

我不想再看下去，但卡爾不讓我轉頭。我看著定格畫面中的自己。

「我穿著運動褲和T恤。」我說。

「有點隨便呢？不過呢，這樣好辦事，待會我們就會看到。」他的冷酷語氣讓我驚駭，我從沒聽過他這樣說話。「現在又發生了什麼事，艾莉森？」他重新按下播放鍵。

「派屈克，派屈克……他在扯我的T恤。」

「對了，是嘛。何不告訴我妳底下穿了什麼？」

我想移動頭，但他不肯鬆手。他用另一隻手抓住我的脖子用力一掐。我已經在掙扎，恐慌和壓力讓我呼吸急促，但現在我根本無法呼吸。我感覺到自己滿臉通紅，舉起手要把他撥開，他還是不放手。又過幾秒他才放開我的喉嚨。

「下次我會更久才放手，」他說。「告訴我妳底下穿了什麼。」

我奮力呼吸，找回聲音。

「聽起來妳的喉嚨裡好像有隻青蛙，」他說。「喝口水。」他拿水給我，我灌了一大口。

「我再問一遍，」他說。「妳底下穿了什麼？」

繼續反抗也沒用。「什麼都沒穿，」我說。「我什麼都沒穿。」

「讓妳的情人方便好辦事啊。那麼他正在做什麼？」

「他正在脫掉我的運動褲。」

「不對，在那之前。應該說，他在對妳的上半身做什麼？」

我想把頭壓低，這樣就可以整個人縮起來躲到沙發底下，一輩子躺在那裡不被人打擾。我爲了奮戰而來，現在卻一頭栽進了噩夢。卡爾又勒住我的喉嚨。

「他在摸我的胸部。」我說。

「沒錯，」他說。「乖女孩。其實呢，這給了我一個靈感。」他把我往沙發一推，手仍抓著我的下巴，另一隻手伸過來像要扯掉我的上衣。我看著他，奮力想尋找我認識的卡爾的一絲痕跡，但他好像變了一個人。藍鬍子摘下了面具。

他往後退。「仔細想想，」他說，「還是算了。我看都看飽了。」

他推我坐起來繼續看影片。我重新坐好，準備好描述接下來看到的畫面。派屈克在這裡把我剝光，在這裡把我轉過去，從後面插入。但卡爾沒再問我。影片結束後他放開我，坐回扶手椅上。我揉揉下巴。

「這你從那裡弄來的？」我問。

「不重要，」他說。「拍得不錯吧，不覺得嗎？」

我閉上眼睛，想把我的胸部和屁股和派屈克對我上下其手的畫面隔絕在外。

「只有一次而已。」我說。

卡爾點點頭，彷彿我是個在對地方政府提出小建議的市民。他點點滑鼠。

「那確實是我目前在影片上發現的唯一一次，」他說。「但這些紀錄顯示絕對不只一次。」

從電視上跳出來的畫面是一連串的通話和留言紀錄，有我傳給派屈克的，也有他傳給我的。卡爾點入其中一個，拉出完整留言——我跟派屈克約好開完庭後見面。

「證據確鑿，妳不認為嗎？」

「你……你從哪裡弄來的？」

「喔，說來算我好運。那次妳喝得爛醉，睡在事務所，記得嗎？」

我點頭。當然記得。

「妳把手機螢幕摔破？」

我又點頭。

「手機店的人幫了我大忙，他們剛好在幫一個擔心叛逆期女兒的父親設定手機，所以就示範給我看要怎麼用手機追蹤妳的行蹤，每通電話、每則留言、每封信，一樣不漏。」

我從手提袋拿出手機，看起來完全正常。卡爾現在看起來也是，重新戴回了面具。我拆掉手機外殼，戳弄著後面的機關。

「這是iPhone，」我說。「你沒辦法駭進iPhone。」

「顯然大家都這麼想，」他說。「其實可以。越獄成功之後，就可以安裝間諜軟體。」

我把手機翻面。「那是犯法的。卡爾，你的行爲是犯法的。你不能這樣駭進別人的手機，那不是法庭可採信的證據。」

「誰在說證據了？我又沒有要拿上法庭。」

「那你想做什麼？」我的手好冰，連要握住手機都有困難。我把它放在咖啡桌上，摩擦著雙手，臉繃緊。

「如果妳不滾，再來煩我和瑪蒂達，我就把這支影片寄給妳通訊錄上的每個人，」他說。「妳的胸部、陰毛，還有妳趁老公小孩不在家讓妳的事務律師從後面上妳的畫面，我想這應該會引起不小的騷動，是吧？」

「但你這是在勒索。你在勒索我。」我伸手去抓他的筆電，但他把筆電從我手中搶走，高舉過頭並哈哈大笑。

「對，大概吧。但妳敢去報警嗎？每種行爲都有後果，妳知道。我可以毀了妳，艾莉森。」

我又伸手去搶他的筆電，但發現這麼做只是白費力氣就又坐回沙發。

「你知道多久了？」我問，坐進角落把自己愈縮愈小。

「從我駭進妳的手機開始。」比起他做的其他事，這種就事論事的冷淡語氣更讓我看清自己陷入的窘境。「那時候我才確定，但之前我就開始懷疑了。現在我當然知道你們是什麼時候開始的。你們說過，那段對話超悶的。」他瀏覽著通話紀錄。我看著滑鼠在列表上往下移。「有了，在這裡。」

他在某個日期點兩下，我和派屈克的聲音充斥客廳。我舉手摀住耳朵。他笑出聲。

「沒勇氣面對事實是吧。」他說。

我不斷搖著頭，想把一切驅散。

「你不會……我知道你不會這麼做。我是孩子的母親。」我說。

「這點我想過。坦白說，後來我發現那並不重要。對妳不重要。總有一天小蒂會克服那種難堪。比起妳參與她的生命，這還比較沒有殺傷力。」

「我不懂你怎能這樣對我，」我說。「我們曾經相愛過。」

「曾經，但現在不了。妳表達得再清楚不過。而我認為妳是個對人有害、散發毒素的人。艾莉森，妳自私得要命，簡直是自戀。瑪蒂達的生命不能有妳，我會盡我所能確保這一點。」

我受到的震撼逐漸消退，就算拚命揉眼睛也趕不走一切。我知道自己惹毛了卡爾，卻直到現在才知道他有多討厭我。我看著列出我跟派屈克的通話和簡訊的畫面，震驚的情緒已過，事實逐漸浮現。

「你為什麼禮拜天不說，現在才說？」我問。

「我以為不需要。妳把瑪蒂達弄丟，我以為妳清楚自己是個多糟糕的母親。現在我希望妳已經明白我的意思。」

「我或許弄丟了瑪蒂達，」我站起來，「但她第一個找的人是我。她想找的人永遠是我。我也許不夠好，但她愛我。你不能把她從我身邊搶走。」

「這才是最好的結果，艾莉森。這才是最好的結果。」

他拔掉連接電視和筆電的電線。我又想去搶筆電，但他看著我的眼睛哈哈笑。

「資料我都備份了，隨時可以寄出。就算妳拿走筆電，也刪不掉檔案。要是有什麼狀況，那就『咻！』信件送出，寄給妳認識和見過的所有人。而這一切都是妳的錯。」

「卡爾，拜託你……」我說，但太遲了。他把筆電夾在腋下走出客廳。

「我現在得去接瑪蒂達放學了，」他說。「請妳離開。」

我看著他。但他眼神空洞，只反射出門上窗戶灑進來的光，後面什麼都沒有，沒有一絲關愛或從前我們曾經共享的任何事物。我踉踉蹌蹌往門的方向走，打開門走出去。外面好亮，比屋裡亮很多，我的眼睛刺刺的，泛出淚水。

我已經走出柵門才聽到卡爾對我大喊鑰匙的事，但我轉身就跑，腳重重踏著人行道，充滿廢氣的空氣充塞我的嘴巴和喉嚨。一輛計程車開過去，我攔住車，司機載我到柯芬園。我蜷縮在後座，希望卡爾不會追上來，最後順利回到飯店。

回到房間我反射性伸手去拿手機，但想到卡爾正在監視我又馬上停住。我關掉手機，把它塞到一堆衣服底下。今天的事讓我筋疲力盡，我現在唯一能想到的一件事，就是我好累好累，而我唯一能做的就是鑽進被窩把自己縮小再縮小，直到所有人都看不到我。脫掉鞋子之後我鑽進被窩，睡意很快降臨，讓我從白天的沉重打擊中解脫。

24

我慢慢醒來，頭好重。百葉窗周圍和外面有光，街道醒了過來。我伸手去拿手機卻撲了空才又想起昨天的事，一個念頭接著一個念頭打下來。我差點拉起羽絨被蓋住頭，回頭繼續睡，但那也解決不了問題。我找到錶，看到時間那麼晚，吃了一驚。快九點了。我起床沖澡，站在水柱下努力理解昨天發生的事。

我從沒想過卡爾會這樣對待我，但現在我知道了，他會堅持到最後。以前我看過他那種堅毅的眼神：瑪蒂達三歲時在公園裡被狗追，他挺身擋在狗的前面；幾年前我在地鐵裡被一群小伙子騷擾，當時他毫不退讓，這次也一樣。但間諜軟體又另當別論，那無論如何都是不正當的手段，即使他拿瑪蒂達當擋箭牌，即使外遇的是我。我走出淋浴間，擦乾身體，穿上牛仔褲。

昨天卡爾放給我看的影片在我腦中重播。我試圖分析他到底是怎麼辦到的。他一定是在走廊某處裝了針孔攝影機。我想了想拍攝的角度，是從低處拍的，應該是最低一階樓梯附近。我環顧旅館房間，這裡的任何角落都可能藏了攝影機。哪裡都有可能，說不定不只

24

一個。我的頭好痛。

一梳洗完我就穿過柯芬園走去蘋果手機店。我用襪子把手機包起來，不確定卡爾是不是也侵入了相機。玄關的那段影片在他手中，但現在我想不出他究竟是怎麼拍的。我走進店裡，從一群說外語的學生中推擠而過，尋找穿蘋果T恤的服務人員。有個二十幾歲的女生走過來，右耳戴了三個耳環，左耳五個。數耳環讓我平靜下來，等她問完有什麼需要幫忙時，我已經準備好發問，只希望自己聽起來不會太瘋狂。

「我想有人在我的手機裡安裝了間諜軟體。」我說，把襪子遞給她。

「妳為什麼這麼想？手機有什麼問題嗎？」她問，沒接過手機。我發現這樣看起來有點怪，所以把手機從襪子裡拿出來。她接過手機查看。

「有沒有方法看得出手機有沒有被動過手腳？」我問。

「有點難，」她說。「而且我看來沒什麼問題。」

「他說什麼越獄成功、安裝間諜軟體之類的。」

「誰？」她問，仔細看了我和手機一眼。

「就某個人。總之，妳可以幫我想想辦法嗎？」

「這不是我的專業領域，」她說。「但如果妳願意等一下，天才吧那邊有人可以替妳服務。我可以先幫妳預約。」

「我沒時間預約了。」

她又看了看手機。「呃，我在文章上看過這種狀況。雖然我不能保證修得好，但如果妳恢復原廠設定，應該就能清除掉。」

「妳可以幫我嗎？」

她點點頭，示意我移往一張長凳。弄完之後她把手機還給我，裡頭跟剛買來時一樣清爽。

「妳知道怎麼設定嗎？」她問。我點點頭。

「筆電可以借用嗎？」我問。她把我面前的那台解鎖。

「妳可以用這台。如果我是妳，我會換掉密碼，全部的密碼，尤其是手機的。」

這就是我要做的事。我的密碼一向都是我們結婚紀念日的日期，難怪卡爾能輕易破解。

手機正在下載應用程式時，我登入電子信箱並改掉密碼。完成之後，我打電話給我的行動通訊業者，問能不能也改掉手機號碼，正在等對方回覆時，有通簡訊傳進來。我開啟擴音功能，等對方說話。

妳可以把我封鎖，但也改變不了什麼，影片還是在我手上。

他沒留姓名，也不需要。我看著留言，腦中一動。要不是昨晚我太震驚、太疲倦，我早就應該恍然大悟。我想了想，送出回覆。

是你嗎？

他很快就回我。

什麼？

我已經知道答案，但我想親口確認。

傳匿名簡訊給我的人就是你。爲什麼？

我送出留言。同時間，電話另一頭有人來跟我說明更改號碼的事。我跟她說不用麻煩了，我找出問題了。卡爾傳來答覆。

妳活該。

我跟手機店的女生道過謝就走了。我想過要封鎖卡爾的號碼，但那又有什麼意義？傷害都已經造成。

我穿過柯芬園，經過Swish夜總會，還有幾個禮拜前我的手沾到大便的巷子。橫越國王道時，我看見周圍的人清一色上班打扮，拿著公事包和可拋式咖啡杯。往奧德維奇的路開始塞車，我在公車之間閃來閃去。霍本站到了，派屈克選擇結束生命的地方。我能知道他的感受嗎？但願我永遠不會知道。我失去了卡爾，還有派屈克，我的名聲也危在旦夕，但想到瑪蒂達我就還撐得下去。

我到了林肯律師學院廣場，轟轟車流聲被綠意減弱。我走去咖啡館買了杯咖啡，在露台上坐下來。天氣雖冷，但天空晴朗，我需要那種祥和平靜。我俯看著林肯律師學院的屋頂，想起在裡頭用餐的經驗，古老的拉丁傳統、蠟燭和葡萄酒、十七世紀詩人約翰．多恩曾經在裡頭講道的小教堂。當我的臉在卡爾的眼中浮現，他的臉也在我的眼中浮現時，兩顆心坦誠相對，之前我是這麼想的。但現在那些倒影跟遊樂場的哈哈鏡一樣扭曲變形。我開始上網查家庭法和監護權，但查到一半又停下來把手機放回桌上。我知道卡爾在法律上站不住腳，沒有法官會阻止我取得共同監護權。但我也知道一旦我提出異議，他肯定會說到做到，公布影片。我抹抹臉，這些互相衝突的想法在我腦中衝撞，弄得我的頭好痛。

「艾莉森。」

有人喊我的名字，我豎起耳朵，環顧四周。

「艾莉森。」

我一時看不出是誰。風吹動髮絲，遮住我的眼睛，讓我看不清楚。

她走上前抓住我的手臂。我撥開頭髮一看，才發現是凱洛琳．奈皮耶。片刻間我腳下裂開一道深淵，我從邊緣摔下去。後來我又重新站穩。她不知道我知道。沒事的。

「凱洛琳，嗨。抱歉，我剛剛恍神。」

「我看到妳在這裡，我本來要走了，但又實在需要來跟妳說說話。」

我仔細看她。她頭髮油膩膩，皮膚狀況不佳，下巴冒痘。我簡直像在照鏡子。

「一切都還好嗎？」我問，希望自己聽起來更專業，比我實際的感覺更超然。

「我沒事，」她說，但又停住。「不，我不好，一點都不好。妳介意我跟妳一起坐嗎？」

我想拒絕她，但提不起勇氣。

「當然好，」我說。「我正在喝咖啡。」

她在我對面坐下，圍巾緊緊圍住脖子，手上戴著露指手套，手指瞄著灑在面前桌上的水。

「我想妳應該很好奇我爲什麼想跟妳說話。」

「呃，對，大概吧。」我環顧花園，把視線集中在一個抓著氣球的小男孩身上，無論如何就是不想正眼看她。

「是這樣的，艾莉森。天啊，很難開口……其實是，我知道。我知道妳會知道。他一定會告訴妳的。」

我腳下的深淵再度裂開，但我直直看著她的眼睛。「我眞的不知道妳在說什麼。」我的口氣冷到可以結冰。

「別這樣，我們已經過了那階段。我想在派屈克跳下鐵軌的那一刻就已經可以確定這點。」

我不由縮起身體。「他跟妳說了什麼？」我問，沒必要再否認了。

「說你們在一起，還有跟妳的這一段是他這輩子有過最深刻的關係。」她搖搖頭，顯然對這個想法感到不解。「他有很寂寞的一面，可是我當時並不了解。我喝得太醉……」

「天啊……」我說。

「我猜他告訴妳他沒有，還說事情不是外面傳的那樣？」

我沒回答，但歪了歪頭表示肯定。

「是眞的。但我完全沒想到那會對派屈克造成那麼大的傷害，」她說。「要是我早知道……」

「妳還會去告他嗎？」

她低頭看手，抓著手套上的線頭。她手上戴著一只樸素的銀色婚戒。

「我想我會，」她說。「發生的事是可以有不同的解釋，但我認爲舉報他是正確的。後來我跟我的治療師詳細談過，他明確地告訴我，如果我覺得是強暴，那就是。每種行爲都有後果。派屈克知道我的婚姻觸礁，知道我當時有多脆弱。」

我指著她的手。「妳還戴著婚戒。」

「我先生很體諒我。現在他知道他對我造成了多大的傷害，而我宣洩的方式、喝醉酒，還有其他反常行爲，其實都是在求助。他對我遭遇到的事覺得很抱歉，現在他已經搬回家了。」她說。

「所以你們不會分開了？」

「不知道，但我們會一起去諮商。」

「好，很好。」我不知該不該問，但還是忍不住。我深吸一口氣。「妳想談談派屈克的事嗎？」

她低下頭。「他如果有錯，我也一樣難辭其咎，」她說。「我喝到神智不清。沒人逼我喝那麼多，沒人逼我走進那座園子。我想親他，我想要更進一步，直到某一刻。但他不肯停，他也喝得爛醉。我說不要，他不聽，之後我別無選擇，只能說好。」

我把手伸向她，片刻之後她握住我的手。她的手指冷冰冰。

她接著說：「後來我們就被捕了。我們被拖去警察局，那是我這輩子最丟臉的一刻。我昏睡過去，醒來才發現自己闖了禍。那時候我才提出強暴的指控。」

她的手把我的手也變冰，我輕輕把手抽開。

「我幾乎一說出口就想收回指控。後來我去見我的治療師，因爲不知道自己做的對不對，他給了我很多安慰。我本來都準備要撤回了，但他讓我相信自己的決定是對的。如果我認爲是強暴，那就是。每種行爲都有後果。我知道我一直在重複這句話，那是我的治療師最愛掛在嘴邊的一句話，我覺得很值得把它記在心上。」

我手中的寒意往手臂和全身蔓延，雙腳彷彿在地上生了根，耳朵嗡嗡作響，心中有個感覺：我漏掉了她告訴我的某些事。

「聽起來很可怕。」我想起派屈克跟我提過原告可以匿名的事，但我不想說出口，那樣不公平。或許她在這方面占了便宜，但我認爲她說的是事實。

「的確是，還有後來得知派屈克跳軌自殺。但我猜是因爲另一個女孩挺身而出，事情上報，他身敗名裂。」她舉手摀住嘴，弓起肩膀。我坐著一動也不動，把手插進口袋，沉默不語。

「抱歉，艾莉森，妳沒必要聽我說這些。」她瞇起眼睛看我。「妳看起來也不太好。一定很難受。」

她可能說了謊，但我很清楚派屈克是什麼樣的人，我也從不認爲艾蕾希亞說了謊。他的行爲永遠遊走在邊緣，即使是對我。界線模糊不清，確實是。我吁了口氣。

「的確是。但我同意妳的治療師的看法。妳做了對的事，每種行爲確實都有後果。」說出口的當下，我就知道自己漏掉的是什麼。

我聽過這句話。昨天才有人對我說過。她繼續說著話的同時，我的腦袋轟嗡嗡響。

「如果可以，我要保住這段婚姻。我現在無力處理外面的風風雨雨。」

「我可能沒得選擇，」我說。「我的婚姻完了。」

「我很遺憾。」她說。

我靈機一動。「對了，我也應該試試看諮商，或許那正是我或我們需要的東西。妳的治療師叫什麼名字？他聽起來很不錯。」

「我有名片。」她拿起手提包，從裡頭摸出皮夾，抽出一張名片遞給我。「他很不錯，我相信他一定能幫助妳的。」

「謝謝。」我收下名片，看都沒看就塞進外套口袋。「我會好好考慮。」

她看看手機。「我得走了，跟人約在南華克，」她說。「或許我們之後再約？一起吃午餐？」

我點頭說好。或許真的會，雖然我很懷疑。她走之前又摸了一下我的肩膀，我聽著她走遠。

我又坐了一會兒才走回事務所。有片刻我半信半疑，猶豫不決。答案就在我口袋裡的那張小卡片上。我想忽略它，假裝一切如常，但我不確定自己能否再假裝下去。一進辦公室我就在辦公桌前坐下來深呼吸。

我就要失去我的女兒了。從很多方面來看，我早就已經失去她，除非我拿出更多魄力。縱然我有千百個不是，卡爾對我做的事也很可惡——欺騙我、監視我、躲在背後辱罵我。我希望女兒被這種人扶養長大嗎？或許我可以去學校接她，帶她一起逃走？如果我們逃去蘇格蘭北部的小島，他就永遠找不到她。我們也可以去紐西蘭或澳洲，以前我查過，辯護律師有移民紐澳的資格。但他會阻止我。他手上握有牽制我的終極把柄。

最後一次深呼吸，時候到了。我從口袋拿出名片看一眼，再看一眼，然後放在桌上，紙張邊緣跟桌子平行。我用手掌蓋住名片，然後握拳把它捏進手心，用力到關節都發白。該是反擊的時候了。

25

名片上的字在我眼前飛舞。

卡爾·貝利
心理治療師
專長：婚姻諮商／性成癮

他是凱洛琳的治療師。他是凱洛琳·奈皮耶的治療師，她也親口證實是他鼓勵她去告發派屈克。當她把事發經過告訴卡爾，他非常清楚派屈克是誰，但他沒有保持中立客觀，也沒有因爲可能徇私而主動避嫌，反而繼續爲她提供諮詢。他鼓勵她去提出強暴控告，卻沒有向她坦承他有討厭派屈克的充分理由，這無疑是帶著幸災樂禍的心態，而非站在支持患者的立場。當我漸漸想通他知道的有多少、影響範圍有多大時，不禁膽寒顫慄。

我走去牆邊抓起壞掉的拉桿包，把它平放在地上。我拉開拉鍊，檢查內襯，尋找裂縫或破洞或任何可能的開口。我心急地把它翻過來，繼續檢查外面。有了，這就是我在找的東西。頂端有個洞，小到會錯過，但就功能來說也夠大了。我再次把包包放平，兩隻手一起扯下內襯。東西就在那裡，小小的，黑色的，閃著紅光。是相機。針孔式，鏡頭從小洞露出來。我把它從固定處拔下來就奪門而出。

我跑出事務所，跟羅伯擦肩而過，當著馬克的面甩上門，橫衝直撞奔向公車，不管在背後對我怒吼的行人。沒公車可搭，但有計程車。

「麻煩到拱門。」我說。司機加速開動。

我用力踩著車子的地板，希望車子再快一點。

我不在乎他拿什麼威脅我了。幾張淫穢照片、一段影片？那又怎樣。他媽的那又怎樣。派屈克是我的事務律師，不是我的對手。我們是兩個能為自己負責的成熟大人。全世界有多少千禧世代的人在社群媒體上坦胸露乳，我一定能熬得過去。我絕不可能讓卡爾扶養我的女兒。我是不好相處、自我中心。我是說過謊、騙過人，在該陪她、跟她玩、唸書給她聽、當個好母親的時候，喝酒抽菸麻痺自己。但我沒有人格扭曲。從頭到尾都知道我外遇卻不吭一聲，反而偷偷監視我，甚至抓住機會報復搞上自己老婆的男人，這種行為簡直病態。

當凱洛琳把事情說出來的時候，卡爾一定樂壞了。他想必靠上前，一副熱心關切的模樣。「妳說他叫什麼名字？」他八成這麼問。「是啊，太可怕了。當然是強暴。當然是。」他心裡一定笑到合不攏嘴，盤算著自己能造成的傷害。況且他這樣順水推舟也不算是有錯。他料想不到也不在乎有人會提出控告。卡爾並不是在伸張正義，而是在挑撥是非，躲在幕後操縱我的生活。

在海布里彎道碰上了塞車，我努力沉住氣。他不知道我要去，甚至可能不在家。但如果他不在，我要坐下來等到他回來，然後叫他把信寄出去。我要告訴他我要住在這裡，他不能把我踢出去，我要當瑪蒂達的母親，他阻止不了我。我要告訴他，我要向他們的工會舉發他違反職業道德，沒去通報利益衝突的案子。我還要跟警察檢舉他寫黑函給我、在我的手機上非法安裝間諜軟體，還有在家裡偷拍我。他還在我的拉桿包上裝了隱藏式攝影機，就在他很確定我隨時都會帶在身邊的那個該死的拉桿包上。天知道家裡還藏了多少攝影機。

計程車在房子外面停住，我把錢從車窗塞給司機，說了聲謝就跑走。他不知喊了什麼，但我揮揮手，奮力用鑰匙開門。好像打不開，沒關係，無所謂，我不會就這樣放棄。我要坐在門口等他接瑪蒂達放學回家，之後我要把她安全地抱在懷裡，不顧他的反對擠進屋裡，永遠不再離開她。但門開了，鑰匙一轉，門打開，我走進去，甩上身後的門。

我進來了。我聽到砰一聲，然後靜下來，空氣中有股濃重的菸味。客廳傳來音樂聲。

我探進門邊，但沒看到卡爾。

窗簾拉上，房間一片昏暗，唯一的光線來自電視螢幕，電視連著卡爾的筆電。我隱約看到筆電放在咖啡桌上。我的眼睛漸漸適應黑暗，看見螢幕上的畫面。我定睛仔細看，試圖理解我看到的東西。

螢幕上的女人看起來像死了。有個男人把她移到這邊又移到那邊，讓她腹部朝下靠在床邊。相機從後面拉近，她的身體塞滿整個螢幕。女人幾乎全裸，身上只剩下胸罩和吊襪，沒穿內褲。背景有音樂，他隨著節奏擺動，跟著音樂拍打她光溜溜的屁股，一開始輕輕的，後來愈來愈重。他在笑。我認得那個笑聲，是卡爾。

他的手出現在鏡頭前，指頭張開，開始插入，鏡頭愈拉愈近。

我的下顎緊繃。畫面在我面前閃動跳躍，速度就跟我耳中輸送的血液一樣快。我用手遮住臉，然後強迫自己把手移開。我得看清楚。

發洩完後，卡爾把女人從床上抓起來，把她的手臂掛在肩上。他開始抓著她輕輕舞動，即使她的頭軟趴趴垂下來。她死了，而他在唱歌，巴達巴達巴達—巴—巴達巴達巴達巴達—巴—巴達……

我目不轉睛看著他。

音樂停止，他把她放回床上，兩腿張開，頭垂在床邊。她死了。她一定是死了。

她不可能死了。

那女人不可能死了，因為那是我，但那不可能是我，因為我在這裡，不在那裡的螢幕上，我不可能在那裡，因為我絕不會允許他做那些事。那是布萊頓的旅館房間，但我完全不記得那些事，而我怎麼會連頭都抬不起來，我應該會像此時此刻一樣痛哭，先是抓著臉，然後緊緊抱著雙臂前後晃動才對。好一會兒我終於重新回神，回到這裡，安全無虞，至少身體上是，但腦袋仍舊快速飛轉。

音樂好大聲。是從音響傳來的，不是影片。太大聲，我受不了了。我走進客廳去把它關掉，試著平靜下來。就在這個時候我看到了他。

卡爾。

他在那裡。

我吸氣，吐氣，讓自己鎮定下來。我沒死。我還活著。我是目擊證人。我看到他對螢幕上那個不是我的人做的事。他操縱的軟趴趴玩偶、傀儡。

我打開燈，這才發現出了差錯。無論他之前做過多少次這種事並全身而退，這次卻是失敗了。

現在是他成了傀儡，半裸倒在沙發上，頭歪一邊掛在套索上，形成詭異的角度，繩子連著後面的書櫃。他的嘴巴扭曲變形，有東西從嘴裡突出來。我上前一步，只見他臉色發紫，眼珠暴凸，身體的微微顫動是他還活著的唯一跡象。他伸手去推咖啡桌，像要抓住什麼東西，卻還是不足以阻止自己被勒死。

我沒死，我心想。我還活著，擺脫了掌控。傀儡師不見了。

他發出呻吟、絕望的聲音。我再度看著螢幕。

如果他把視線從我身上移開，只要一下就好。

我抓住咖啡桌，把它拖向我，跟他拉開距離。他又伸出手，但已經沒力，最後癱在套索上，再也阻擋不了重力。我聞到菸味，菸灰缸翻倒在地，菸蒂和菸灰灑在地毯上。上面有股強烈的柳橙味，我看見八分之一片紅肉血橙掉在咖啡桌上，就是他之前放在嘴裡的那一片。

影片播了一遍又一遍，他的戰利品。我想到這種事不知道發生過多少次，所有那些我以爲自己喝到掛的放縱夜晚。

房間裡出現一股糞便味。卡爾的臉由紫轉藍。

時間流逝。我跪坐下來等，再一下就好。之後我就會叫救護車，叫警察。

只要再一下下。

五個月後

瑪蒂邊吃早餐邊說：「昨天晚上我夢到爸比。」

「是嗎？」我問：「是什麼樣的夢？」

「是好夢，」她說。「我們在沙灘上散步，還蓋了沙堡，後來他說他得走了，但他很快就會回來。」

我繞過桌子去抱她。她轉過身抱住我。

「我想他，」她說，聲音悶在我懷裡。「好想要眞的看到他。」

「我懂，寶貝，我懂。」

我又抱了她一會兒，直到她回頭繼續吃早餐。他們跟我說過會經歷的過程：悲痛突如其來，然後生活逐漸恢復正常。小蒂不在學校時幾乎都跟我在一起，慢慢走過了傷痛。

我們一起走路去上學。

「今天下午我們要去莎瑪家，」我說。「我六點去接妳好嗎？」

「我喜歡去莎瑪家，」她說。「我喜歡他們家的貓。我們可以養貓嗎？」

我差點直覺地說不行，以前一直都是這個答案。但接著我想到堅決反對的人是卡爾。我停下腳步，在小蒂旁邊蹲下來。

「我想那一定很棒。我先研究看看，看能找到些什麼。也許我們應該考慮養兩隻，這樣牠們就可以作伴。」

她開心到滿臉通紅，抱住我問：「眞的嗎？」

「眞的。我想我們可以給牠們一個很幸福的家。」

把小蒂送到學校之後，我繼續前往霍本區。克蘿伊已經在辦公室整理文件。

「都準備好了？」她問。

「準備好了。我說眞的，這是我最後一次在法庭上開口。」

「是是是，我知道，妳跟我說過了。」

「我說眞的。我不會再出庭了。」我堅定地說。我們四目相對，直到她哈哈大笑，認輸爲止。

「沒關係。反正我只愛妳的文書工作。」

我知道這對克蘿伊不是問題。她喜歡出庭辯護，而我能負責辦公室工作、隨時掌握案子的發展再好不過了。現在我常在家工作，這簡直是上天的恩賜。不但可以陪在小蒂身旁，生活也還過得去。

「妳都快變紙片人了。」克蘿伊說。

我拉了拉裙子的腰帶。確實。自從那天發現卡爾之後，我掉了十幾公斤。自從眼睜睜看著卡爾在我面前死去……他讓我失眠、失去胃口。一夜又一夜我坐在瑪蒂達身邊，看著她的睡臉，在腦中重播這兩年的歲月，想著我要怎麼做才能改變事情的結果。有好多次我懷疑自己是不是早該發現，還有我到底遺漏了什麼。我從未看出他眼底的陰影，直到已經太遲；那股陰影又是潛伏多久才開始成形並從黑暗中浮現，我也永遠不得而知了。那麼多年來我一直以爲他愛我，如今我再也無法問他是從什麼時候起，那份愛離開了他，還是恨一直都在，只是在等待時機。

麥德琳的出現把我拉回當下。我問她要不要咖啡，她搖搖頭。她站在辦公室門邊，旁邊立著一個拉桿包。

「妳東西都帶了。」我說。

她指著拉桿包。「對，我都準備好了。」

她跟克蘿伊互相擁抱，我們兩人一起走去老貝利街。接近法院時，我伸長脖子看跨立在法院屋頂上的正義女神像。有些正義女神像蒙著眼睛，但這尊沒有。她公正不阿地衡量證據，而且手持寶劍。

走進建築物時，麥德琳說：「準備上陣了。」

「妳還好？對目前的結果滿意嗎？」

「嗯，滿意。艾莉森，謝謝妳。謝謝妳爲這個案子做的一切和對我的支持。」

我們走向拘留室，她把自己交由警衛帶領。

「法庭上見。」我說，舉手跟她揮別。

一個月前克蘿伊打給我時，我正在看小蒂游自由式。我跑到泳池外面接電話。

「他們會接受我們的答辯。」她說，語氣難掩興奮。

「什麼答辯？」

「麥德琳。他們會接受答辯。」她說。

「眞的……是眞的嗎？」

「對。那個混蛋檢察官弗林，因爲酒駕被暫時停職，所以他的案子都分掉了，現在換亞歷珊卓．希思里負責。妳認識她？」

「認識。」我說，如釋重負的感覺貫穿全身。現世報。

「她很通情達理，以前我當過幾次她的事務律師。總之，資料她都看過了。我跟妳說過他們的精神評估報告不錯，對吧？」

「對。」

「一切都很順利。不會有問題的。」

希思里打開文件，重複一遍我們雙方都同意的事實，另外又說：「檢方認爲，被告明顯是家暴受害者。」

我轉頭去看麥德琳。她的肩膀微微顫抖，我知道她在哭，但仍然強自鎭定。即使她就要面臨坐牢的命運，但氣色還是比我之前看到她的時候好，臉圓潤了些，脖子也比較放鬆。她知道詹姆斯平安無事，這想必讓她卸下了心頭重擔。

該我起身發言了。當宣讀誤殺的罪名時，我腦中響起麥德琳認罪的聲音。法官邊點頭邊聽我陳述。最後我提出總結：「想必庭上很清楚，以情緒失控來爲殺人罪辯護，至今仍是相對較新的法規。我的當事人對此十分感激。她跟我都清楚，更早幾年庭上面對這類刑案綁手綁腳，若在當時，她極有可能被判犯下殺人罪並強制終身監禁。但法律的演變得以接納更寬容的處理方式。我的當事人知道入獄服刑是她不可逃避的刑罰。今天她來法庭也準備好面對這樣的結果。但我要懇請庭上將導致這起罪行的所有事件納入考量，從輕量刑，以使刑罰符合一連串事件的因果關係，而非只是我的當事人案發當晚的所作所爲。」

判決之後我下去拘留室看她時，麥德琳淚流滿面。她激動地撲向我，眼淚鼻涕都抹在我的長袍肩膀上，但我不在乎。

「五年，」她說。「五年！本來可能是無期徒刑。」

「所以妳沒事。」我說。

「我沒事。兩天前我見過詹姆斯。」她說。

「他都好嗎？」

「都好。他說他想念他爸，有時候，但其他時候他很慶幸……」

「他不在學校時，會去住法蘭欣家嗎？」

「有時候。但他在宿舍有個很好的朋友，他們很歡迎詹姆斯去家裡住。我見過那家人，那孩子的母親人很好。家裡有貓有狗有馬，還有大牧場，房子周圍是森林。是那種我們本來可以擁有的家……」

「以後你們會打造自己的家，」我說。「妳自己的家。妳跟詹姆斯。不到三年妳就可以出獄了，如果妳小心別惹麻煩的話。」

「嗯。妳還好嗎？妳跟妳女兒？」

「都好，我們也都沒事。」

麥德琳當然知道我的事。認識我的人，沒有一個不知道。卡爾的死訊像野火一樣蔓延。「又一個史蒂芬．米利根」＊刊登在各大新聞頭條。不過，警察並沒有洩漏全部的細節。

譯註——

＊英國保守黨政治家，一九九四年因窒息式性愛陳屍家中。

我回想那天的情景不下千百次，試圖在腦中跟卡爾說話，了解當他綁好套索、切開血橙、點燃香菸時，心裡在想些什麼。我查了資料，看了我找得到的所有文章。

窒息式性愛。一種藉由限制大腦供氧量來提高性快感的方式。比你以爲的還要普遍。比你所知的還要致命。

或許看起來很愚蠢，但讓我驚訝的是準備過程，那些繁複的事前工作。他得把書櫃綁牢，固定在牆上。繩子的長度也要剛剛好，讓他能站在沙發上的同一個位置，有點缺氧卻又不能過頭。連血橙也是——他一定跟我看了網路上的同樣幾篇文章，事先做過功課。卡爾不是那種會冒險的人。當他咬下血橙時，那股強烈的味道會把他拉回當下，免得他玩過頭。

他想必成功過很多次，直到我甩上門，他嚇了一跳，失足摔倒。

把自己吊死。

他是怎麼陷進去的？從什麼時候開始正常的性愛再也不能滿足他？我讀過性成癮的資料，或許那就是他痛苦的來源，不斷被一股把自己推向極端的渴求追趕，尋常的東西對他來說太無趣，再也無法帶來快感。或許。

但我知道他痛恨我的工作，痛恨他對我的經濟依賴。他想要奪回掌控權。

警察把他的筆電帶走了，還問我想不想看他們找到有我的其他影片，但我拒絕了。我問他們能不能把影片刪除，他們告訴我還有其他女人的影片。警察去調查了卡爾的男性諮商團體，逮捕了其他人。我心裡很大一部分不想知道這些事。

儘管於事無補，但他強暴我的最早影片比我開始跟派屈克上床還早了一年。我做的事很糟糕，但他做的事更是糟糕透頂。

而我也盡我最大的力量彌補瑪蒂達，成爲我早就應該成爲的那種母親。

我開門讓警察進來時，他們問我：「妳發現他的時候，他就是這個樣子？」

「對。」我說。

幾天之後，警察指著他們在牆上發現的隱密小洞，還有書和照片後面藏攝影機的地方問：「妳知道這些攝影機的存在嗎？」甚至連一直放在廚房一角的保溫杯上都有隱藏式攝影機。

「我不知道。」我說。

我說的是實話。

或許他們看了攝影機上的全部錄影，看出了其中的時間戳印。或許他們知道我更早之前就進了門。早了一點。就那麼一點點。或許他們甚至看到了地毯上的印子，發現咖啡桌沒推回它原來的位置。

或許。

但他們從沒開口問。我也絕對不會說。

我到蕾妮亞家接瑪蒂達。她邊叫媽咪邊跑向我。

「玩得開心嗎？」

「開心！」

「謝謝妳邀請她來，」我對蕾妮亞說。「她很愛跟莎瑪玩。」

「我們很喜歡她來。她說妳們想養貓？」

「對，等我研究好之後，希望兩、三個禮拜內就能成真，如果計畫順利。到時候妳們一定要來看貓咪。」

「非常樂意。」

她們揮手跟我們道別，我們踏上小徑走回家。

「妳餓了嗎？」一進家門我就問。

「一點點，」她說。「沒有很餓。家裡有柳橙嗎？」

「有。」

我拿了一顆放在盤子上給她，另外給她一把削皮的刀子。

我看著她拿刀切開果皮，繞著頂端小心地劃一圈又一圈，動作緩慢而平穩。現在她知道怎麼削皮了。

這一次沒有流血。

致謝

我要向很多人致上深深的感激。謝謝我的經紀人Veronique Boxter很早就對這本書抱持信心且持續不墜，以及Henry Sutton的嚴格監督和堅定支持。感激我優秀的編輯，Wildfire的Kate Stephenson和Grand Central Publishing的Lindsey Rose及其團隊，以及Alex Clarke和Ella Gordon。感謝Georgina Moore、Andy Dodds和Jennifer Leech，還有他們在Headline及Grand Central的公關組的努力。感謝Jason Bartholomew、Nathaniel Alcarez-Stapleton和Hachette延伸權利團隊，更感謝他們締造的驚人佳績，把我的書賣到世界各地。你們給了我實現畢生夢想的機會，千言萬語也道不盡我的感謝。

感謝東安格利亞大學的寫作—犯罪小說組碩士學程。謝謝Laura Joyce和Tom Benn，還有二〇一五年的同學：Caroline Jennett、Trevor Wood、Kate Simants、Geoff Smith、Suzanne Mustacich、Merle Nygate、Marie Ogée、Jenny Stone、Steven Collier和Shane Horsell。也謝謝Emily Pedder和Jill Dawson早期對我的支持。

我很感激丹・布朗和Helen Hawkins對書名的建議。Daniel Murray和Richard Job對我

有關法律程序的問題總是耐心又慷慨地回答。書中的任何錯誤都是我個人的責任。而我從來就稱不上是個辯護律師……

朋友和早期讀者也給了我很多支持：Sarah Hughes、Pinda Bryars、Louise Hare、Maxine Mei-Fung Chung、Anya Waddington和Petra Nederfors。Katie Grayson、Sandra Labinjoh、Norma Gaunt、Susan Chynoweth-Smith、Russell McLean和Neil Mackay用紅酒與鼓勵讓我支撐下去；Amanda Little和Liz Barker則是規律運動跟新鮮空氣；Jaynee San Juan和Viktoria Sinko是大量的實質支持。我由衷地感謝你們，還有Damien Nicol和Matt Martys，是你們讓我一直朝著正確的方向前進。

也要感謝我的家人。我爸媽讓我一輩子熱愛閱讀且對犯罪小說和刑法著迷不已，哥哥讓我永遠不乏強烈的動機。感謝公婆對我的疼愛，還有從不會更改我的擺飾。最要感謝的是我的丈夫和孩子，我生命中的不可或缺。你們讓我從小說世界的痛苦和失序中逃開，得以休養生息。沒有你們，我不可能做到。

國家圖書館出版品預行編目資料

血橙／海莉葉・泰絲（Harriet Tyce）作；
謝佩妏 譯. -- 初版. -- 臺北市：寂寞，2020.07
336 面；14.8×20.8公分（Cool；38）
譯自：Blood Orange
ISBN 978-986-97522-8-2（平裝）

873.57　　109007571

Eurasian Publishing Group
圓神出版事業機構
用心與你對話・視野無限寬廣
寂寞出版社
Solo Press

www.booklife.com.tw　　reader@mail.eurasian.com.tw

Cool 038

血橙

作　　者／海莉葉・泰絲（Harriet Tyce）
譯　　者／謝佩妏
發 行 人／簡志忠
出 版 者／寂寞出版股份有限公司
地　　址／台北市南京東路四段 50 號 6 樓之 1
電　　話／（02）2579-6600・2579-8800・2570-3939
傳　　真／（02）2579-0338・2577-3220・2570-3636
總 編 輯／陳秋月
資深主編／李宛蓁
責任編輯／朱玉立
校　　對／李宛蓁・朱玉立
美術編輯／金益健
行銷企畫／詹怡慧・朱智琳
印務統籌／劉鳳剛・高榮祥
監　　印／高榮祥
排　　版／杜易蓉
經 銷 商／叩應股份有限公司
郵撥帳號／ 18707239
法律顧問／圓神出版事業機構法律顧問　蕭雄淋律師
印　　刷／祥峯印刷廠
2020 年 7 月　初版
2021 年 9 月　2 刷

定價 380 元　　ISBN 978-986-97522-8-2　　